William Shakespeare

William Shakespeares Schauspiel

Dreizehnter Band

William Shakespeare

William Shakespeares Schauspiel
Dreizehnter Band

ISBN/EAN: 9783743643437

Hergestellt in Europa, USA, Kanada, Australien, Japan

Cover: Foto ©Andreas Hilbeck / pixelio.de

Weitere Bücher finden Sie auf **www.hansebooks.com**

Willhelm Shakespears
Schauspiele.

Neue verbesserte Auflage.

Dreyzehnter Band.

Mit allerhöchstem kaiserlichen Privilegio.

Mannheim, 1779.

Perſonen.

König Heinrich der Achte.
Kardinal Wolſey.
Cramer, Erzbiſchof von Canterbury.
Herzog von Norfolk.
Herzog von Buckingham.
Herzog von Suffolk.
Graf von Surrey.
Lord Kämmerer.
Kardinal Kampejus, Päbſtlicher Legat.
Kapucius, Geſandter Kaiſers Karls V.
Sir Thomas Audley, Lord Siegelbewahrer.
Gardiner, Biſchof von Wincheſter.
Biſchof von Lincoln.
Lord Abergavenny.   Lord Sands.
Sir Heinrich Guilford.   Sir Thomas Lovell.
Sir Anton Denny.   Sir Nikolas Vaux.
Cromwell, in Wolſey's Dienſten.
Griffith, Hofmarſchall der Königinn Katharine.
Drey Edelleute.
Doktor Butts, des Königs Leibarzt.
Garter, erſter Herold.
Haushofmeiſter des Herzogs von Buckingham.
Brandon.
Ein Gerichtsdiener.   Thürſteher der Geheimen
     Rathsſtube.
Thorwärter, und ſein Knecht.
Königinn Katharine.
Anna Bullen.
Eine alte Dame, Freundinn der Anna Bullen.
Patience, Kammerfrau der Königinn Katharine.

Verſchiedne Hofleute und Damen, als ſtumme Perſo=
     nen; Kammerfrauen der Königinn; Geiſter, die
     ihr erſcheinen; Schreiber, Bediente, Wache, und
     andres Gefolge.

Der Schauplatz iſt meiſtens zu London und Weſt=
     münſter; einmal, zu Kimbolton.

Prolog.

Ich komme nicht, zum Lachen euch zu reitzen;
Zu Handlungen voll Ernst, voll hoher Würde,
Erhaben, traurig, rührend, an Gepräng';
Und Schmerzen reich; zu Scenen, die das Auge
Zum Weinen zwingen, lad' ich itzt euch ein.
Wer mitleidsfähig ist, der wird, wenn er
Es recht erwägt, hier eine Thräne weinen;
Der Inhalt unsers Spiels verdient es. Doch,
Auch der, der für sein Geld hier Wahrheit sucht,
Wird Wahrheit finden. Wer nur kömmt, um hier
Ein' oder zwey mit Pracht erfüllte Scenen
Zu sehn, und dann dem Stück schon Beyfall giebt,
Auch der wird, wenn er ruhig ist, gewiß
Für seinen Schilling in zwey kurzen Stunden
Sein Auge reichlich weiden. Die allein,
Die, um ein lustigs Spiel, Geräusch der Tartschen,
Zu hören kamen, oder einen Mann
Im bunten Rock, mit Gelb verbrämt, zu sehn,
Die irrten sich. Denn, theure Hörer, wißt,
Wenn wir dieß wahre Stück durch solch ein Spiel
Entweihten, wie Gefecht *) und Possen sind,

---

*) Dieß ist nicht die einzige Stelle, wo Shakespea-
re gezeigt hat, daß er wohl wußte, wie unschicklich
es sey, Schlachten auf der Bühne vorzustellen. Es sah

So büßten wir die günst'ge Meynung ein,
Daß wir bloß Wahrheit zeigten; und kein Kenner
Verweilte bey uns. Darum bitten wir,
Ihr besten, klügsten Hörer unsrer Stadt,
Seyd ernst, wie wir euch wünschen. Glaubt, ihr seht
Selbst die Personen unsers Schauspiels vor euch,
Als ob sie lebten; glaubt, ihr seht sie, groß,
Begleitet von des treuen Volks Gedränge,
Von tausend eifervollen Freunden; dann
Seht, einen Augenblick nachher, wie bald
All diese Grösse sich in Elend kehrt;
Und könnt' ihr dann noch lustig seyn, so glaub' ich,
Ein Bräut'gam wein' an seinem Hochzeittage.

---

es ein, daß fünf oder sechs bewafnete Leute einen sehr
unzulänglichen Begrif von einer Armee machen, und
läßt sich daher nicht darauf ein, seine vorige Gewohn=
heit zu entschuldigen, sondern giebt es zu, daß ein Ge=
fecht auf der Bühne alle Meynung von der Glaubwür=
digkeit des Stücks vernichten, und kein Kenner sich
dabey verweilen würde. Magnis ingeniis & multa ni-
hilominus habituris simplex convenit erroris confes-
sio. Indeß weiß ich nicht, ob die in diesem Schau=
spiele vorgestellte Krönung nicht eben so unschicklich auf
der Bühne sey, wie eine Schlacht. Johnson.

Leben
König Heinrichs VIII.

Erster Aufzug.
Erster Auftritt.

Ein Vorzimmer im Pallaste.

Der Herzog von Norfolk aus der einen Thür; aus der andern der Herzog von Buckingham und der Lord Abergavenny.

Buckingham. Guten Morgen und Willkommen! — Wie habt ihr Euch befunden, seitdem wir uns zuletzt in Frankreich sahen?

Norfolk. Ich dank' Euch, Mylord; ganz

A 3

gesund; und noch immer bewundre ich das, was ich dort gesehen habe.

Buckingham. Ein sehr ungelegnes Fieber hielt mich in mein Zimmer eingekerkert, als jene glorreiche Sonnen, jene glänzende beyden Helden, in dem Thale von Arde zusammen kamen. *)

Norfolk. Zwischen Guymes und Arde — Ich war dabey zugegen; sah sie einander zu Pferde begrüssen; sah sie, als sie abstiegen, wie sie in ihrer Umarmung fest an einander hiengen, als ob sie zusammen wachsen wollten. Wären sie das; welche vier Könige der Welt hätten den Einen aufwiegen können, der aus ihnen beyden entstanden wäre?

Buckingham. Die ganze Zeit über war ich ein Gefangener meines Zimmers.

Norfolk. So verlort Ihr den Anblick alles möglichen irdischen Glanzes. Man könnte

---

*) Diese Zusammenkunft Heinrichs VIII. und Franz I. geschah den 4. Jun. 1520. Eine prächtige Beschreibung derselben findet man in Hall's Chronik, die mit Shakespeare's Beschreibung übereinstimmt.
Grey.

sagen, daß bis dahin die Pracht ledig war, aber izt einen Gatten erhielt, dessen Rang den ihrigen übertraf. *) Jeder folgende Tag wurde der Lehrer des nächsten Tages, bis der letzte alle die vorhergehenden Wunder zu den seinigen machte. **) Heute schienen die Franzosen, lauter Schimmer, lauter Gold, gleich heidnischen Gottheiten, die Engländer danieder; und morgen machten sie Brittannien zu Indien; ein Jeder, der da stand, sah einer Goldgrube gleich. Ihre Zwer-

---

*) Der Gedanke ist seltsam und dunkel genug, um einer Erklärung zu bedürfen. Bis dahin, sagt Norfolk, war die Pracht im ledigen Stande, weil sie keinen Gatten fand, der sie, ihrer Würde gemäß, unterhalten konnte; aber nun fand sie in Heinrich VIII. einen Gemahl, der sie selbst glänzender halten konnte, als es ihr hoher Rang erfoderte. Warburton — Johnson meynt, der Dichter habe bloß sagen wollen: Die Pracht wurde bey dieser Gelegenheit mehr denn doppelt so groß, als sie je gewesen war. Sie wird hier, setzt er hinzu, weder mit dem Englischen noch Französischen Könige vermählt, weil Norfolk keinem von beyden den Vorzug giebt; Pracht wird bloß mit Pracht vermählt; aber die neue Pracht war größer, als die alte.

**) D. i. jedweder Tag lernte was von dem vorhergehenden, bis der Schlußtag den ganzen Glanz aller vorigen prächtigen Auftritte zusammenbefaßte. Johnson.

ge von Edelknaben waren, wie Cherubinn, ganz
übergůldet; auch die Damen, der Arbeit un-
gewohnt, schwißten fast von dem stolzen Schmuck,
mit welchem sie beladen waren, und ihre Beschwerde selbst wurde ihnen eine Art von Schminke. Itzt schrie man diese Maske für unvergleich-
lich aus; und der folgende Abend machte sie
läppisch und armselig. Die beyden Könige, an
Glanz einander gleich, waren bald die besten,
bald die schlechtesten, nachdem sie sich sehen liessen; wen das Auge sah, den lobte der Mund;
und wenn sie sich beyde zeigten, so wars, als
ob man nur Einen sah; keiner wagte es, einen
Unterschied oder Vorzug an ihnen zu bemerken.
Als diese Sonnen — denn so nannte man sie —
durch ihre Herolde die edeln Kämpfer zu den
Waffen auffodern liessen, betrugen diese sich tapfrer, als sichs denken läßt; jenes alte fabel-
hafte Mährchen schien nun ganz möglich und
glaubwürdig zu seyn; man hielt jenen Bevis *)
nicht mehr für erdichtet.

---

*) Dieß bezieht sich auf die alte romantische Legende,
Bevis von Southampton. Dieser Bevis, oder Bea-
vois, ein Sachse, wurde wegen seiner Herzhaftigkeit

Buckingham. O! Ihr geht sehr weit.

Norfolk. So wahr mir Würde, Ehre und Rechtschaffenheit theuer ist, die Schilderung aller dieser Dinge verliert, durch einen noch so guten Vortrag, gar viel von der Lebhaftigkeit, mit welcher die That selbst redete. Alles war königlich; nichts trat den gemachten Anstalten in den Weg; Ordnung gab jeder Sache ihr gehöriges Ansehn; und diejenigen, die darüber die Aufsicht hatten, verrichteten ihr Amt aufs genauste.

Buckingham. Wer, meynt Ihr wohl, war der Anführer davon, oder derjenige vielmehr, der den Körper und die Glieder dieser grossen Lustbarkeit zusammensetzte?

Norfolk. Gewiß einer, der sich nicht als einen Anfänger in Dingen dieser Art zeigte.

Buckingham. Und wer denn, Mylord?

Norfolk. Alles dieß wurde durch die guten

---

von Wilhelm dem Eroberer zum Grafen von Southampton gemacht. Theobald — Warton gedenkt dieses alten poetischen Romans in seinen *Obss. on Spenser*, Vol. I. p. 50, und führt daraus eine Stelle an, die einen Kampf mit einem Drachen beschreibt.

Anstalten des sehr ehrwürdigen Kardinals von York angeordnet.

Buckingham. Hol' ihn der Henker! Er muß doch seine ehrsüchtigen Hände überall drinnen haben! Was giengen ihn diese üppigen Eitelkeiten an? Mich wundert, daß eine solche plumpe Masse mit seinem schwerfälligen Körper die Strahlen der wohlthätigen Sonne auffangen, und sie der Erde vorenthalten darf!

Norfolk. Aber in der That, Mylord, er besitzt Fähigkeiten, die ihn zu dergleichen Verrichtungen brauchbar machen. Denn da er keine ruhmwürdige Ahnen gehabt hat, deren Verdienste ihren Nachkommen die Bahn vorzeichnen, noch durch grosse Thaten für die Krone aufgefodert, noch mit angesehnen Gehülfen vergesellschaftet ist, sondern, gleich der Spinne, sich aus sich selbst sein Gewebe gesponnen hat; so sieht man, daß er Grösse und eignes Verdienst genug besitzt, um sich selbst den Weg zur Ehre zu bahnen; eine Gabe, die ihm der Himmel ertheilt hat, und wodurch er sich die nächste Stelle nach dem König erkauft.

Ubergavenny. Ich kann nicht sagen, was

ihm der Himmel für Gaben ertheilt hat; das überlaß' ich einem einsichtvollern Auge zu erforschen;
aber das kann ich sehen, daß sein Stolz überall
aus ihm hervorscheint. Woher hat er denn diesen? Hat er ihn nicht aus der Hölle, so ist der
Teufel ein Kniker, oder hat schon alles vorher
weggegeben; und er fängt in sich selbst eine neue
Hölle an.

Buckingham. Was zum Teufel übernahm
er es, bey dieser Zusammenkunft mit dem Könige von Frankreich, ohne Vorwissen des Königs,
diejenigen zu bestimmen, die sein Gefolge ausmachen sollten? Er setzte ein Verzeichniß aller
Edelleute auf, und machte es noch dazu meisten-
theils so, daß ihnen eben so viel Beschwerde, als wenig Ehre zu Theil ward; und bloß sein Hand-
schreiben, welches gar ansehnlich die Stelle eines Befehls aus dem nicht befragten Staatsrath vertreten sollte, mußte jeden herbeyholen,
den er niederzuschreiben für gut befunden hatte.

Abergavenny. Ich weiß einige von meinen
Vettern, wenigstens ihrer drey, die dadurch an
ihrem Vermögen so sehr gelitten haben, daß sie

wie wieder so wohlhabend werden können, als sie vorhin waren.

Buckingham. O! freylich; viele haben sich den Rücken dadurch zerbrochen, daß sie ihre Land-güter zu dieser grossen Reise drauf geladen ha-ben. Was hat alle diese Eitelkeit anders nach sich gezogen, als Mangel und Armuth?

Norfolk. Mit Unmuth denk' ich daran, daß der Frieden zwischen den Franzosen und uns die Kosten nicht werth ist, welche die Schliessung desselben gemacht hat.

Buckingham. Jedermann wurde nach dem schrecklichen Sturm *), der darauf folgte, zum Propheten; und brach, ohne vorher mit andern zu Rathe zu gehen, in eine allgemeine Weissa-gung aus: Daß dieses Ungewitter, welches das Gewand dieses Friedens zernichtete, einen bal-digen Bruch desselben bedeute.

---

*) Hall sagt in seiner Chronic: „Montags, d. 18 „Junius, war ein so gräßlicher Sturm von Wind und „Wetter, daß es ein Wunder zu hören war. Und „dieß schreckliche Ungewitter hielten einige für eine Vor-„bedeutung der Zwietracht und Uneinigkeit unter gros-„sen Herren.„ Warburton.

Norfolk. Und das scheint schon einzutreffen; denn Frankreich hat sein Versprechen gebrochen, und die Güter unsrer Kaufleute zu Bourdeaux angehalten.

Abergavenny. Hat man deswegen den Französischen Gesandten nicht vorgelassen? *)

Norfolk. Ja freylich.

Abergavenny. Ein herrlicher Friede! mit sehr überflüßigen Kosten erkauft!

Buckingham. Nun, alles das hat unser ehrwürdige Kardinal ausgeführt.

Norfolk. Erlaubt mir, Mylord, man spricht im Staate schon von dem Privatzwiste zwischen Euch und dem Kardinal. Ich rathe Euch, und das mit einem Herzen, welches Euch Ehre und Glück und Sicherheit wünscht, daß Ihr allemal bey der Bosheit des Kardinals auch seine Gewalt vor Augen habt, und bedenkt, daß es ihm nicht an einem Werkzeuge fehlt, das auszufüh-

---

*) So erklärt Johnson die Worte: Is it therefore, the Ambassador is *silenc'd*. Warburton hingegen nimmt dies letzte Wort für *recall'd*, zurückberufen; und versteht es von dem Englischen Gesandten in Frankreich.

ren, was sein stolzer Haß beschließt. Ihr kennt
seine Gemüthsart, wie rachsüchtig er ist; und ich
weiß, sein Schwert hat eine scharfe Klinge; es ist
lang es reicht unstreitig sehr weit; und wohin es
nicht reichen will, dahin wirft er es. Nehmt mei=
nen Rath zu Herzen; Ihr werdet finden, daß er
heilsam ist. Seht, da kömmt eben die Klippe, vor
der ich Euch warne.

Kardinal Wolsey; vor dem die Tasche *)
hergetragen wird. Einige von der Wache.
Zwey Sekretaire mit Papieren. Der Kar=
dinal heftet im Vorbeygehen sein Auge
auf Buckingham; und dieser auf
ihn; beyde voller Ver=
achtung.

Wolsey. Des Herzogs von Buckinghams
Haushofmeister? — he? — Wo ist sein Verhör?
Secretair. Hier mein gnädiger Herr.
Wolsey. Ist er in Person bey der Hand?
Secretair. Ja, zu Euer Gnaden **) Befehl.

---

*) Mit dem grossen Siegel; weil der Kardinal Wol=
sey Grossiegelbewahrer war.
**) Your Grace war der Titel der Karbinäle.

Wolſey. Gut; wir werden dann ſchon mehr erfahren; und da wird Buckingham dieſen übermüthigen Blick etwas herunterlaſſen müſſen.

(Der Kardinal und ſein Gefolge gehn ab.)

Buckingham. Der Fleiſcherhund *) da hat ein giftiges Maul; und ich habe nicht Gewalt genug, ihm den Maulkorb anzulegen, das beſte wird alſo ſeyn, ihn nicht aus dem Schlafe zu wecken. Die Bücher **) eines Bettlers gelten itzt mehr, als das Blut eines Edelmanns!

Norfolk. Wie? ſeyd Ihr ſo erhitzt? Bittet Gott um Mäßigung dieſer Hitze; das iſt das einzige Mittel, welches Eure Krankheit fodert.

Buckingham. Ich leſe in ſeinen Blicken Unwillen gegen mich; und ſein Auge ſah mich ſo verächtlich an, als einen äuſſerſt niedrigen Gegenſtand; in dieſem Augenblicke durchbohrt er mich durch irgend eine Büberey. Er

---

*) Wolſey ſoll eines Fleiſchers Sohn geweſen ſeyn. Johnſon.

**) D. i. Die Gelehrſamkeit — Der Unwillen Buckingham's iſt in dem Munde eines alten kriegriſchen Edelmanns, ohne alle gelehrte Kenntniſſe, ſehr natürlich. Johnſon.

ist zum Könige gegangen; ich will ihm folgen, und durch meinen Blick den seinigen niederschlagen.

Norfolk. Wartet, Mylord; und laßt Eure Vernunft vorher Euren Zorn zur Rede stellen, was er vorhat. Steile Anhöhen hin anzuklimmen, fodert im Anfange langsame Schritte. Der Zorn gleicht einem äusserst hitzigen Pferde, welches durch sein eignes Feuer ermüdet wird, wenn man ihm freyen Lauf läßt. Keiner in ganz England kann mir bessern Rath geben, als, Ihr; seyd itzt gegen Euch selbst, was Ihr Eurem Freunde seyn würdet.

Buckingham. Ich will zum König; und mit einer ehrenvollen Stimme den Uebermuth dieses Menschen von so elender Herkunft übertäuben, oder es überall bekannt machen, daß gar kein Unterschied des Ranges mehr gilt.

Norfolk. Laßt Euch rathen; macht den Ofen für Euren Feind nicht so heiß, daß Ihr Euch selbst daran versengt. Bey zu heftiger Geschwindigkeit kann man das vorbey laufen, wornach man läuft, und durch übermäßiges Laufen den Preis verlieren. Ihr wißt doch, wenn eine Flüßigkeit auf dem Feuer so hoch siedet, bis sie überläuft, daß

sie

fie überläuft, daß fie dann fich zu vermehren
ſcheint, aber im Grunde vermindert wird? Laßt
Euch rathen. Ich ſage noch einmal, in ganz
England iſt keiner, der Euch beſſern Rath ertheilen könnte, als Ihr ſelbſt; wenn Ihr nur
mit dem Safte der Vernunft das Feuer der
Leidenſchaft löſchen, oder wenigſtens dämpfen
wolltet.

Buckingham. Sir, ich bin Euch verbunden,
und will nach eurer Vorſchrift zu Werke gehen.
Aber ich weiß, daß dieſer übermüthige, ſtolze
Menſch — den ich nicht aus Ueberlauf der Galle, ſondern aus gerechter Regung des Unwillens ſchelte*); aus Nachrichten und Beweiſen,
die ſo klar ſind, wie Quellen im Julius, wenn
man jedes Sandkorn ſieht — ich weiß, ſag ich,
daß er verderbt und verräthriſch iſt.

Norfolk. Sagt nicht, verräthriſch.

Buckingham. Dem Könige will ich das ſagen, und meinen Beweis davon ſo ſtark machen,
wie ein Felſenufer — Höre nur dieſer heilige

---

*) Johnſons Muthmaſſung, I *blame* not, für I
~~name not~~ zu leſen, iſt mir ſehr wahrſcheinlich.

B.

Fuchs — oder Wolf — oder beydes — denn
er ist eben so raubgierig, als schlau; eben so ge,
neigt zum Bösen, als fähig, es auszuüben; sein
Gemüth und sein Rang stecken einander gegensei,
tig an — bloß um seine Pracht, sowohl in
Frankreich, als hier in England zu zeigen, be,
redete er den König, unsern Herrn, zu dem neu,
lichen so kostbaren Friedensschlusse, zu jener Zu,
sammenkunft, die so viel Schätze verschlang,
und wie ein Glas beym Ausschwenken zerbrach.

Norfolk. Ja wahrlich, das that sie.

Buckingham. Erlaubt mir nur, weiter zu
reden, Sir — Dieser listige Kardinal setzte die
Punkte des Vergleichs nach eignem Gefallen auf;
und man genehmigte sie. Er durfte nur sagen:
So solls seyn! — Wenn uns gleich eben so wenig
damit geholfen wurde, als dem Todten mit einer
Krücke. Aber unser Hofkardinal hat dies gethan;
und so ist es wohlgethan; denn der würdige Wol,
sey, der nicht irren kann, der that es. Und nun
entsteht daraus ein Vorfall, der, wie mirs vor,
kömmt, eine Brut der alten Hündinn, Verrä,
therey, ist; der Kaiser Karl macht uns einen
Besuch, unter dem Vorwande, die Königinn,

seine Muhme zu besuchen — denn ein Vorwand
war es gewiß; er kam nur, um mit Wolsey was
abzuflüstern — Er besorgte, daß die Zusammenkunft zwischen England und Frankreich, ihm,
durch ihre Freundschaft, einen Nachtheil erwek-
ken möchte, weil er wirklich für sich manche
schädliche Folgen dieses Bündnisses voraus sah.
Er verabredet sich insgeheim mit unserm Kardinal; ich glaube — und das kann ich, weil ich
es gewiß weiß — der Kaiser bezahlte ihm, eh
er was versprach; und dafür ward ihm auch
sein Gesuch gewährt, eh er es vorbrachte. Als
nun aber der Weg einmal gebahnt, und mit
Gold gepflastert war, verlangte der Kaiser, daß
er den König auf andre Gedanken bringen, und
den gedachten Frieden wieder brechen möchte.
Der König muß es erfahren — und das soll er
bald durch mich — daß der Kardinal auf diese
Art seine Ehre nach Gefallen kauft und verkauft,
und dabey bloß auf seinen eignen Vortheil sieht.

Norfolk. Es thut mir leid, dieß von ihm
zu hören; und ich wollte wünschen, daß Ihr
Euch einigermaßen darin irrtet.

Buckingham. Nein, nicht eine Sylbe; ich

stelle ihn gerade in der Gestalt dar, die er wirklich hat, wie sichs zeigen wird.

Brandon. *Ein bewaffneter Gerichtsdiener
vor ihm her, und zwey oder drey
Mann Wache.*

Brandon. Thut Euer Amt, Sergeant;
richtet es aus.

Gerichtsdiener. Sir, Mylord Herzog von
Buckingham, und Graf von Hereford, Stafford und Northampton, ich nehme dich wegen
Hochverraths in Verhaft, im Namen unsers gnä-
digsten Königs.

Buckingham. Seht Ihrs, Mylord, das
Netz ist über mich her gefallen; ich werde durch
List und Bosheit umkommen.

Brandon. Es thut mir leid, daß ich diesen
Vorfall, die Beraubung Eurer Freyheit, mit
ansehen muß. Es ist der Befehl Seiner Majestät, daß Ihr nach dem Tower sollt.

Buckingham. Es wird mir nichts helfen,
wenn ich mich auf meine Unschuld berufe; denn
man schildert mich mit einer Farbe, die das weiß-

feſte an mir ſchwarz macht. Der Wille des Himmels geſcheh hierinn und in allem! Ich gehorche. Mylord Abergavenny, lebt wohl.

Brandon. (Zu Abergavenny) Nein, Ihr müßt ihm Geſellſchaft leiſten. Es iſt des Königs Wille, daß Ihr in den Tower ſollt, bis Ihr ſeine fernern Befehle vernehmt.

Abergavenny. Wie der Herzog ſagte: Der Wille des Himmels geſchehe! Ich gehorche dem Befehl des Königs.

Brandon. Hier iſt ein Befehl vom König, Lord Montacute, und des Herzogs Beichtvater, Johann de la Car, und Gilbert Peck, ſeinen Kanzler, in Verhaft zu nehmen.

Buckingham. So, ſo! — Dieß ſind die Glieder der Verſchwörung — Doch nicht mehr, will ich hoffen?

Brandon. Einen Mönch von den Karthäuſern.

Buckingham. O! Nikolas Hopkins.

Brandon. Ganz recht.

Buckingham. Mein Haushofmeiſter iſt treulos; der übergroſſe Kardinal hat ihm Gold ge-

zeigt; mein Leben ist schon umspannt. *) Ich
bin nur noch der Schatten des armen Buckingham, dessen ganzes äusseres Ansehen diese plötzliche Wolke annimmt, die meine strahlende Sonne verdunkelt — Mylord, lebt wohl.

(Sie gehn ab.)

Zwenter Auftritt.

Das Zimmer des Staatsraths.

**König Heinrich, auf des Kardinals Schul-
ter gelehnt. Die Edeln des Reichs, und Sir
Thomas Level. Der Kardinal setzt sich zu
des Königs Füssen, rechter Hand.**

König. Mein Leben selbst, und jede meiner
Lebenskräfte dankt Euch für diese grosse Sorg-
falt. Ich stand dem Schlund eines mit Meuterey schwer geladenen Geschützes gerade gegen
über; und ich dank' Euch, daß ihr ihn verstopft
habt. Laßt den Haushofmeister Buckingham's

---

*) My life is *spann'd* already kann heissen: Meine
Feinde legen Hand daran; es steht in ihren Händen;
oder: meine Zeit ist schon abgemessen; die Länge meines Lebens ist nun bestimmt. Johnson.

vor uns rufen; ich will ihn persönlich seine Aussage rechtfertigen hören; und er soll Stück für
Stück die Verrätereyen seines Herrn von neuen
erzählen.

Man hört hinter der Scene ein Geschrey:
„Platz für die Königinn!„ — Die Königinn
kömmt, geführt von den Herzogen Norfolk
und Suffolk. Sie kniet. Der König steht
auf vom Thron, hebt sie auf, küßt sie,
und setzt sie neben sich.

Königinn. Nein, ich muß länger knien; ich
habe eine Bitte vorzutragen.

König. Steh auf, und setze dich neben uns.
Die Hälfte deiner Bitte darfst du uns nicht nennen; du hast die Hälfte unsrer Gewalt; die andre Hälfte ist dir schon gewährt, ehe du sie vor-
trägst. Sage nur dein Verlangen, und erhalt' es.

Königinn. Ich dank' Eurer Majestät —
Daß Ihr Euch selbst liebet, und bey dieser Liebe Eure Ehre und die hohe Würde Eures Standes nicht aus der Acht lassen wollet, ist der Inhalt meines Gesuchs.

König. Rede weiter, theure Gemahlinn.

Königinn. Es ist mir vorgetragen, und zwar von nicht wenigen, und von zuverläßigen Leuten, daß Eure Unterthanen grosse Bedrückungen leiden. Man hat ihnen Abgaben zugemuthet, woburch ihre Treue gegen Euch wankend gemacht ist; und wenn sie gleich die bittersten Vorwürfe barüber Euch machen, mein guter Lord Kardinal, als dem Anstifter dieser Zumuthungen; so entgeht doch der König, unser Herr — dessen Ehre der Himmel vor aller Entweihung schütze! — nicht ganz den ungeziemenden Reden der Leute, die so beschaffen sind, daß man dabey der Treue eines Unterthanen fast vergißt, und beynahe in laute Empörung ausbricht.

Norfolk. Nicht beynahe; sie bricht schon wirklich aus. Denn wegen jener Auflagen haben alle Tuchfabrikanten, nicht im Stande, alle die Leute zu unterhalten, die zu ihnen gehören, die Spinner, Krempler, Walker und Weber abgedankt, die zu keinem andern Gewerbe geschickt sind, vom Hunger und Mangel an allen Bedürfnissen getrieben, voll Verzweiflung jedem Erfolge Trotz bieten, alle im Aufruhr sind; sie sind gefährlich.

König. Auflagen? — Wovon? — und was
für Auflagen? — Mylord Kardinal, Ihr, dem
sie mit uns zur Last gelegt werden, wißt Ihr
was von diesen Auflagen?

Wolsey. Haltet mirs zu Gnaden, mein König; ich kenne nur einen Theil von den Staats-
angelegenheiten, und bin nur in der ersten Reihe
mit andern, die mit mir gleichen Rang haben.

Königinn. Nein, Mylord, Ihr wißt freylich nicht mehr, als andre; aber Ihr stiftet Dinge an, die man überall weiß, und die nicht heilsam für diejenigen sind, die lieber nichts davon
wissen möchten, und doch gezwungen sind, sie
kennen zu lernen. Jene Erpressungen, von denen mein König näher unterrichtet seyn will, sind
schon entsetzlich anzuhören; und wer sie vollends
trägt, dessen Rücken wird ein Opfer ihrer Bürde.
Man sagt, Ihr habt sie ausgedacht; wenn das
nicht ist, so macht man Euch ungerechte Vorwürfe.

König. Auch noch Erpressung! — Von welcher Beschaffenheit? — Laßt uns doch wissen,
von was für Art diese Erpressung ist?

Königinn. Ich wage gar zu viel, indem ich Eure Geduld auf die Probe stelle; indeß werd' ich durch das Versprechen Eurer Verzeihung dreist gemacht. Die Beschwerden der Unterthanen sind durch Befehle veranlaßt, die von einem Jeden den sechsten Theil seines Vermögens fodern, der ohne Aufschub soll beygetrieben werden; zum Vorwande braucht man dabey Eure Kriege in Frankreich. Dieß verursacht freye Reden; die Zunge speyt ihre ehrerbietige Ergebenheit aus, und in den kalten Herzen erfriert die schuldige Treue. Itzt hegen sie da Flüche, wo sie sonst fromme Wünsche hegten; und der lenksame Gehorsam ist nunmehr ein Sklav von einem jeden aufgebrachten Willen. Ich wünschte, daß Eure Majestät diese Sache sogleich in Ueberlegung nähmen; denn kein Geschäft' ist dringender.

König. So wahr ich lebe! das geschieht ganz wider meinen Willen!

Wolsey. Und ich meines Theils habe dabey nichts weiter gethan, als meine einzelne Stimme gegeben; und das nicht für mich allein, sondern auf einsichtsvolles Gutbefinden der Richter. Wenn

ich von unwissenden Zungen durchgezogen werde,
die weder meine Person, noch meine Fähigkeiten
kennen, und doch die Chronick meiner Unterneh-
mungen seyn wollen; so muß ich sagen, daß dies
das Schicksal hoher Ehrenstellen und der rauhe
Pfad ist, den die Tugend nun einmal betreten muß.
Wir müssen unsre für nothwendig erkannte Handlungen nicht deswegen unterlassen, weil wir fürchten, boshaften Tadlern dadurch anstößig zu seyn,
die allemal gleich raubgierigen Fischen einem
neugebauten Schiffe folgen, aber nichts weiter
ausrichten, als daß sie vergeblich gierig sind.
Unsre besten Handlungen werden von übeldenken-
den, oder blödsichtigen Auslegern nicht für die
unsrigen oder nicht für gut erkannt; und eben
so oft werden unsre schlimmsten Handlungen, die
ihnen mehr in die Augen fallen, für das Beste
ausgeschrien, was wir gethan haben. Müßten
wir deswegen stille stehn, weil wir fürchten, daß
man über unsre Bewegung spotten und lästern
wird; so müßten wir hier einwurzeln, wo wir
sitzen, oder als blosse Statuen zum Prunk da
sitzen.

König. Gute und mit Vorsicht unternomme-

ne Handlungen sichern sich schon selbst vor aller
Gefahr; aber was man ohne Beyspiel thut, dabey muß man allerdings des Ausgangs wegen be-
sorgt seyn. Hat Jemand vor Euch dergleichen
Ausschreiben gemacht? Ich glaube, Niemand.
Wir müssen nicht unsre Unterthanen von unsern
Rechten losreissen, und sie an unsern Willen fest-
heften. Den sechsten Theil von Jedem! Eine
fürchterliche Steuer! Da nehmen wir ja von jedem Baume Zweige, Rinde, und einen Theil des
Stamms; und wenn wir ihm nun gleich, so
zerhackt, die Wurzel lassen, so wird doch der
Saft sich in die Luft verlieren. In jede Grafschaft, wo diese Auflage gemacht ist, schickt unsre
Briefe, mit völliger Vergebung für einen Jeden,
der diesen gewaltthätigen Befehlen seinen Gehorsam verweigert hat. Macht ja dazu Anstalt; ich
überlaß' es Euch zur Besorgung.

Wolsey. (Zum Sekretair) Ein Wort! — Laßt
in jede Grafschaft Briefe schreiben, worin der
König Versicherungen seiner Gnade und Verzeihung giebt. Die gekränkten Gemeinen denken
nachtheilig von mir; man bring' es aus, daß dieser Wiederruf und diese Verzeihung durch meine

Fürsprache veranlaßt ist. Ich will Euch hernach
schon weiter sagen, was wir thun wollen.

(Der Sekretair geht ab. Buckingham's
Haushofmeister kömmt.)

Königinn. Es thut mir leid, daß der Herzog
von Buckingham in Eure Ungnade gefallen ist.

König. Es geht vielen nahe. Der Mann
ist voller Einsicht; ungemein beredt; Niemand
hat der Natur mehr zu danken, als er; seine
Erziehung ist so vollkommen, daß er große Lehr-
meister unterrichten und belehren kann, und niemals fremder Anweisung bedarf. Aber seht,
wenn diese so edeln Gaben der Natur keine gute
Richtung nehmen, wenn das Gemüth einmal
verderbt ist, so nehmen sie eine fehlerhafte Gestalt
an, und werden zehnmal häßlicher, als sie jemals schön waren. Dieser so vollkommne Mann,
der unter die Wunder gezählt wurde, den wir
mit Entzücken anhörten, und dessen stundenlange
Reden uns keine Minute zu währen schienen,
dieser Mann, meine beste Gemahlinn, hat die
Annehmlichkeiten, die er ehedem besaß, in ab-
scheuliche Sitten verwandelt, und ist dadurch so
schwarz geworden, als wär' er in der Hölle be-

mahlt. Bleib nur hier sitzen; dieser hier war
sein geheimster Vertrauter; du wirst von ihm
Dinge hören, vor denen sich jeder Ehrliebender
entsetzen muß — Heiß' ihn die schon einmal vor-
gebrachten Frevelthaten noch einmal erzählen,
von denen wir nicht zu wenig empfinden, und
nicht zu viel hören können.

Wolsey. Tretet her, und erzählt ohne Rückhalt, was Ihr, als ein getreuer Unterthan, von
dem Herzoge von Buckingham ausgeforscht habt.

König. Redet freymüthig.

Haushofmeister. Erstlich war er gewohnt
zu sagen, täglich entweihte er seine Zunge damit,
daß er, wenn der König unbeerbt sterben sollte,
es schon so einrichten wolle, daß er den Scepter
erhielte. Diese nämlichen Worte hab' ich ihn
gegen seinen Schwiegersohn, Lord Abergavenny,
brauchen hören, dem er einen theuren Eid schwur,
sich an dem Kardinal zu rächen.

Wolsey. Eure Majestät geruhe den verderb-
lichen Anschlag in diesem Verstand zu bemerken.
Seine Wünsche sind Euch nicht günstig; er ist
gegen Eure hohe Person äusserst übel gesinnt;

und seine Bosheit erstreckt sich noch weiter, selbst
auf Eure Freunde.

Königinn. Meine Hocherfahrner Kardinal,
vergeßt die christliche Liebe nicht.

König. Redet weiter. Wie gründete er sein
Recht an die Krone auf unsre Kinderlosigkeit?
Hast du ihn auch jemals darüber reden hören?

Haushofmeister. Er ward dazu durch eine
thörichte Prophezeyung des Nikolas Hopkins verleitet.

König. Wer war der Hopkins?

Haushofmeister. Ein Karthäuser-Mönch,
sein Beichtvater, der ihn alle Minuten mit Ver-
heissungen des Throns speiste.

König. Woher weißt du das?

Haushofmeister. Nicht lange vor der Reise
Eurer Majestät nach Frankreich war der Herzog
in der Rose, im Kirchspiel St. Lorenz Pultney,
und fragte mich, was die Bürger von London
zu der Französischen Reise sagten. Ich antwortete, man fürchte, die Franzosen möchten treulos
werden, und der König dadurch in Lebensgefahr
kommen. Sogleich sagte der Herzog, das sey
allerdings zu befürchten, und er glaube fast, es

würden dadurch gewisse Worte eines heiligen
Mönchs in Erfüllung gehen, der oft, sagte er,
zu mir geschickt, und mich um Erlaubniß gebeten hat, daß Johann de la Court, mein Kaplan,
auf eine bestimmte Stunde zu ihm kommen
möchte, weil er ihm eine Sache von Wichtigkeit
zu sagen hätte: Dieser mußte ihm unter dem
Siegel der Beichte feyerlich schwören, das, was
er ihm sagen würde, keinem Menschen auf der
Welt, als mir, zu entdecken; und darauf ver-
traute er ihm folgendes: Weder der König, noch
seine Erben — das sage dem Herzoge — wer-
dens weit bringen; laß ihn sich um die Liebe des
Volks bemühen; der Herzog wird England be-
herrschen —

Königinn. Wenn ich Euch recht kenne, so
war't Ihr des Herzogs Haushofmeister, und ver-
lort Euern Dienst wegen der Klagen der Pächter.
Nehmt Euch in Acht, daß Ihr nicht in Eurer
Hitze einen edeln Mann unrecht beschuldigt, und
Eure noch eblere Seele dadurch ins Verderben
stürzt. Ich sage, nehmt Euch in Acht; ja, von
Herzen bitt' ich Euch darum.

König. Laß ihn fortfahren — Rede weiter.

Haus-

Haushofmeister. Bey meiner Seele! ich rede bloß die Wahrheit. Ich sagte dem Herzoge, der Mönch liesse sich vielleicht von des Teufels Blendwerk verführen, und es wäre für ihn gefährlich, über diese Sache so lange nachzudenken, bis er einen Anschlag darauf baute, wie er gewiß thun würde, wenn ers glaubte. Er antwortete: Schweig; Schaden kann mirs nicht thun; und setzte hinzu, wenn der König an seiner letzten Krankheit gestorben wäre, so würden der Kardinal und Sir Thomas Lovell ihre Köpfe verloren haben.

König. Ha! gleich so übermüthig? — Ach, ha! — Der Mann hat nichts Gutes im Sinn! — Kannst du uns noch mehr sagen?

Haushofmeister. O! ja, mein König.

König Fahre fort.

Haushofmeister. Als ich zu Greenwich war, und Eure Majestät dem Herzoge wegen Sir William Blomer's einen Verweis gegeben hatte —

König. Ich erinnre mich dieses Vorfalls. Er stand bey mir in Eid und Pflicht, und der Herzog nahm ihn in seine Dienste. Aber weiter; was geschah damals?

C

Haushofmeister. Er sagte: Wär' ich dieser Sache wegen ins Gefängniß, etwann in den Tower geschickt, wie ich glaubte; so hätt' ich die Rolle spielen mögen, die mein Vater mit dem Tyrannen Richard zu spielen dachte, da er einmal zu Salisbury sich bey ihm Gehör ausbat, und sich vorgenommen hatte, wenn er das erhielte, ihm unter dem Schein der Höflichkeitsbezeugungen das Messer ins Herz zu stoßen.

König. Ein wahrer Riese von Verräther!

Wolsey. Nun, meine Königinn, kann Seine Majestät nun wohl in Freyheit leben, so lange dieser Mann nicht im Gefängniß ist?

Königinn. Gott lenk' alles zum Besten!

König. Du hast noch etwas mehr auf dem Herzen; was ist es?

Haushofmeister. Wie er den Herzog seinen Vater nannte, und das Wort, Messer, aussprach, dehnte er sich aus, legte die eine Hand an seinen Dolch, und die andre auf seine Brust, schlug die Augen in die Höhe, und that einen fürchterlichen Schwur, dessen Inhalt dieser war: Wenn man ihm übel begegnete, so wollte er noch um so viel weiter gehen, als sein Vater, so viel die That weiter geht, als der unschlüßige Vorsatz.

König. Nun hat's mit seinem Messerziehen gegen uns ein Ende. Er ist fest gesetzt. Ruft ihn gleich vor Gericht. Kann er nach dem Gesetze noch Gnade erhalten, so wird sie ihm zu Theil; giebt es ihm keine, so suche er sie auch nicht bey uns. Bey allem, was heilig ist! er ist ein Verräther im höchsten Grade.

(Sie gehen ab.)

Dritter Auftritt.

Ein Zimmer im Pallast.

Der Lord Kämmerer, und Lord Sands.

Kämmerer. Ist es möglich, daß die zaubrischen Gaukeleyen Frankreichs, Männer in dergleichen seltsame Possenspieler *) verwandeln können.

Sands. Neue Moden macht man mit, sie

---

*) Im Englischen: Such strange *mysteries*, welches Johnson von den übrigen Auslegern am natürlichsten von den alten allegorischen Schauspielen, und für eine Figur erklärt, welche diese Spiele für diejenigen setzt, die sie spielten.

mögen auch noch so lächerlich, ja sie mögen gar
unmännlich seyn.

Kämmerer. So viel ich sehen kann, besteht
aller der Vortheil, den unsre Engländer durch
die neuliche Reise erhalten haben, bloß in einer
oder ein paar Grimassen, die häßlich genug
sind. Denn wenn sie sie machen, so sollte man
wahrlich schwören, ihre Nasen selbst wären geheime Räthe des Königs Pipin oder Klothar gewesen; so ehrenfest thun sie.

Sands. Sie haben alle neue und lahme
Beine; wer sie vorher nie hat gehen sehen, sollte
denken, es gehe die Kniesucht und das Kern-
schwinden unter ihnen im Schwange.

Kämmerer. Wahrhaftig, Mylord, ihre Röcke
haben einen so heidnischen Schnitt, daß ich gewiß glaube, sie haben ihr Christenthum abgetragen. (Sir Thomas Lovell kömmt.) Was giebts?
Was bringt Ihr Neues, Sir Thomas Lovell?

Lovell. In der That, Mylord, ich höre
nichts, ausser von der neuen Kundmachung, die
am Thore des Hofes angeschlagen ist.

Kämmerer. Was betrift sie?

Lovell. Die Reformirung unsrer gereisten jungen Herren, die den Hof mit Geschwätz, Zänkereyen, und Schneidern anfüllen.

Kämmerer. Ich freue mich, daß das geschehen ist. Itzt möcht' ich wohl unsre Monsieurs bitten, zu bedenken, daß ein Englischer Hofmann weise seyn kann, ohne je den Louvre gesehn zu haben.

Lovell. Es ist ausdrücklich zur Bedingung gemacht, daß sie entweder die Ueberbleibsel von Thorheiten und Federbüschen, die sie in Frankreich sich angeschaft haben, samt allen den ehrenvollen Erfindungen der Unwissenheit, die dazu gehören, ablegen müssen — als Fechten, und Feuerwerke, wodurch sie sich über beßre Leute, als sie werden können, mit ihrer ausländischen Weisheit aufhalten wollen — daß sie durchaus den Glauben abschwören müssen, den sie an Federbälle und lange Strümpfe, an kurze, gepolsterte Beinkleider, und dergleichen ausländische Vorbilder haben, und nun wieder so vernünftig werden, wie andre ehrliche Leute, oder sich wieder zu ihren alten Spielkameraden packen müssen. Dort, glaub' ich, können sie cum privilegio das

noch übrige Ende ihrer Ueppigkeit verbrauchen,
und sich auslachen lassen. –

Sands. Es ist Zeit, ihnen Arzney zu geben; ihre Krankheiten sind schon gar zu anstek-
kend geworden.

Kämmerer. Aber wie sehr werden nicht
unsre Damen bey diesen schimmernden Possen
verlieren!

Lovell. Ja freylich; das wird in der That
ein Jammer werden, ihr Lords; die verschmitz-
ten Buben verstanden sich gar sehr darauf, schnelle Erobrungen bey den Damen zu machen. Ein
Französisches Liedchen und eine Geige haben nicht
ihres gleichen.

Sands. Daß sie der Teufel mit ihren Gei-
gen! — Ich bin froh, daß sie gehen; denn,
wahrlich es ist kein Umgehn mit ihnen. Nun
kann doch ein alter ehrlicher Landedelmann, wie
ich bin, den man lange nicht hat zu Worten kommen lassen, sein Stückchen wieder vorbringen,
und sich auch einmal eine Stunde Gehör versprechen; und, mein Treu! das kann nun auch wieder für Musik gelten.

Rämmerer. Gut gesagt, Lord Sands; Euer Milchzahn ist wohl noch nicht heraus?

Sands. Nein, Mylord; und soll auch nicht heraus, so lange noch ein Stümpel davon da ist.

Rämmerer. Sir Thomas, wohin wolltet Ihr gehn?

Lovell. Zum Kardinal; Ihr, Mylord, seyd dort auch gebeten.

Rämmerer. Ach! es ist wahr; diesen Abend giebt er ein grosses Gastmahl, wozu viele Lords und Ladies eingeladen sind. Ich versichr' Euch, es wird die schöne Welt des ganzen Königreichs da seyn.

Lovell. Wahrlich, dieser Geistliche hat ein sehr wohlthätiges Herz; eine Hand, die so fruchtbar ist, als das Land, welches uns nährt; sein Thau fällt überall.

Rämmerer. Ganz gewiß, er ist freygebig; wer das Gegentheil von ihm sagte, hätte eine schwarze Zunge.

Sands. Das kann er wohl seyn; er hat alles, was dazu gehört. Bey ihm wäre Sparsamkeit eine ärgere Sünde, als irrige Lehre. Leute von seinem Stande müssn billig recht sehr

C 4

freygebig seyn; sie sollen andern zum Exempel dienen.

Kämmerer. Das sollen sie freylich; aber wenige thun es itzt auf eine so vorzügliche Art. Mein Boot wartet schon; Ihr müßt mit uns fahren, Mylord — Kommt, lieber Sir Thomas, wir kommen sonst zu spät; und das möcht' ich nicht gern; denn ich bin mit Sir Heinrich Guild= ford dazu bestellt, diesen Abend die Gäste zu empfangen.

Sands. Ich bin zu Euren Diensten, My= lord. (Sie gehn ab.)

Vierter Auftritt.

York=Place.

Hoboen. Ein kleiner Tisch unter einem Bal= dachin für den Kardinal; eine längere Ta= fel für die Gäste. Anne Bullen, und ver= schiedne andre Damen kommen, als Gäste, zur Einen Thür herein; zur andern Sir Heinrich Guilford.

Guilford. Meine Damen, eine allgemeine Bewillkommung von Seiner Gnaden, dem Kar=

dinal, begrüßt Euch alle; diesen Abend widmet
er der heitern Freude und Euch. Er hoft, daß
keine einzige in dieser edeln Gesellschaft seyn wird,
die eine einzige Sorge von draussen mitgebracht
hat; er möchte gern, daß alle so fröhlich wären,
als die erste und beste Gesellschaft, guter Wein
und gute Bewirthung gute Leute machen kann —
(Der Lord Kämmerer, Lord Sands, und Lovell kommen)
O! Mylord, Ihr kommt auch sehr spät; schon
der Gedanke an diese schöne Gesellschaft gab mir
Flügel.

Kämmerer. Ihr seyd noch jung, Sir Heinrich Guilford.

Sands. Sir Thomas Lovell, dächte der Kardinal nur halb so weltlich, als ich Laye denke,
so sollten einige von diesen Damen vor Schlafen-
gehn auf eine Art bewirthet werden, die ihnen
vermuthlich besser gefallen würde. So wahr ich
lebe, es ist eine sehr artige Gesellschaft von schö-
nem Frauenzimmer.

Lovell. Wenn Ihr doch itzt von einer oder
zwey dieser Schönen Beichtvater wäret, Mylord!

Sands. Das möcht' ich wohl; ich wollte
ihnen die Busse ganz leicht machen.

Lovell. Wirklich? — wie leicht denn?

Sands. So leicht, als ein Pflaumfederbette sie schaffen könnte.

Kämmerer. Meine theuren Damen, gefällt es Euch, Platz zu nehmen? Sir Heinrich brin- gen Sie jene Reihe zum Sitzen; ich will diese Seite hier zu unterhalten suchen. Der Kardinal wird gleich hier seyn — Nein, ihr sollt nicht frieren; zwey Frauenzimmer, die neben einan- der sitzen, machen kalte Luft — Mylord Sands, Ihr seyd der Mann dazu, sie munter zu erhal- ten — Kommt, setzt Euch zwischen diesen Da- men hier.

Sands. Ja wahrhaftig — ich dank' Euch schönstens, Mylord — (Er setzt sich) Um Verzei- hung, meine schönen Damen; wenn ich vielleicht ein wenig wild ins Gelag hinein schwatze, so nehmt mirs nicht übel; ich hab' es von meinem Vater.

Anne. War der unklug, Sir?

Sands. O sehr unklug, erstaunlich unklug; auch in seiner Liebe — Aber er biß doch Nie- mand; gerade so, wie ichs itzt mache, pflegte

er zwanzig Mädchen in Einem Athem zu
küssen.   (Er küßt sie.)

Kämmerer. Gut gesagt, Mylord — So,
nun habt ihr alle die rechten Plätze — Ihr Herren, man wird sich dafür an euch halten, wenn
diese schönen Damen unwillig davon gehen.

Sands. Was meine Wenigkeit betrift, dafür seyd unbesorgt.

**Hoboen. Der Kardinal kömmt, und
nimmt seinen Sitz.**

Wolsey. Seyd mir willkommen, meine schönen Gäste. Die vornehme Dame, oder der edle
Herr, die nicht von Herzen fröhlich seyn werden,
sind meine Freunde nicht. (Er trinkt) Zur Bestätigung meines Willkommens, und auf eurer
aller gute Gesundheit!

Sands. Ihr denkt edel, gnädiger Herr —
Gebt mir einen Becher, der meinen Dank in
sich fasse, und mir so vieles Reden erspare.

Wolsey. Ich bin Euch verbunden, Mylord
Sands; Trinkt eurer Nachbarinn zu — Ihr seyd
nicht recht munter meine Damen — Ihr Herren, wer hat daran Schuld?

Sands. Ha! Mylord, der rothe Wein muß ihren nur erst in ihre schönen Wangen steigen; hernach werden sie uns schon stumm schwatzen.

Anne. Ihr seyd ein lustiger Spielbruder, Mylord Sands.

Sands. O ja! so bald ich mein Spiel nur machen kann — Hier trink ich Euch zu, My-lady, thut mir Bescheid, denn es gilt das Wohl eines Dinges = =

Anne. Das Ihr mir nicht zeigen könnt.

Sands. Sagt' ich Eurer Gnaden nicht, daß sie gleich sprechen würden?

(Trommeln und Trompeten; man löst Kanonen.)

Wolsey. Was ist das?

Kämmerer. Geh doch einer hinaus, und sehe zu.

Wolsey. Welch ein kriegrischer Ton? — Und was soll das bedeuten? — Nein, meine Damen, seyd ohne Furcht; Ihr seyd nach allen Kriegsrechten ausser Gefahr.

(Der Bediente kömmt zurück.)

Wolsey. Nun? was ist es?

Bedienter. Ein Haufen von vornehmen Frem-den, wie es scheint. Sie sind aus ihrem Lustschiff ans Land gestiegen, und kommen hieher, wie grosse Abgesandte ausländischer Fürsten.

Wolsey. Lieber Lord Kämmerer, geht doch hin, sie zu empfangen — Ihr könnt doch Französisch sprechen — Empfangt sie auf eine edle Art, und führt sie zu uns; hier soll dieser Himmel von Schönheit im vollen Glanze sie bestrahlen. — Einige von euch gehn mit ihm — (Sie stehn alle auf, und die Tische werden auf die Seite gesetzt.) — Unser Gastmal ist dadurch unterbrochen; aber wir wollen es schon wieder gut machen — Wohl bekomm' es euch allen; und seyd noch einmal meiner herzlichen Bewillkommung versichert. Seyd alle Willkommen.

Hoboen. Der König und andre kommen als Masken, wie Schäfer gekleidet, vom Lord Kämmerer eingeführt. Sie gehn gerade auf den Kardinal zu, und grüssen ihn sehr höflich.

Wolsey. Eine edle Gesellschaft! — Was ist ihr Verlangen?

Kämmerer. Weil sie kein Englisch sprechen, so haben sie mich gebeten, Euer Gnaden folgen-

des zu sagen. Sie haben durchs Gerücht von
dieser so vornehmen und so schönen Gesellschaft
gehört, die diesen Abend hier seyn würde; und
haben daher wegen der Ehrerbietung, die sie gegen
die Schönheit hegen, nicht umhin gekonnt, ihre
Heerden zu verlassen, und bitten sich nun die Erlaubniß aus, unter Eurer edeln Anführung diese
Damen zu sehen, und eine vergnügte Stunde
mit ihnen zuzubringen.

Wolsey. Sagt ihnen, Lord Kämmerer, daß
sie meinem armen Hause viel Gnade erwiesen
haben, wofür ich ihnen tausendmal danke, und
sie bitte, sich nach Gefallen zu belustigen.

(Jeder wählt seine Dame; der König nimmt
Anne Bullen.)

König. Die schönste Hand, die ich je berühr-
te! — O! Schönheit, bis itzt hab' ich dich noch
gar nicht gekannt.   (Musik und Tanz.)

Wolsey. Mylord —

Kämmerer. Gnädiger Herr —.

Wolsey. (leise) Sag' ihnen doch in meinem
Namen, es müsse einer unter ihnen seyn, der
seines Ranges wegen diesen Platz mehr verdiente,
als ich; und dem ich ihn, wenn ich ihn nur

kennte, mit der größten Ehrfurcht und Unterwür-
figkeit überlassen würde.

Kämmerer. Sehr wohl, Mylord.

> (Der Kämmerer geht zur Gesellschaft, und
> kömmt wieder zurück.)

Wolsey. Was sagen sie?

Kämmerer. Sie gestehn alle, daß so einer
drunter ist, und wünschen, daß Eure Gnaden ihn
ausfindig mache; alsdann will er Euren Platz
annehmen.

Wolsey. Ich will sie doch näher ansehen —
Mit euer aller Erlaubniß, meine Herren — hier
tref ich meine Königswahl.

König. Ihr habt ihn gefunden, Kardinal.
Ihr habt hier eine schöne Gesellschaft; und thut
wohl daran, Mylord. Ihr seyd ein Kirchendie-
ner, Kardinal, sonst, gesteh ich, würd' ich sehr
nachtheilig von Euch denken.

Wolsey. Ich freue mich, daß Eure Majestät so munter ist.

König. Mylord Kämmerer, hört doch —
Was ist das für eine schöne Lady?

Kämmerer. Mit Erlaubniß Eurer Majestät,
es ist eine Tochter von Sir Thomas Bullen,

Lord Rochford, eine von den Hofdamen der Königinn.

König. Beym Himmel! sie ist sehr liebens= würdig! — (zu Anne Bullen.) Liebes Kind, es wär' unhöflich, wenn ich Euch aufgefodert hätte, und Euch keinen Kuß gäbe — Eine Gesundheit, ihr Herren — sie muß rundum gehn!

Wolsey. Sir Thomas Lovell, ist das Gast= mal in dem besondern Zimmer schon angerichtet?

Lovell. Ja, Mylord.

Wolsey. Eure Majestät, fürcht' ich, hat sich durchs Tanzen ein wenig erhitzt.

König. Zu sehr, fürcht' ich.

Wolsey. In dem nächsten Zimmer, mein König, ist frischere Luft.

König. Jeder führe seine Dame hinein — Meine theure Lady, ich darf Euch noch nicht ver= lassen — Wir wollen lustig seyn — Mein lieber Lord Kardinal, ich habe diesen schönen Damen ein halb Dutzend Gesundheiten zuzutrinken, und dann wieder einen Tanz, den ich mit ihnen ma= chen muß; hernach laßt uns träumen, wer sich am meisten in Gunst gesetzt hat — Die Musik gebe das Zeichen! (Sie gehn unter Trompetenschall ab.)

Zwey=

Zweyter Aufzug.

Erster Auftritt.

Eine Straße.

Zwey Männer, von verschiednen Seiten.

Erster. Wohin so eilig?

Zweyter. O! Gott grüß Euch — Nach dem Gerichtssal wollt' ich, um zu hören, wie es mit dem grossen Herzog von Buckingham werden wird.

1. Die Mühe will ich Euch sparen, mein Herr. Es ist schon alles vorbey, bis auf die Zurückführung des Gefangnen.

2. Seyd Ihr da gewesen?

1. Ja freylich war ich da.

2. O! sagt mir doch, was ist vorgefallen?

1. Ihr könnt' es bald errathen.

2. Hat man ihn schuldig befunden?

1. Ja freylich, und hat ihn deswegen verurtheilt.

2. Das thut mir leid.

D

1. Das thuts auch vielen andern.

2. Aber sagt mir doch, wie gieng's denn damit?

1. Ich will's Euch kürzlich erzählen. Der grosse Herzog kam vors Gericht, wo er gegen die Anklagen, die man wider ihn vorbrachte, immerfort seine Unschuld behauptete, und viele starke Gründe gegen den Ausspruch der Gesetze vorbrachte. Des Königs Anwald hingegen berief sich auf die Verhöre, Beweise und Geständnisse verschiedner Zeugen. Der Herzog verlangte, daß dieselben vorgeführt werden, und ihre Klagen selbst vorbringen sollten. Darauf erschienen wider ihn sein Haushofmeister, Sir Gilbert Peck, sein Kanzler, und John Court, sein Beichtvater, und der Teufel von Mönch, Hopkins, der dieß ganze Unheil anrichtete.

2. Das war der, der ihn mit seinen Prophezeyungen hinhielt.

1. Eben der. Alle diese beschuldigten ihn sehr hart; er gab sich alle Mühe, es von sich abzulehnen; aber wirklich, er konnte es nicht. Und auf diese Art, und nach allen diesen Aussagen,

haben die Lords, seine Richter, ihn des Hochverraths schuldig befunden. Er redete sehr viel,
und sehr gelehrt, für sein Leben; aber alles wurde an ihm entweder bedauert, oder vergessen.

2. Wie verhielt er sich denn nun bey dem
allen?

1. Als er wieder hervor geführt wurde, um
seine Todtenglocke, sein Urtheil, zu hören, ergriff
ihn plötzlich solch eine Todesangst; er schwitzte
ausserordentlich, und sprach einige Worte in der
ersten Heftigkeit, unvernehmlich und eilig; aber
bald kam er wieder zu sich, und bewies in der
Folge eine sehr edle Gelassenheit.

2. Ich glaube nicht, daß er sich vor dem Tode fürchtet.

1. Ganz gewiß nicht; er war nie so weibisch;
nur die Veranlassung seines Todes muß ihn ein
wenig kränken.

2. Unstreitig ist der Kardinal Schuld daran.

1. Das ist nach allen Vermuthungen wahrscheinlich. Zuerst macht es Kildare's Ueberfüh-
rung glaublich, der damals Statthalter in Ir-

land war; nach deſſen Abſetzung Graf Surrey in aller Eile dorthin geſchickt wurde, damit er ſeinem Vater nicht helfen möchte.

2. Dieſer Staatsſtreich war ſehr weit geſucht, und ſehr hämiſch.

1. Wenn er zurückkömmt, ſo wird er ſich ohne Zweifel dafür rächen. So viel iſt allgemein bekannt, daß der Kardinal ſogleich für einen jeden, dem der König günſtig iſt, Bedienungen ausfündig macht, und zwar ſolche, die weit genug vom Hofe entfernt ſind.

2. Alle die Gemeinen haſſen ihn aus Herzensgrunde, und wünſchen ihn, auf mein Gewiſſen, zehn Klafter tief in die Erde. Dieſen Herzog hingegen lieben und ſchätzen ſie mit eben dem Eifer; nennen ihn den wohlthätigen Buckingham, das Muſter aller Gefälligkeit.

1. Wartet doch, Sir, und ſeht hier den edeln unglücklichen Mann, von dem Ihr redet.

Buckingham wird vom Gerichte zurückge-
führt. Vor ihm her gehn Stadtknechte, die
Schneide der Axt gegen ihn gekehrt. An
beyden Seiten Hellebardierer. Ihn beglei-
ten Sir Thomas Lovell, Sir Nikolas
Vaur, Sir William Sands, ge-
meines Volk, u. s. f.

2. Laß uns hier neben einander stehen bleiben, und ihn vorbeyführen sehen.

Buckingham. Ihr lieben, guten Leute, die
ihr so weit hergekommen seyd, um mich zu bedauren, hört, was ich sage, und dann geht nach
Hause und verliert mich. Ich habe heute das
Urtheil eines Verräthers erhalten, und muß als
ein solcher sterben; aber der Himmel sey mein
Zeuge, und, wenn ich ein Gewissen habe, so
müß' es mich, so wie das Beil fällt, tief in die
Hölle versenken, wenn ich nicht aufrichtig bin!
Dem Gerichte leg' ich meines Todes wegen keine
Bosheit zur Last; es ist, den Anklagen nach,
bloß gerecht verfahren; aber von denen, die mich
vor Gericht belangten, möcht' ich wünschen, daß
sie mehr Christen wären. Doch, sie seyn, was
sie wollen, ich verzeih' ihnen von Herzen; nur

D 3

mögen sie zusehen, daß sie sich nicht ihres ange-
richteten Unheils rühmen, noch ihre Mißhand-
lungen auf die Gräber grosser Männer bauen;
denn sonst muß mein unschuldiges Blut wider sie
schreyen. Längeres Leben in dieser Welt hoff'
ich nicht; auch werd' ich nicht darum bitten,
wenn gleich der König reicher an Erbarmungen
ist, als ich Fehler begehen kann. Ihr Wenigen,
die ihr mich liebtet, und es wagt, um Buckingham zu weinen; ihr, seine edeln Freunde und
Brüder, deren Abschied ihm allein bitter, allein
der Tod ist! geht mit mir, gleich guten Engeln,
zum Tobe; und wenn nun der uns auf lange
trennende Stahl auf mich herabfällt, dann macht
aus euren Gebeten Ein angenehmes Opfer, und
hebt meine Seele zum Himmel empor! — Nur
weiter, in Gottes Namen.

Lovell. Ich bitt' Euch recht sehr, Mylord,
wenn Ihr jemals in Eurem Herzen auf mich böse
gewesen, seyd, mir itzt ohne Rückhalt zu vergeben.

Buckingham. Sir Thomas Lovell, ich vergeb' Euch so herzlich, als ich mir selbst Vergebung wünsche. Ich vergeb' allen. Die Beleidigungen gegen mich können so unzählig nicht

seyn, daß ich mich nicht darüber aussöhnen könnte. Ich will keinen schwarzen Groll mit in mein
Grab nehmen — Empfehlt mich dem Könige;
und wenn er von Buckingham spricht, o! so
sagt ihm, daß Ihr ihn schon halb im Himmel
gefunden habt. Meine Wünsche und Gebete sind
noch immer für den König; und, bis mich meine Seele verläßt, werd' ich ihm Segnungen er-
flehen — Möcht' er länger leben, als ich itzt
noch Zeit habe, seine Jahre zu zählen! Immer geliebt und liebreich sey seine Regierung!
Und wenn ihn das Alter zu seinem Grabe führt,
so müssen Redlichkeit und Er nur Ein Grab
füllen!

Lovell. Bis an die Wasserseite muß ich Euch
bringen, Mylord, und dann mein Amt an Sir
Nikolas Vaur übergeben, der Euch bis an Euer
Ende übernimmt.

Vaur. Macht dort Anstalt; der Herzog kömmt
schon. Daß das Boot fertig sey; und verseht es
mit solchem Schmuck, wie sichs für die Hoheit
seiner Person schickt.

Buckingham. Nein, Sir Nikolas, laßt das
nur; mein Rang würde itzt nur mein Spott seyn.

Als ich hieher kam, war ich Lord High Con=
stable *) und Herzog von Buckingham; itzt,
der arme Edward Bohun. **). Und doch bin
ich reicher, als meine niedrigen Ankläger; die
nie den Werth der Wahrheit kannten. Diese
versiegle ich itzt, und zwar mit einem Blute, über
welches sie dereinst ächzen werden. Mein edler
Vater, Heinrich von Buckingham, der sich zu=
erst dem gewaltsamen Richard widersetzte, suchte
bey seinem Bedienten Banister ***) Zuflucht,

---

*) Die Würde eines Lord High-Constable, der vor=
züglich die Oberaufsicht über die Kriegsangelegenheiten
hatte, dauerte nur bis ins dreizehnte Regierungsjahr
Heinrichs des Achten.

**) Der Name des Herzogs von Buckingham war
Stafford. Shakespeare wurde durch Holinshed zu
diesem Irrthum verleitet. Steevens.

***) Man wird sich der Hinrichtung dieses ältern
Buckingham's aus dem vorhergehenden Trauerspiele,
Richard III, erinnern. Er hatte seine Zuflucht bey
einem gewissen Banister, seinem vormaligen Bedien=
ten, genommen. Allein der auf seinen Kopf gesetzte
Preiß von tausend Pfund war für diesen Menschen eine
zu starke Versuchung, und er verrieth seinen Aufent=
halt dem Sheriff seiner Grafschaft, der ihn gefangen
nehmen ließ.

wurde, weil er unglücklich war, von diesem Elen,
den verrathen, und starb ohne gerichtliche Untersuchung. Gottes Friede sey mit ihm! Der folgende König, Heinrich der siebente, der meines
Vaters Verlust aufrichtig bedaurte, verhielt sich
edel und königlich, gab mir meine Ehrenstelle
wieder, zog meinen Namen aus den Trümmern
hervor, und veredelte ihn aufs neue. Sein
Sohn, Heinrich der Achte, hat itzt Leben, Ehre,
Namen, und alles, was mich glücklich machte,
mit Einem Streich auf ewig aus der Welt verbannt. Man verstattete mir eine gerichtliche,
und ich muß sagen, eine sehr edle, Untersuchung;
dieß macht mich ein wenig glücklicher, als meinen unglücklichen Vater; aber in so fern ist unser Schicksal doch einerley : Wir beyde fielen
durch unsre Bedienten, durch Leute, denen wir
am meisten Gutes thaten. Ein äusserst unnatür-
licher und treuloser Dienst! Der Himmel hat in
allem seine Absichten; aber ihr, die ihr mich an-
hört, nehmt dieß von einem Sterbenden als eine
gewisse Wahrheit an: Da, wo ihr mit Rath
und Liebe freygebig seyd, da seyd ja nicht zu
sicher; denn wenn diejenigen, die ihr zu euren

Freunden macht, und denen ihr eure Herzen schenkt, einmal den kleinsten Abbruch in eurem Glücke gewahr werden, so fallen sie von euch ab, wie Wasser, und nirgend findet ihr sie wieder, als da, wo sie euch zu versenken drohen. Ihr guten Leute alle, betet für mich! Ich muß euch itzt verlassen; die lezte Stunde meines langen mühseligen Lebens ist gekommen. Lebt wohl; und wenn ihr etwas recht trauriges erzählen wollt, so redet von der Art, wie ich fiel — Ich bin nun fertig; Gott vergebe mir!

(Buckingham und Gefolge gehn ab; die beyden Männer bleiben.)

1. O! dieß ist zum Erbarmen! — Ich fürchte, Sir, es werden dafür nur gar zu viel Flüche auf deren Kopf fallen, die daran Schuld waren.

2. Ist der Herzog unschuldig, so ist das sehr kläglich; indeß kann ich Euch einige Muthmaßung von einem bevorstehenden Uebel mittheilen, welches, wenn es geschieht, noch grösser seyn wird, als dieses.

1. Die guten Engel wenden es von uns ab! — Was kann das seyn? Ihr zweifelt doch an meiner Verschwiegenheit nicht, Sir?

2. Dieß Geheimniß ist so wichtig, daß eine sehr grosse Verschwiegenheit dazu gehört, es geheim zu halten.

1. Laßt michs wissen; ich schwatze nicht viel.

2. Ich bin nicht mißtrauisch, Sir, und will's Euch sagen. Hörtet Ihr nicht unlängst das murmelnde Gerücht von einer Trennung zwischen dem König und Katharinen?

1. Ja; aber es dauerte nicht. Denn so bald der König es erfuhr, schickte er voller Unwillen sogleich Befehl an den Lord Mayor, dem Gerücht Einhalt zu thun, und die Zungen zu zähmen, die es auszustreuen wagten.

2. Aber, Sir, itzt zeigt sichs, daß jene Verläumdung Wahrheit ist; denn das Gerücht wird itzt noch stärker, als es vorhin war, und man hält es für ausgemacht, daß der König diesen Schritt wagen wird. Entweder der Kardinal, oder andre, die um ihn sind, haben, aus Bosheit gegen die gute Königinn, ein Mißtrauen bey ihm erregt, welches ihr Untergang seyn wird. Was dieß noch mehr bestätigt, ist des Kardinals Kampejus neuliche Ankunft, der, nach aller Vermuthen, dieser Sache wegen hier ist.

1. Ganz gewiß kömmt das von dem Kardinal, und bloß, um sich an dem Kaiser zu rächen, weil er ihm nicht, auf sein Gesuch, das Erzbißthum von Toledo ertheilt hat.

2. Ich glaube, Ihr habt gerade den rechten Fleck getroffen. Aber ist es nicht grausam, daß sie dafür leiden soll? Der Kardinal wird seinen Willen haben, und sie wird fallen müssen.

1. Es ist sehr betrübt — Aber wir wagen zu viel, daß wir hier davon reden; wir wollen unter uns weiter darüber nachdenken.

(Sie gehn ab.)

Zweyter Auftritt.

Ein Vorzimmer im Pallaste.

Der Lord Kämmerer, der folgenden Brief liest:

„ Mylord, die Pferde, welche Eure Gnaden
„ verlangen ließ, habe ich mit der größten Sorg-
„ falt aussuchen, bereiten, und aufzäumen las-
„ sen. Sie waren jung und schön, und von
„ der besten Zucht im ganzen Norden. Als sie
„ schon ganz fertig waren, nach Londen zu ge-

„ hen, nahm ein Bedienter des Lord Kardinals,
„ der dazu einen Befehl und Vollmacht vorzeig-
„ te, mir sie weg, unter dem Vorwande, sein
„ Herr wollte eher bedient seyn, als ein Un-
„ terthan, wo nicht noch eher, als der König.
„ Dieß stopfte uns den Mund, „ — Freylich,
das will er wohl, wie ich fürchte — Nun, er
mag sie haben; er wird noch einmal alles haben, denk' ich.

Die Herzoge von Norfolk und Suffolk.

Norfolk. Willkommen, Mylord Kämmerer.

Kämmerer. Ich wünsch' euch beyden guten
Tag, Mylords.

Suffolk. Womit beschäftigt sich der König?

Kämmerer. Ich ließ ihn ganz allein, voll
Unruh und trüber Gedanken.

Norfolk. Weswegen denn?

Kämmerer. Es scheint, die Heyrath mit
der Gemahlinn seines Bruders, ist seinem Gewissen zu nahe gekommen.

Suffolk. Nicht doch; sein Gewissen ist einer
andern Dame zu nahe gekommen.

Norfolk. Allerdings. Das hat der Kardi-

nal angeſtiftet, der König Kardinal! dieſer blinde
Prieſter, gleichſam der älteſte Sohn und Erbe
des Glückes, thut alles, was ihn gelüſtet. Der
König wird ihn ſchon einmal kennen lernen.

Suffolk. Das gebe Gott; ſonſt lernt er nie
ſich ſelbſt kennen.

Norfolk. Wie ſcheinheilig er bey allen ſeinen Anſtalten zu Werke geht! und mit welchem
Dienſteifer! Denn itzt, da er das Band zwiſchen
uns und dem Kaiſer, dem groſſen Neffen der
Königinn, zerriſſen hat, ſenkt er ſich tief in die
Seele des Königs; ſtreut, regt in ihr Zweifel,
angſtvolle Vorſtellungen, Gewiſſensangſt, Furcht
und Verzweiſlung aus; und das alles über ſeine
Heyrath. Um nun den König aller dieſer Unruhen zu überheben, räth er ihm zur Eheſchei-
dung; räth ihm, ſie zu verlieren, die, gleich einem Edelſtein, zwanzig Jahr an ſeinem Halſe gehangen, und nie den Glanz verloren hat; ſie, die
ihn eben ſo rein und edel liebt, wie Engel die
Frommen lieben; ſie, die auch dann, wenn ſie
das härteſte Unglück trift, noch immer den König ſegnen wird. Iſt das Verfahren nicht ſehr
fromm?

Kämmerer. Behüte mich der Himmel vor
solch einem Rathgeber! — Es ist sehr wahr,
man trägt sich mit dieser Neuigkeit überall; jede
Zunge spricht davon, und jedes redliche Herz
weint darüber. Jedermann, der es wagt, in
diese Sachen weiter einzudringen, sieht seinen
letzten Zweck wohl ein, eine Heyrath mit des Königs von Frankreich Schwester. Der Himmel
wird schon dereinst des Königs Augen öffnen, die
in Ansehung dieses verwegnen, bösen Mannes so
lange geschlafen haben!

Suffolk. Und uns von seiner Sklaverey be-
freyen!

Norfolk. Wir haben's sehr nöthig, von ganzem Herzen um unsre Befreyung zu beten; sonst
wird dieser herrschsüchtige Mann uns alle aus
Prinzen in Edelknaben verwandeln. *) Die Bedienungen aller Leute liegen alle wie ein Teig
vor ihm, den er so hoch oder so niedrig formen
kann, als ihm's gefällt.

---

*) Vielleicht eine Anspielung auf das Gefolge des
Kardinals, der verschiedne Edelleute unter seinen Haus-
bedienten hatte. **Johnson.**

Suffolk. Ich für mein Theil, Mylords, liebe und fürchte ihn nicht; das ist mein Glaubensbekenntniß. Ich bin ohne ihn geworden, was ich bin, und werd' es auch ohne ihn bleiben, wenn es dem König so gefällt. Nach seinen Flüchen frag' ich eben so wenig, als nach seinem Segen; es sind leere Worte, an die ich nicht glaube. Ich hab' ihn gekannt, und kenne ihn noch; und überlasse ihn dem, der ihn so stolz machte, dem Pabste.

Norfolk. Laßt uns hinein gehn, und durch irgend ein andres Geschäfte den König von diesen traurigen Gedanken abbringen, die gar zu viel Eindruck auf ihn machen — Mylord, Ihr leistet uns doch Gesellschaft?

Kämmerer. Entschuldigt mich; der König hat mich anderswohin geschickt. Und überdas werdet ihr sehen, daß es itzt gar nicht die Zeit ist, wo er gestört seyn will — Lebt wohl, Mylords.   (Er geht ab.)

Norfolk. Ich dank' Euch, mein lieber Lord Kämmerer.

Eine

Eine Thür öffnet sich; man sieht den König,
sitzend, und in tiefen Gedanken bey
einem Buche.

Suffolk. Wie ernsthaft er aussieht! — In
Wahrheit, er ist sehr niedergeschlagen!

König. Wer ist da? — he?

Norfolk. Gott geb', daß er nur nicht böse
werde!

König. Wer ist da? sag' ich — Was untersteht ihr euch mich in meinen einsamen Betrachtungen zu stören? — Wer bin ich? — was?

Norfolk. Ein huldreicher König, der alle
Beleidigungen verzeiht, wenn man dabey nichts
böses im Sinn hat. Unsre Verletzung der Ehr-
furcht auf diese Art ist eine Angelegenheit des
Staats, in welcher wir gern Euren königlichen
Befehl vernehmen möchten.

König. Ihr seyd zu dreist; geht; ich will
euch schon lehren, wenn es zu euren Angelegenheiten die rechte Zeit ist. Gehört diese Stunde
für weltliche Geschäfte? — Was?

Wolsey und Kampejus kommen mit einer
Vollmacht.

Wer ist da? — Mein lieber Lord Kardinal? —

E

O! mein theurer Wolsey, die Ruhe meines verwundeten Gewissens! du bist das beste Heilungs-
mittel für einen König — (zu Kampejus.) Seyd
in meinem Reiche willkommen, mein sehr gelehrter und ehrwürdiger Herr; wir und unser Reich
stehn Euch zu Dienste — (zu Wolsey.) Mein theurer Lord, sorgt ja dafür, daß dieß keine leere
Worte bleiben.

Wolsey. Das ist nicht möglich, mein König — Ich wünschte nur, Eure Majestät möcht'
uns eine Stunde besonders Gehör verstatten.

König. (zu Norfolk und Suffolk.) Wir haben
zu thun; geht.

Norfolk. Dieser Priester besitzt also gar keinen Stolz?

Suffolk. Das versteht sich von selbst; ob
ich gleich nicht so krank seyn möchte, als er stolz
ist, könnt' ich auch seinen Rang dafür erhalten.
Aber es kann doch nicht lange so bleiben.

Norfolk. Wenn's das thut, so will ich ihm
eins zu versetzen suchen.

Suffolk. Und ich auch eins.

(Norfolk und Suffolk gehn ab.)

Wolfey. Eure Majeſtaͤt hat dadurch ein vor
allen Fuͤrſten vorzuͤgliches Beyſpiel der Klugheit
gegeben, daß Ihr die Entſcheidung Eurer Bedenklichkeit dem Ausſpruch der Kirche uͤberlaßt.
Wer kann nun unwillig werden? welcher Groll
kann Euch treffen? Der Spaniſche Hof, durch
Blut und Freundſchaft mit der Koͤniginn verbunden, muß nun zugeben, wenn er irgend noch
gut denkt, daß dieſe Unterſuchung gerecht und
edel iſt. Alle Geiſtlichen, von Verſtand und Ein-
ſicht, haben in chriſtlichen Koͤnigreichen ihre freye
Stimme. Rom, dieſe Pflegemutter reifer Beur-
theilung, von Eurer Majeſtaͤt ſelbſt dazu eingeladen, hat Eine allgemeine Zunge, dieſen recht-
ſchaffnen Mann, zu uns geſchickt, dieſen redli-
chen und gelehrten Prieſter, den Kardinal Kampejus, den ich noch einmal Eurer Majeſtaͤt vor-
ſtelle.

König. Und noch einmal heiſſ' ich ihn in
meinen Armen willkommen, und danke dem heiligen Konklave fuͤr ſeine liebreiche Freundſchaft.
Es hat mir ſolch einen Mann geſchickt, wie ich
ihn nur immer wuͤnſchen konnte.

Kampejus. Eure Majeſtaͤt verdient unſtreitig

die Liebe aller Ausländer. Ihr denkt so edel.
Hier übergeb' ich meine Vollmacht in die Hände
Eurer Majestät; vermöge welcher, auf Befehl
des Römischen Hofes, Ihr, Mylord Kardinal
von York, mir, seinem Diener, beygesellt seyd,
um diese Sache unparteyisch zu entscheiden.

König. Zwey gleich würdige Männer! —
Die Königinn soll sogleich von der Absicht Eurer
Ankunft Nachricht haben — Wo ist Gardiner?

Wolsey. Ich weiß, Eure Majestät hat sie
allezeit so herzlich geliebt, daß ihr das nicht wird
versagt werden, was ein Frauenzimmer von ge-
ringerm Stande den Rechten nach fodern kann,
Sachwalter, denen es erläubt wird, frey für sie
zu sprechen.

König. Freylich, die soll sie haben, und zwar
die besten. Und wer sich ihrer am besten annimmt, der soll meine Gnade haben. Bewahre
Gott, daß ihr das nicht frey stehn sollte! —
Mein lieber Kardinal, rufe doch Gardiner zu
mir, meinen neuen Sekretair — Ich finde, daß
er ein geschickter Mensch ist.

(Der Kardinal geht hinaus, und kömmt mit
Gardiner zurück.)

Wolsey. Gebt mir Eure Hand; ich wünsch'
Euch viel Glück und Freude; Ihr seyd itzt in
Diensten des Königs.

Gardiner. (beyseite.) Aber allemal Eurer Gnaden zu Befehl, deren Hand mich erhoben hat.

König. Komm hieher, Gardiner.
          (Er geht mit ihm umher, und spricht leise
          mit ihm.)

Kampejus. Mylord von York, hatte nicht
vorher ein gewisser Doktor Pace die Stelle dieses
Mannes?

Wolsey. Ja.

Kampejus. Hielt man ihn nicht für einen
sehr geschickten Mann?

Wolsey. Ja, ganz gewiß.

Kampejus. So glaubt mir, Mylord Kardinal, es hat sich unfehlbar ein böses Gerücht selbst
von Euch verbreitet.

Wolsey. Wie? — von mir?

Kampejus. Man wird nicht unterlassen, zu
sagen, daß Ihr neidisch auf ihn gewesen seyd,
und aus Furcht, daß er noch höher steigen würde,
gemacht habt, daß man ihn beständig in auswär-

E 3

tigen Geschäften brauchte, welches ihn so ver-
droß, daß er von Sinnen kam und starb.

Wolsey. Gott hab' ihn selig! das ist alles,
was ein guter Christ wünschen mag. Für noch
lebende Lästerer giebt es noch Oerter, wo man
sie abstrafen kann. Er war ein Narr, denn er
wollte mit aller Gewalt rechtschaffen seyn. Der
gute Mensch da folgt meinem Willen, wenn ich
ihm befehle. Ich will nicht, daß ein andrer
außer mir des Königs Vertrauter sey. Merke dir
das, lieber Bruder, wir brauchen uns nicht von
geringern Leuten ins Gehege kommen zu lassen.

König. Ueberreiche dies mit aller Ehrerbietung der Königinn. (Gardiner geht ab.) Der be-
quemste Ort, den ich zur Untersuchung dieser Sache wüßte, ist Black-Friars; dort könnt ihr euch
über diese wichtige Angelegenheit berathschlagen —
Lieber Wolsey, sorge dafür, daß daselbst alle nöthigen Anstalten gemacht werden — O! Mylord,
sollt' es einem ehrlichen Manne nicht nahe gehn,
eine so theure Gattinn von sich zu lassen? — Aber
Gewissen! Gewissen! — O! das ist ein gar zu
zärtliches Ding! und ich muß sie verlassen.

(Sie gehn ab.)

Dritter Auftritt.

Ein Vorzimmer der Königinn.

Anne Bullen, und eine alte Hofdame.

Anne. Auch um deßwillen nicht — dieß iſt
die Bedenklichkeit, die mich quält; Seine Majeſtät hat ſo lange ſchon mit ihr gelebt, und ſie
iſt eine ſo würdige Dame, daß keine Zunge jemals etwas nachtheiliges von ihr ſagen konnte.
Bey meinem Leben, ſie hat nie böſes zu thun
gewußt! Und nun, nach ſo vielen Jahren, die
ſie auf dem Thron zugebracht, in denen ſich ihre
Majeſtät und Pracht immer noch vergröſſert hat,
deren Verluſt tauſendmal bittrer, als es im Anfang ſüß iſt, dazu zu gelangen; nun ihr den Pro-
zeß zu machen, und ſie zu verſtoſſen, das iſt ſo
bedaurenswerth, daß es ſelbſt ein Ungeheuer rühren müßte!

Hofdame. Die unempfindlichſten Herzen
ſchmelzen ihrentwegen, und bejammern ſie.

Anne. Daß Gott erbarm! — Beſſer wär's,
ſie hätte nie Pracht und Hoheit gekannt. Zwar
iſt ſie ein zeitliches Gut; aber wenn das habernde
Glück ſie von ihrem Beſitzer trennt, ſo iſt das

eine Marter, die so sehr schmerzt, als wenn Leib
und Seele von einander scheiden.

Hofdame. Ach! die arme Dame! nun ist
sie wieder eine Ausländerinn!

Anne. Um so viel mehr muß man Mitleid
mit ihr haben. Wahrhaftig, das schwör' ich, es
ist besser, von niedrer Geburt seyn, und unter
geringen Leuten in gleichem Range zufrieden leben, als in einem schimmernden Gram heraus-
geputzt werden, und goldne Fessel tragen.

Hofdame. Unsre Zufriedenheit ist unsre beste Habe.

Anne. Bey meiner Treu und Unschuld! ich
möchte nicht eine Königinn seyn!

Hofdame. O! wahrlich, das möcht' ich
doch; und meine Unschuld wohl dran wagen!
Das würdet auch Ihr thun, aller dieser gleissen-
den Heucheley ungeachtet. Ihr, die Ihr so vorzügliche Vollkommenheiten eines Frauenzimmers
besitzt, habt doch auch ein Frauenzimmerherz,
welches von jeher nach Erhabenheit, Reichthum
und Herrschaft strebte, die doch auch in Wahrheit
zur Glückseligkeit gehören. Und zur Fassung dieser Gaben würde auch, Eures Gezieres ungeach-

tet, Euer zartes, feines *) Gewissen weit genug
seyn, wenn es Euch beliebte, es ein wenig aus-
zudehnen.

Anne. Nein, meiner Treu =.

Hofdame. Ach! Treu hin, Treu her! —
Ihr möchtet keine Königinn seyn?

Anne. Nein, nicht um alle Schätze unter
der Sonne!

Hofdame. Es ist doch seltsam; mit einem
krummen Dreypfenningstücke liess' ich mich, so
alt ich bin, dazu verdingen, Königinn zu seyn.
Aber sagt mir doch, was denkt Ihr denn zu einer Herzoginn? fühltet Ihr Euch wohl stark genug, diesen Titel zu tragen?

Anne. Nein, wahrlich nicht.

Hofdame. So seyd Ihr auch sehr schwach.
Laßt uns noch was abnehmen. Um mehr, als
Roth werden kostet, möcht' ich doch nicht ein
junger Graf seyn, der euch in den Weg käme.
Wenn Euer Rücken dieser Bürde nicht einmal

---

*) Eigentlich bocksledernes, cheveril; worauf auch
das folgende geht. Man sieht, daß die Metapher von
Handschuhen hergenommen ist.

gewachſen iſt, ſo iſt er auch zu ſchwach, jemals einen jungen Sohn zu bekommen.

Anne. Wie Ihr ſprecht! — Ich ſchwöre noch einmal, ich möcht' um aller Welt willen keine Königinn ſeyn!

Hofdame. O! wahrhaftig, ſchon für das kleine England lieſſet Ihr Euch die Krone gefal-len! — Ich für mein Theil thät' es ſchon für Carnarvonſhire, wenn auch weiter nichts, als das, zu der Krone gehörte — Seht, wer kömmt da? *(Der Lord Kämmerer kommt.)*

Kämmerer. Guten Morgen, meine Damen. Wie viel wär' es wohl werth, das Geheimniß Eurer Unterredung zu wiſſen?

Anne. Nicht Eurer Frage einmal, mein wer-ther Lord, iſt es werth. Wir bedauerten das Herzeleid unſrer guten Königinn.

Kämmerer. Das war ein rühmliches Ge-ſchäfte, und einem würdigen Frauenzimmer ſehr anſtändig. Man hat Hoffnung, daß noch alles gut werden wird.

Anne. Nun, das gebe Gott!

Kämmerer. Ihr habt ein ſehr edles Ge-müth; Perſonen, die ſo denken, können auf die

Segnungen des Himmels rechnen. Damit Ihr
seht, mein schönes Fräulein, daß ich aufrichtig
rede, und daß man Eure vielen Vorzüge nicht
unbemerkt gelassen hat, so bring' ich Euch von
des Königs Majestät die Versicherung seiner gnä-
digsten Gesinnung, und zugleich die Uebertragung
keiner geringern Ehre, als einer Markgräfinn
von Pembrocke, zu welchem Titel der König,
aus höchster Gnade ein jährliches Gehalt von
tausend Pfund hinzu thut.

Anne. Ich weiß in der That nicht, durch
welchen Gehorsam und Diensteifer ich diese Wohlthat erwiedern soll; noch mehr, als alles, was
ich habe, wäre nichts; auch sind meine Gebete
nicht genug geheiligte Worte, noch meine Wünsche mehr werth, als leere Eitelkeiten; indeß sind
Gebete und Wünsche doch alles, was ich erwiedern kann. Ich bitt' Euch, Mylord, habt doch
die Güte, meinen Dank und meinen Gehorsam,
von Seiten einer beschämten Magd, Seiner Majestät zu versichern, für deren Wohl und Ruhm
ich bete.

Kämmerer. Mein Fräulein, ich werde nicht
ermangeln, den König in seiner guten Meynung

von Euch noch mehr zu bestärken — (beyseite.)
Ich habe sie genau betrachtet; Schönheit und
Tugend sind in ihr dergestalt verwebt, daß der
König dadurch ganz eingenommen ist; und wer
weiß, ob nicht von diesem Fräulein einmal ein
Edelstein *) entsteht, der diese ganze Insel er-
leuchtet? — Ich gehe zum König, und sag' ihm,
daß ich Euch gesprochen habe.

(Der Lord Kämmerer geht ab.)

Anne. Mein geehrtester Lord — —

Hofdame. Da haben wirs nun; seht Ihr? —
Ich habe nun schon sechszehn Jahr am Hofe ge-
bettelt, und bin noch immer eine bettelhafte Hofdame, und habe noch nie, wenn ich nur um einige Pfund anhielt, den rechten Punkt zwischen
zu früh und zu spät treffen können. Und Ihr —
o! des ungerechten Schicksals! — die Ihr hier
kaum warm geworden seyd — Pfui des erzwun-
genen Glücks! — Ihr bekommt den Mund schon
voll gepfropft, eh Ihr ihn einmal aufthut!

---

*) Vielleicht hatte der Dichter den Karfunkel im
Sinn, dem man inres Licht und den Glanz im Fin-
stern beylegt. Jeder andre Edelstein kann Licht und
Schein zwar zurück, aber nicht für sich geben: Johnson.

Anne. Ich wundre mich selbst darüber.

Hofdame. Wie schmeckt das? — Ist's bitter? — Vierzig Pfenninge *) wett ich, es ist es nicht. Man hat eine alte Geschichte, daß einmal ein Fräulein war, die nicht Königinn werden wollte, die es um allen Schlamm in Aegypten nicht wollte. Habt Ihr die Geschichte gehört?

Anne. O! Ihr wollt spaßen.

Hofdame. O! Mit dieser Begebenheit könnt' ich in meinem Spaß höher steigen, als die Lerche — Markgräfinn von Pembrocke! Tausend Pfund des Jahrs! — Aus bloßer Achtung! — Keine weitere Verbindlichkeit! So wahr ich lebe, das läßt mehr Tausende hoffen. Die Schleppe der Ehre ist allemal länger, als ihre Schürze. Nun wahrlich, ich sehe schon, Eure Schultern werden auch noch den Rang einer Herzoginn tragen können — Sagt mir, seyd Ihr itzt nicht schon stärker als Ihr vorhin wart?

Anne. Meine gute Lady, macht Euch über

---

*) Vierzig Pfenninge war ehedem die sprüchwörtliche Bezeichnung einer unbedeutenden Wette; es ist so viel, als ein halber Nobel, oder der sechste Theil von einem Pfund. Steevens.

eure eignen Grillen luftig, und laßt mich dabey
aus dem Spiele. Ich wollte mich aus der Welt
wünschen, wenn ich durch diese Wohlthat im geringsten übermüthig würde; vielmehr schlägt es
mich nieder, wenn ich an das denke, was er-
folgen wird. Die Königinn hat keinen, der sie
tröstet, und wir vergessen sie ganz, daß wir sie so
lange allein lassen. Ich bitt' Euch, sagt ihr
nichts von dem, was ihr hier gehört habt.

Hofdame. Wofür haltet Ihr mich?

(Sie gehn ab.)

Vierter Auftritt.

Ein Saal in Black-Friars.

Trompeten, und Hörner. Zwey Gerichtsdiener mit kurzen silbernen Stecken; nach
ihnen zwey Schreiber in Doktorkleidung;
nach ihnen der Erzbischof von Canterbury
allein; nach ihm die Bischöfe von Lincoln,
Ely, Rochester und St. Asaph; nach ihnen
folgt, in einer kleinen Entfernung, einer,
der die Tasche mit dem grossen Siegel und
den Kardinalshut trägt; darauf zwey Priester, jeder mit einem silbernen Kreuz; her-

nach ein Marschall mit blossem Kopf; und
ein Gerichtsdiener, der einen Stab trägt;
ferner zwey Edelleute, mit zwey silbernen
Pfosten; nach ihnen, neben einander, die
beyden Kardinäle; zwey Kavaliere mit
Schwert und Stecken. Der König nimmt
seinen Platz unter dem Thronhimmel; die
beyden Kardinäle sitzen unter ihm, als Richter. Die Königinn nimmt ihren Platz in
einiger Entfernung vom Könige. Die Bischöfe setzen sich an jeder Seite des Gerichts-
hofes, wie ein Konsistorium; unter ihnen
die Schreiber. Die Lords sitzen zunächst
den Bischöfen. Das übrige Gefolge
steht in gehöriger Ordnung um
die Bühne herum.

Wolsey. Unter der Zeit, daß unsre Vollmacht von Rom verlesen wird, laßt Stillschwei-
gen befehlen.

König. Wozu ist das nöthig? sie ist schon
einmal öffentlich verlesen worden, und Jedermann hat ihre Gültigkeit zugestanden. Ihr könnt
also die Zeit sparen.

Wolsey. So sey es denn; nur weiter.

Schreiber. Sage: Heinrich König von England, komme vor Gericht!

Ausrufer. Heinrich König von England, komme vor Gericht!

König. Allhier!

Schreiber. Sage: Katharine, Königinn von England, komme vor Gericht!

Ausrufer. Katharine, Königinn von England komme vor Gericht!

> (Die Königinn antwortet nicht, steht von ihrem Sessel auf, geht die Versammlung vorbey, kömmt zum König, und kniet zu seinen Füssen; darauf redet sie:)

Königinn. Herr, ich fleh Euch an, mir Recht und Gerechtigkeit widerfahren zu lassen, und mir Euer Mitleid zu gewähren; denn ich bin ein sehr armes Frauenzimmer, und eine Ausländerinn, auffer Eurem Reiche geboren; ich habe hier keinen unpartheyischen Richter, keine Ursache zu hoffen, daß man billig und freundschaftlich mit mir verfahren werde. Ach! Mein Gemahl,

worin

---

*) Diese Rede des Königs und der Königinn Antwort sind aus den alten Chronicken genommen. Steevens.

worin hab' ich Euch beleidigt? worin hat mein
Betragen Euer Mißfallen erregt, daß Ihr so
weit geht, mich zu verstoßen, und mir Eure
Gunst zu entziehen? Der Himmel sey mein Zeuge! Ich habe mich als eine treue und folgsame
Gattinn gegen Euch bewiesen, habe mich zu aller Zeit nach Eurem Befehl gerichtet, habe mich
allemal gefürchtet, Euren Unwillen zu erregen,
ja, bin Euren Blicken völlig unterthan gewesen,
war froh oder traurig, wie sie es waren. Wenn
hab' ich je Eurem Verlangen widersprochen, oder
es nicht auch zu dem meinigen gemacht? Oder
welchen von Euren Freunden hab' ich nicht zu
lieben gesucht, wenn ich gleich wußte, er sey mein
Feind? Wen von meinen Freunden, der Euren Zorn sich zugezogen hatte, fuhr ich fort zu
lieben? und gab ich es nicht allemal zu erkennen,
daß er auch meine Gunst nicht mehr hatte? Erinnert Euch, Herr, daß ich mit dieser Folgsamkeit gegen zwanzig Jahr Eure Gemahlinn gewesen, und durch Euch mit vielen Kindern gesegnet
bin. Könnt ihr in aller dieser Zeit etwas auf-
finden, und beweisen, das wider meine Ehre,
wider das Band unsrer Heyrath, oder wider

meine Treue und Liebe, wider eure geweihte Person, gehandelt wäre; in Gottes Namen, so
verstoßt mich, und laßt die schnöbeste Verachtung
mir die Thür verschliessen, und mich der streng-
sten Gerechtigkeit überliefern. Erlaubt mir es zu
sagen, mein Gemahl; der König, Euer Vater,
hatte den Ruhm eines sehr weisen Fürsten, von
herrlichem und unvergleichlichem Verstande und
Scharfsinn. Ferdinand, mein Vater, König
von Spanien, wurde für einen der klügsten Fürsten gehalten, die dort seit vielen Jahren regiert
hatten. Unstreitig haben sie aus jedem Königreich, welches diese Sache angieng, eine weise
Rathsversammlung berufen, welche unsre Heyrath für gesetzmäßig erklärte. Darum bitt' ich
Euch demüthig, mein Gemahl, mich so lange
zu verschonen, bis ich von meinen Freunden in
Spanien Nachricht haben kann, die ich um ihren Rath bitten will. Soll auch das nicht seyn;
nun in Gottes Namen, so gescheh Euer Wille!

Wolsey. Ihr habt hier, gnädige Frau, die
freye Wahl unter diesen ehrwürdigen Vätern,
Leuten von vorzüglicher Rechtschaffenheit und
Einsicht, den auserlesensten im ganzen Lande,

die zur Unterſuchung Eurer Sache verſammelt
ſind. Es wird alſo unnütz ſeyn, dieſe Unterſuchung länger auszuſetzen, ſo wohl für Eure eigne
Ruhe, als zur Berichtigung desjenigen, welches
bey dem König noch nicht ſo völlig ausgemacht iſt.

Kampejus. Seine Gnaden hat ſehr wohl
und richtig geredet; darum wird es das beſte
ſeyn, gnädige Frau, daß dieſe Sitzung ihren
Fortgang habe, und daß man ohne Anſtand die
Beweiſe vorbringe und anhöre.

Königinn. Lord Kardinal — ich rede mit
Euch.

Wolſey. Was beliebt Euch, gnädige Frau?

Königinn. Sir, ich möchte weinen; aber
indem ich bedenke, daß ich eine Königinn bin,
oder doch lange geträumt habe, es zu ſeyn —
daß ich wenigſtens die Tochter eines Königs bin;
ſo will ich meine Zährentropfen in Feuerfunken
verwandeln.

Wolſey. Habt noch Geduld — —

Königinn. Das werd' ich, wenn Ihr be-
ſcheiden ſeyd; ja, noch eher — oder Gott wird
mich ſtrafen! Ich glaube aus dringenden Urſachen,
daß Ihr mein Feind ſeyd; und thue die Fodrung,

daß Ihr nicht mein Richter seyn sollt. Denn
Ihr seyd es, der diese Feuerkohle zwischen meinem Gemahl und mir angeblasen hat, welche
Gottes Thau auslöschen wolle! Darum sag' ichs
noch einmal, ich verabscheue es, und weigre mich
von ganzer Seelen, Euch zu meinem Richter zu
haben, da ich Euch, ich wiederhol' es, für meinen boshaftesten Feind, und überhaupt für gar
keinen Freund der Wahrheit halte.

Wolsey. Ich muß gestehen, ich erkenn' Euch
selbst nicht mehr in diesen Reden, da Ihr sonst
immer so leutselig gedacht, und so sanftmüthige
so kluge Gesinnungen geäussert habt, dergleichen
ein Frauenzimmer nicht leicht in seiner Gewalt
hat. Gnädige Frau, Ihr thut mir Unrecht;
ich hege keinen Groll wider Euch, bin nicht ungerecht gegen Euch, noch gegen sonst Jemand;
was ich bisher gethan habe, und künftig noch
thun werde, geschieht alles nach der Vorschrift
einer Vollmacht vom geistlichen Gerichte, ja von
dem ganzen Römischen Hofe. Ihr beschuldigt
mich, ich habe diese Feuerkohle angeblasen; das
leugne ich; der König ist hier zugegen. Weiß
er, daß ich anders rede, als ich gehandelt habe,

wie sehr und mit welchem Rechte kann er mich
für meine Falschheit bestrafen! Eben so hart, als
Ihr meine Wahrheitsliebe bestraft habt! Weiß
er hingegen, daß Eure Vorwürfe mich nicht treffen, so weiß er doch auch, daß Eure Beleidigung
mich getroffen hat. Es steht also bey ihm, mir
Genugthuung zu schaffen; und die wird darin
bestehen, daß er Euch diese Gedanken benehme.
Und ehe Seine Majestät hierin einen Ausspruch
thut, bitt' ich Euch, meine gnädige Frau, nicht
mehr so zu denken, wie Ihr redet, und niemals
wieder so zu reden.

Königinn. Mylord, Mylord, ich bin ein
Frauenzimmer, viel zu schwach, um Eurer Ver-
schlagenheit Widerstand zu thun. Ihr thut sanft-
müthig, und sprecht sehr demüthig; und verhal-
tet Euch Eurem Stand und Berufe gemäß, indem Ihr äusserlich lauter Sanftmuth und Demuth zeigt; aber Euer Herz ist durch und durch
mit Stolz, Feindseligkeit, und Uebermuth erfüllt.
Ihr habt, durch die Gunst des Glücks und Seiner Majestät schnelle und leichte Schritte über
die niedern Ehrenstufen hinweg gethan; itzt seyd
Ihr so hoch gestiegen, daß Ihr die Gewalt in

Eurem Gefolge und Worte zu Euren Dienſtbo-
ten habt, die Eurem Willen gehorchen, nachdem
es Euch beliebt, ihnen etwas vorzuſchreiber.
Ich muß Euch ſagen, Ihr liebt mehr die Ehre
Eurer Perſon, als Euren hohen geiſtlichen Beruf — Ich weigre mich alſo noch einmal, Euch
für meinen Richter zu erkennen, und appellire
hier, vor Euch allen, an den Pabſt, um meine
ganze Sache Seiner Heiligkeit vorzulegen, und
von ihm mein Urtheil zu erhalten.

　　　　(Sie macht eine Verneigung gegen den
　　　　Koͤnig, und will weggehen.)

Kampejus. Die Koͤniginn iſt hartnaͤckig, wi-
derſpaͤnſtig gegen die Gerechtigkeit, geneigt, ihr
Vorwuͤrfe zu machen, und voller Verachtung ab-
geneigt, ſich ihrem Ausſpruche zu unterwerfen.
Das iſt gar nicht gut. Sie will weggehen.

König. Ruft ſie zuruͤck.

Ausrufer. Katharine, Koͤniginn von England, komme vors Gericht!

Marſchall. Gnaͤdige Koͤniginn, man ruft
Euch zuruͤck.

Königinn. Was geht das Euch an? Nehmt
Ihr Eure eignen Sachen in Acht; und, wenn

man Euch ruft, so geht zurück — Nun, Gott
steh mir bey! Man setzt mir so hart zu, daß ich's
kaum mehr dulden kann! — Geht nur; ich will
mich hier nicht verweilen, noch jemals mehr wegen dieser Sache vor irgend einem ihrer Gerichts-
höfe mich stellen.

(Die Königinn geht mit ihrem Gefolg ab.)

König. Geh nur hin, Käthchen. Wenn
irgend einer auf der Welt sagt, er hab' eine bessere Frau, so müsse man ihm in keiner Sache
mehr trauen; weil er darin die Unwahrheit geredet hat. Du bist allein — wenn deine seltnen
Tugenden, deine gefällige Sanftmuth, deine
heilige Gelassenheit, deine weibliche Art zu herrschen, dein Gehorchen im Befehlen, und deine
übrigen edeln und liebenswürdigen Eigenschaften
mit Einem Namen belegt werden könnten — Die
Königinn aller irdischen Königinnen! Sie ist von
edler Geburt; und hat sich, ihrem Adel gemäß,
gegen mich betragen.

Wolsey. Mein gnädigster König, ich bitt'
Euch in aller Unterthänigkeit, daß Ihr geruhen
wollt, vor den Ohren dieser ganzen Versamm-

F 4

lung zu erklären — denn da, wo man mich ge-
plündert und festgebunden hat, da muß man mich
auch wieder losmachen, wenn ich gleich hier
nicht auf einmal Genugthuung dadurch erhalte —
ob ich Eure Majestät zu dieser Sache angereizt,
oder irgend eine Bedenklichkeit bey Euch rege gemacht habe, wodurch Ihr zu dieser Untersuchung
veranlaßt wäret, oder ob ich je anders, als mit
Dank gegen Gott für solch eine würdige Königinn, nur ein einziges, nur das geringste Wort
geredet habe, welches ihrem itzigen Range im
mindesten nachtheilig seyn, oder ihrer würdigen
Person zu nahe treten konnte?

König. Mylord Kardinal, ich entschuldige
Euch völlig; ja, bey meiner Ehre, ich spreche
Euch ganz frey von diesem Vorwurf. Ich darfs
Euch nicht erst sagen, daß Ihr viele Feinde habt,
die selbst nicht wissen, warum sie es sind, sondern, gleich Dorfhunden, mitbellen, wenn andre
es thun; durch einige von diesen Leuten ist die
Königinn gegen Euch aufgebracht. Ihr seyd völlig entschuldigt; aber wollt Ihr auch noch mehr
gerechtfertigt seyn? Ihr habt von jeher gewünscht,
daß diese Sache ruhen möchte; habt sie nie rege

zu machen gesucht; sondern habt vielmehr oft,
sehr oft mich verhindert, wenn ich dazu geneigt
war — Bey meiner Ehre, ich rede so, wie mein
guter Kardinal über diesen Punkt denkt, und
spreche ihn von allen Vorwürfen darüber frey.
Itzt will ich Euch sagen, was mich dazu bewogen hat, und will so dreist seyn, mir die nöthige
Zeit und eure Aufmerksamkeit bey dieser Erklärung zu nehmen. Hört also meine Veranlassung. So kam es — gebt darauf Acht! — Zuerst wurden in meinem Gewissen Bedenklichkei-
ten, Zweifel und Unruhen durch gewisse Reden
veranlaßt, welche der Bischof von Bayonne, damals Französischer Gesandter geäussert hatte, der
hieher geschickt war, um die Vermählung des
Herzogs von Orleans mit unsrer Tochter Maria
zu Stande zu bringen. Während der Verhand-
lung dieser Sache, und eh es zu einer völligen
Entschliessung kam, bat sich der Bischof eine Frist
aus, in welcher er dem König, seinem Herrn,
die Frage vorlegen könnte, ob auch unsre Tochter für rechtmäßig zu erkennen sey, in Rücksicht
auf unsre Heyrath mit der nachgelaßnen Wittwe
meines verstorbnen Bruders. Diese Frist er-

schütterte mein Gewissen bis auf den Grund, *)
durchdrang mit zerschneidender Gewalt mein
Innres, und machte daß meine Brust erbebte.
Daburch gewannen viele beunruhigende Gedan-
ten einen freyen Zugang, die mit dieser Bedenklichkeit auf mich einbrangen. Fürs erste dacht'
ich, ich stünde nicht in der Gunst des Himmels,
welcher der Natur geboten hätte, daß der Leib
meiner Gemahlinn, wenn er ein männliches
Kind von mir empfienge, demselben nicht mehr
Lebensdienste leisten sollte, als das Grab den Todten leistet; denn ihre männlichen Erben starben
entweder schon im Mutterleibe, oder doch kurz
nachdem sie die Luft dieser Welt geschöpft hatten. Das brachte mich auf die Gedanken, es
sey ein über mir verhängtes Gericht, daß mein
Königreich, welches wohl den besten Erben von
der Welt verdiente, nicht durch mich damit er-
freut werden sollte. Hernach erwog ich die Gefahr, in welcher sich mein Reich durch diesen

---

*) The *bottom* of my conscience ließ Theobald
mit vieler Wahrscheinlichkeit für the *bosom*, weil das
erstere im Holinshed steht, woraus Shakespeare fast
diese ganze Rede entlehnt hat.

Mängel an männlicher Nachkommenschaft be-
fand; und das erregte mir manche ächzende Beklemmung. Da ich nun so in dem empörten
Meere meines Gewissens hülflos umhergetrieben
wurde, so richtete ich mein Steuerruder nach
diesem Hülfsmittel, um deßwillen wir itzo hier
versammlet sind; das heißt, ich suche mein Gewissen wieder zu beruhigen, welches damals auf-
serst krank war, und auch noch nicht wieder völlig gesund ist; aber beruhigen will ich es durch
alle die ehrwürdigen Geistlichen und gelehrten
Theologen meines Landes. Den Anfang hab'
ich mit euch, Lord Lincoln insgeheim gemacht.
Ihr erinnert euch, wie hart mich die Unruhe
meines Herzens niederdrückte, als ich Euch das
erstemal zu Rathe zog.

Lincoln. Sehr wohl, mein König.

König. Ich habe lange geredet; habt die
Güte, es selbst zu sagen, in wie weit Ihr mich
beruhigen konntet.

Lincoln. Mit Eurer Majestät Erlaubniß,
diese Frage machte mir gleich Anfangs so viel
Bedenklichkeit, da sie einen so wichtigen Gegenstand betraf, und furchtbare Folgen haben konn-

te, daß ich auch den kühnsten Anschlag, den ich
hatte, immer noch in Zweifel zog, und Eure
Majestät bat, diesen Weg einzuschlagen, den Ihr
gegenwärtig nehmt.

König. Ich zog darauf Euch zu Rath, Mylord von Canterbury, und erhielt Eure Erlaubniß, diese gegenwärtige Versammlung zu berufen. Kein einziges ehrwürdiges Mitglied derselben ließ ich unbefragt, sondern verfuhr nach eines jeden besonderm Gutbefinden, welches Ihr
mir mit Hand und Siegel ertheilt hattet. Fahrt
also nur fort. Denn nicht das geringste Mißfallen von der Welt gegen die Person unsrer guten Königinn, sondern die scharfen dornichten
Stiche meiner angeführten Gründe spornen dieß
Vorhaben an. Sobald ihr nur beweißt, daß
unsre Heyrath gesetzmäßig ist, so werd' ich, bey
meinem Leben und meiner königlichen Würde!
mit Freuden auch den künftigen Theil meines
Lebens mit ihr, Katharinen, unsrer Königinn,
lieber zubringen, als mit der esten Schönheit, die
ihres gleichen nicht auf der Welt hat.

Kampejus. Erlaub' Eure Majestät, da die
Königinn nicht zugegen ist, so wird es wohl nö-

thig seyn, diese Untersuchung auf einen andern
Tag auszusetzen. Indeß muß die Königinn ernstlich
angehalten werden, die Appellation zu widerru-
fen, die sie an seine Heiligkeit zu machen denkt.

(Sie stehn auf, um auseinander zu gehn.)

König. (für sich.) Ich sehe wohl, diese Kardinäle haben mich zum Besten; ich hasse dergleichen tückische Verzögerungen, und die Kunstgriffe
Roms. Mein einsichtvoller und geliebter Diener, Cranmer *), o! komm bald zurück! Mit
dir, weiß ich, kehrt auch meine Ruhe wieder —
Hebt die Versammlung auf — Laßt uns gehn.

(Sie gehn eben so wieder ab, wie sie kamen.)

---

*) Erzbischof von Canterbury, der wegen einer Ge-
sandschaft vom Hofe abwesend war.

Dritter Aufzug.

Erster Auftritt.

Der Königinn Zimmer.

Die Königinn und ihre Hofdamen, an der Arbeit.

Königinn. Nimm deine Laute, Mädchen; meine Seele wird von Kummer ganz finster; sing', und zerstreue diesen Kummer, wenn du kannst; laß die Arbeit liegen.

Lied.

Orpheus sang; der Bäume Wipfel,
Und der Berge starre Gipfel
Beugte seiner Laute Macht.
Pflanz' und Blum' entsproß voll Wonne,
Als hätt' Regenguß und Sonne
Ew'gen Lenz hervorgebracht.
Jedes Wesen ward Gehör;
Selbst die wilde Well' im Meer
Hieng das Haupt, und legte sich.

Tonkunst, deine Zauberey
Hört der Gram, und schlummert ein;
Hört dich fort, und stirbt durch dich.

(Es kömmt ein Edelmann vom Hofe.)

Königinn. Was ist?

Edelmann. Erlaub' Eure Majestät, die beyden grossen Kardinäle warten im Audienzzimmer.

Königinn. Wollen sie mich sprechen?

Edelmann. Sie verlangten, daß ich sie melden sollte.

Königinn. Ersuche die Herren, näher zu kommen — Was können sie bey mir, einer armen, schwachen, in Ungnade gefallnen Frau, zu suchen haben? (Der Edelmann geht ab.) — Ihr Besuch ist mir gar nicht gelegen, nun ich es recht bedenke. Sie sollten, ihrem heiligen Berufe nach, rechtschaffne Leute seyn; ihr Amt ist ehrwürdig; aber die Kappe macht noch keinen Mönch.

Der Kardinal Wolsey, und Kampejus.

Wolsey. Friede sey mit Eurer Majestät!

Königinn. Ihr findet mich hier mit Hausarbeit beschäftigt, meine ehrwürdigen Herren; ich

mache mich gern auf alles gefaßt, wenn mir
vielleicht das Aergste begegnen sollte. Was ist
denn euer Begehren, ihr Herren?

Wolsey. Wenn es Eurer Gnaden gefällig
wäre, mit uns in Euer Kabinet zu gehen, so
werden wir Euch die Veranlassung unsers Be-
suchs umständlich erklären.

Königinn. Sagt sie nur hier. Auf mein
Gewissen! ich habe bis itzt noch nichts begangen,
weswegen man sich in Winkel verkriechen muß.
Möchten dieß alles andre Frauen mit eben so rei-
nem Herzen sagen können, als ich! Mylords,
ich habe das Glück vor vielen andern, daß mirs
ganz gleichgültig ist, ob meine Handlungen von
jeder Zunge beurtheilt werden, ob jedes Auge sie
sieht, ob Neid und Verläumbung ihr Aeusserstes
gegen sie versuchen; so sehr bin ich mir meines
untadelhaften Wandels bewußt. Wenn Ihr in
der Absicht kommt, mich und die Rechtmäßigkeit
meiner Heyrath *) zu untersuchen; wohlan denn,
nur

---

*) Der harte und dunkle Ausdruck: that way I am
wife in, kann auch heissen: Die Art, wie ich mich
als Frau verhalten habe.

nur dreist heraus damit! Wahrheit liebt Offen-
herzigkeit.

Wolsey.   Tanta est erga te mentis integri-
tas, Regina serenissima - -.

Königinn.   O! kein Latein, mein werther
Kardinal. Ich bin während meines hiesigen Auf-
enthalts nicht so nachläßig im Lernen gewesen,
daß ich die Sprache dieses Landes nicht verstehen
sollte. Eine fremde Sprache giebt meiner Sache
nur ein fremders und verdächtigers Ansehen.
Ich bitt' Euch, redet in unsrer Landessprache;
es sind hier einige zugegen, die es euch um ihrer
armen Gebieterinn willen Dank wissen werden,
wenn ihr die Wahrheit redet. Glaubt nur, ihr
ist sehr Unrecht geschehen. Lord Kardinal, die
vorsetzlichste Sünde, die ich je begangen habe,
läßt sich in unsrer gemeinen Sprache absolviren.

Wolsey.   Gnädigste Königinn, es thut mir
leid, daß meine Redlichkeit und mein Diensteifer
gegen den König und Euch, bey den treuesten
Gesinnungen, so tiefen Argwohn zur Folge gehabt hat. Wir kommen nicht, als Eure Ankläger; noch in der Absicht, eine Ehre zu verklei-
nern, die jede fromme Zunge preiset, noch Euch

G

irgend einigen Verdruß zu machen — den habt
Ihr ohnedas schon genug, würdige Lady! —
sondern nur, zu vernehmen, wie ihr in Betracht
des wichtigen Zwistes zwischen dem König und
Euch gesinnt seyd, — und Euch als freymüthi-
ge und redliche Männer unsre aufrichtige Meynung und Tröstungen in Eurer Sache mitzu-
theilen.

Kampejus. Meine verehrungswürdigste Königinn, Mylord von York handelt nach der ihm
eignen edlen Denkungsart, und nach der Dienst-
begierde und Folgsamkeit, die er von jeher gegen Euch bewiesen hat; er vergißt, als ein gut-
denkender Mann, Eure neulichen Vorwürfe wider ihn und seine Wahrheitsliebe, worin Ihr
zu weit giengt, und bietet Euch mit mir, seine
Dienste und seinen guten Rath an. — —

Königinn. (beyseite.) Um mich zu verrathen! — Mylords, ich dank' Euch beyden für
euren guten Willen. Ihr redet als rechtschaffne
Leute — Gott gebe, daß ihrs auch seyd! —
aber ich weiß in der That nicht, wie ich, bey
der Schwäche meines Verstandes, solchen ange-
sehenen und gelehrten Männern, in einer so wich-

tigen Sache, wobey meine Ehre, und, ich fürch=
te noch mehr, mein Leben, so sehr ins Spiel
kömmt, gleich auf der Stelle antworten soll.
Ich saß unter meinen Kammerfrauen an der Ar=
beit, und, Gott weiß, ich hatte mich im gering=
sten nicht weder auf solch einen Besuch, noch auf
solch eine Angelegenheit gefaßt gemacht. Um
desjenigen willen, was ich bisher gewesen bin —
denn ich fühle schon den letzten Anstoß meiner
Hoheit — gebt mir, ihr werthen Herren, Zeit
und Fürsprecher für meine Sache. Leider! bin
ich ja nur ein Frauenzimmer, Freundelos! Hoff=
nungslos!

Wolsey. Gnädigste Frau, mit dieser Besorg=
niß thut Ihr der Liebe des Königs Unrecht; Ihr
habt unendlich viel Hoffnungen und Freunde.

Königinn. In England sehr wenige, die
mir nützen könnten. Könnt ihr glauben, ihr Her=
ren, daß irgend ein Engländer es wagen wird,
mir guten Rath zu geben? oder daß einer, wenn
er auch so äusserst verwegen wäre, rechtschaffen
zu seyn, wider den Willen des Königs mein
Freund seyn, und mit dem Leben davon kommen
könnte? Nein, wahrlich, meine Freunde, solche

Freunde, die meinem Leiden das Gegengewicht
hielten *), solche, denen ich mein ganzes Vertrauen schenken könnte, leben nicht hier; sie sind,
so wie meine übrigen Tröstungen, weit entfernt,
in meinem Vaterland, ihr Herren.

Kampejus. Ich wünschte, gnädige Frau,
Ihr ließt Euren Gram fahren, und nähmt meinen Rath an.

Königinn. Wie das, mein Herr?

Kampejus. Ueberlaßt Eure ganze Sache dem
Schuße des Königs; er ist liebreich und sehr gnädig. Das wird weit besser beydes für Eure Ehre
und für Eure Sache seyn. Denn wenn das Urtheil des Gerichts Euch verdammt, so werdet Ihr
beungnadigt hinweg gehen.

Wolsey. Er räth Euch sehr richtig.

Königinn. Ihr rathet mir, was Ihr beyde
wünscht, meinen Untergang. Ist das euer christ-
licher Rath? — Hinweg mit euch! Der Himmel ist noch über alle; dort sitzt ein Richter, den
kein König bestechen kann!

---

*) Diese von Johnson angegebne Bedeutung der
hier dunkeln Redensart: that must *weight out* my affli-
ctions, scheint mir hier die schicklichste zu seyn.

Kampejus. Ihr seht uns in Eurer Wuth
für ganz andre Leute an, als wir sind.

Königinn. Desto mehr Schande für euch;
ich hielt euch für fromme Männer, bey meiner
Seele, für zwey ehrwürdige Kardinaltugenden *);
aber ich fürchte, ihr seyd Kardinalsünden, und
leere Herzen; schämt euch und bessert sie, ihr
Herren. Ist dieß euer Trost? Die Herzstärkung,
die ihr einer unglücklichen Frau bringt, einer
Frau, die unter euch verloren, verlacht, verspot-
tet ist? — Ich will euch nicht die Hälfte meines
Elendes wünschen; dazu denk' ich zu gutherzig.
Aber sagt, daß ich euch gewarnt habe! Nehmt
euch in Acht, um's Himmels willen nehmt euch
in Acht, daß nicht auf einmal die ganze Last meiner Leiden auf euch falle!

Wolsey. Gnädige Frau, dieß ist ein bloßer
Anfall übertriebner Heftigkeit. Ihr verwandelt
das Gute, was wir Euch antragen, in Böses.

Königinn. Und ihr verwandelt mich in Nichts.

---

*) Dieß Wortspiel mit der Kardinalswürde und den
sogenannten Kardinal = oder Haupt = Tugenden und
Sünden ist freylich dem Schmerze der Königinn nicht
sehr gemäß.

Weh euch und allen solchen falschen Rathgebern!
Wenn ihr noch einige Billigkeit, einiges Erbarmen habt, wenn ihr etwas weiter seyd, als bloße
Priestertrachten; könnt' ihr da verlangen, daß
ich meine hülflose Sache den Händen desjenigen
anvertraue, der mich haßt? Ach! schon hat er
mich von seinem Bette verbannt, und zu lange
schon von seiner Liebe! Ich bin alt, ihr Herren, und alle die ehelichen Dienste, die ich ihm
itzt noch leisten kann, sind bloß mein Gehorsam.
Was kann mich noch weiter betreffen, als dieß
Elend? All euer Bestreben versetzt mich in diesen
jammervollen Zustand!

Kampejus. Eure Furcht ist ungegründet.

Königinn. Hab ich deswegen — laßt mich
selbst für mich reden, da doch einmal die Tugend keine Freunde findet — hab' ich deswegen so lange als
die treueste Gattinn gelebt? und — ich darf' es
ohne eitle Ruhmsucht sagen — als eine Frau,
die nie von Argwohn gebrandmarkt ist? Bin ich
nicht dem Könige mit meiner völligen Liebe allezeit entgegen geeilt? hab' ihn nächst dem Himmel geliebt! ihm gehorcht! bin, aus lauter Zärtlichkeit, abergläubisch gegen ihn gewesen! habe

faſt meine Andachtsübungen verſäumt, um ihm
Freude zu machen! Und nun werd' ich ſo dafür
belohnt? Das iſt nicht fein, ihr Herren. Bringt
mir eine Frau, die ihrem Manne beſtändig treu
geweſen iſt, die ſich nie von einer Freude, auſſer
ſeinem Wohlgefallen träumen ließ; und ich wer=
de vor dieſer Frau, wenn ſie gleich alles gethan
hat, doch noch eine Ehre voraus haben — eine
groſſe Geduld!

Wolſey.   Gnädige Frau, Ihr laßt das Gute
ganz aus der Acht, welches wir mit Euch im
Sinne haben.

Königinn.   Mylord, ich werde mir nie die
Verſchuldung erlauben, jenen erhabnen Rang
gutwillig aufzugeben, zu welchem Euer König
mich durch ſeine Heyrath erhob; nichts, als der
Tod, ſoll je meine Würde von mir ſcheiden.

Wolſey.   Ich bitt' Euch, hört mich an.

Königinn.   Hätt' ich doch nie dieſen Engli=
ſchen Boden betreten, oder die Schmeicheleyen
gefühlt, die auf demſelben wachſen! Ihr habt
engliſche *) Geſichter; aber der Himmel kennt

***

*) Vermuthlich ein Wortſpiel, welches man ehemals

eure Herzen. Was wird nun aus mir armen
Frau werden! Ich bin die Unglücklichste, die je
gelebt hat! — (Zu ihren Kammerfrauen.) Und ihr,
ihr armen guten Kinder, wo ist nun euer Glück?
Der Schiffbruch warf mich an ein Königreich,
wo kein Erbarmen, keine Freude, keine Hoffnung, keine Verwandten um mich weinen, wo
mir beynahe kein Grab verstattet wird!— Gleich
der Lilie, die einst Königinn der Flur war, und
blühte, häng' ich mein Haupt, und ersterbe.

Wolsey. Wenn wir Eure Gnaden nur über-
zeugen könnten, daß unsre Absichten redlich sind,
so würdet Ihr Euch mehr beruhigen. Warum, meine gute Königinn, oder aus welchem
Grunde sollten wir Euch kränken wollen? —
Nein, unser Amt und Beruf sind ganz dawider;
wir sind bestimmt, dergleichen Kummer zu stil-
len, nicht, ihn zu erregen. Um Eurer guten
Denkungsart willen, überlegt, was ihr thut,
wie sehr Ihr durch dieß Betragen Euch selbst
schadet, und die Zuneigung des Königs von Euch

---

auch mit den Lateinischen Wörtern *Angli* und *Angeli*
häufig machte.

entfernen könnt. Die Herzen der Fürsten küssen
den Gehorsam; so sehr lieben sie ihn; aber gegen widerspenstige Gemüther schwellen sie empor,
und werden so schrecklich, wie Ungewitter. Ich
weiß, Ihr habt ein sanftes, edles Gemüth; eine
Seele, so ruhig und heiter, wie eine Meersstille;
haltet uns doch ja für das, was wir von Amts-
wegen sind, für Friedensstifter, Freunde, und
Diener.

Kampejus. Ja, gnädigste Frau, das wird
Euch der Erfolg lehren. Ihr kränkt Eure Tugenden durch dieses schwache, weibliche Mißtrauen. Ein edler Geist, wie der Eurige ist,
pflegt allemal dergleichen Zweifel, wie falsche
Münze, von sich zu werfen. Der König liebt
Euch; nehmt Euch in Acht, seine Liebe nicht
zu verlieren. Und was uns betrift, so darf es
Euch nur gefallen, uns in Eurer Sache zu Ver-
trauten zu machen; und wir sind bereit, unser
äusserstes Bestreben zu Eurem Dienst anzuwenden.

Königinn. Thut was ihr wollt, ihr Herren;
und verzeiht mir, wenn ich mich unhöflich gegen Euch betragen habe. Ihr wißt, ich bin ein
Frauenzimmer, das nicht Verstand genug besitzt,

Leuten von eurer Art geziemend zu antworten. Empfehlt mich dem Könige bestens; mein Herz ist noch immer das seinige; und mein Gebet soll auch das seinige seyn, so lange mein Leben noch das meinige ist. Kommt, ehrwürdige Väter, gebt mir euren guten Rath. Diejenige bittet itzt, die einst, als sie hieher kam, nicht dachte, daß sie ihre Würden so theuer erkauft hätte.

(Sie gehn ab.)

Zweyter Auftritt.

Ein Vorzimmer des Königs.

Der Herzog von Norfolk, Herzog von Suffolk, Graf von Surrey, und der Lord Kämmerer.

Norfolk. Wenn ihr euch itzt in euren Klagen vereinigen, und sie mit aller nöthigen Festigkeit dringend machen wollt, so kann der Kardinal nicht dagegen aushalten. Laßt ihr die gegenwärtige Gelegenheit vorbey, so steh ich nicht dafür, daß ihr nicht noch neue Kränkungen werdet erfahren müssen, ausser denen, die ihr itzt schon erduldet.

Surrey. Ich freue mich, wenn ich die klein-
ste Gelegenheit habe, mich an meinen Schwiegervater, den Herzog, zu erinnern, um ihm Rache zu verschaffen.

Suffolk. Wer von den Edeln des Reichs ist
nicht von ihm gekränkt, oder wenigstens ungemein vernachläßigt worden? Wenn hat er bey
irgend Jemand das Gepräge des Adels einiger
Achtung gewürdigt, ausser bey sich selbst?

Kämmerer. Mylords, ihr entdeckt hier den
Wunsch eures Herzens. Was er von euch und
mir verdient, das weiß ich; aber doch fürcht ich
sehr, daß wir ihm, dieser guten Gelegenheit ungeachtet, nicht werden beykommen können. Wenn
ihr ihm nicht den Zugang zum Könige versper-
ren könnt, so unternehmt ja nichts wider ihn;
denn seine Zunge besitzt eine Zauberkraft über den
König.

Norfolk. O! fürchtet euch nicht vor ihm;
mit dem Zauber ist's vorbey. Der König hat
etwas wider ihn, woburch der Honig seiner Zunge auf ewig verdorben ist. Nein, er hat sich
zu sehr sein Mißfallen zugezogen, um je wieder
in seine Gunst zu kommen.

Surrey. O! Freund, ich würde mich freuen, wenn ich in jeder Stunde Einmal so etwas, wie dieß, hören könnte?

Norfolk. Glaubt mir, es ist wahr. In der Ehescheidung ist sein doppelsinniges Verfahren völlig offenbar, und er erscheint dabey in solch einem Lichte, wie ichs meinem Feinde wünschen möchte.

Surrey. Wie kamen denn seine Tücke an den Tag.

Suffolk. Auf eine sehr seltsame Art.

Surrey. O! wie denn? wie denn?

Suffolk. Die Briefe des Kardinals an den Pabst kamen in unrechte Hände, und vor die Augen des Königs. Man fand darin, daß der Kardinal Seine Heiligkeit bat, den Ausspruch wegen der Ehescheidung aufzuhalten; denn, wenn derselbe geschähe, so seh ich schon, sagt er, daß mein König von der Zuneigung gegen eine von den Kreaturen der Königinn, Lady Anne Bullen, bestrickt wird.

Surrey. Hat der König das gelesen?

Suffolk. Ganz gewiß.

Surrey. Wird das wirken?

Kämmerer. Der König sieht daraus, was für Krümmungen und Umwege er nimmt. Aber in diesem Stücke scheitern seine Entwürfe, und er bringt seine Arzney, nachdem der Kranke schon gestorben ist. Der König hat bereits die schöne Lady geheyrathet.

Surrey. Möcht' er es doch!

Suffolk. Nun, der Wunsch gelingt Euch gewiß, Mylord; denn, ich versichre Euch, er ist schon erfüllt.

Surrey. Nun, alle Freude begleite diese Verbindung!

Suffolk. Ich sag' Amen dazu.

Norfolk. Das thut Jedermann.

Suffolk. Es ist schon ein Befehl wegen ihrer Krönung ausgefertigt. Dieser Umstand ist noch ganz neu, und nicht alle dürfen ihn wissen — Aber, Mylords, sie ist ein liebenswürdiges Geschöpf, voller Vorzüge der Bildung und des Geistes. Ich bin überzeugt, daß durch sie ein Seegen auf dieses Land kömmt, der nie wird vergessen werden.

Surrey. Aber wird denn der König jenen

Brief des Kardinals so stillschweigend verdauen? Das verhüte der Himmel!

Norfolk. Freylich, das thu' er!

Suffolk. Nicht doch; es sind mehr Wespen, die um seine Ohren summen, und die werden machen, daß diese desto eher stechen wird. Kardinal Kampejus hat sich heimlich wieder nach Rom begeben, ohne Abschied zu nehmen, hat die Sache des Königs unausgeführt gelassen, und ist der Unterhändler unsers Kardinals, um seinen ganzen Anschlag zu befördern. Ich versichre Euch, der König hat darüber Ha! ausgerufen.

Kämmerer. Nun, Gott bring ihn noch mehr auf, daß er noch lauter, Ha! rufe!

Norfolk. Aber, Mylord, wenn kömmt Cranmer zurück?

Suffolk. Er ist mit seinen vorigen Gesinnungen zurückgekehrt, wodurch der König über seine Ehescheidung beruhigt ist, die fast von allen berühmten hohen Schulen der ganzen Christenheit genehmigt wird. Kurz, ich glaube, seine zweyte Heyrath und ihre Krönung wird nun wohl bekannt gemacht. Katharine wird nicht mehr Königinn heissen, sondern verwitwete Prinzessin, und Witwe des Prinzen Arthur. *)

Norfolk. Dieser Cranmer ist ein würdiger Mann, und hat sich in des Königs Angelegenheit sehr viel Mühe gegeben.

Suffolk. Das hat er; und wir werden ihn dafür Erzbischof werden sehen.

Norfolk. Das hör' ich.

Suffolk. Ganz gewiß. Der Kardinal —

Wolsey und **Cromwell.**

Norfolk. Seht doch, seht, er ist verdrießlich.

Wolsey. Das Paket, Cromwell, habt Ihrs dem Könige gegeben?

Cromwell. Zu eignen Händen, in seinem Schlafzimmer.

Wolsey. Hat er's gelesen?

Cromwell. Er brach es sogleich auf, und las es mit ernsthaftem Gemüthe; sein Blick war

---

*) Die Königinn ward hierüber dergestalt aufgebracht, daß sie den Fluch des Pabstes gegen K. Heinrich und sein Reich auswirkte — Ihre Bedienten nenuten sie noch immer Königinn; auch wollte sie sich durchaus von Niemand mit einem geringern Titel anreden lassen.

Grey.

voller Aufmerksamkeit. Er befahl, daß Ihr ihm
hier diesen Morgen aufwarten solltet.

Wolſey. Wird er bald herauskommen?

Cromwell. Ich denke, ſogleich.

Wolſey. Laß mich ein wenig allein — (Cromwell geht ab.) Die Herzoginn von Alenſon, die
Schweſter des Königs von Frankreich, ſoll es
ſeyn; die ſoll er heyrathen — Anne Bullen! —
Nein, ich will keine Annen Bullens für ihn haben — Es kömmt dabey auf mehr an, als ein
ſchönes Geſicht! — Bullens! — Nein, wir
brauchen keine Bullens! — Ich wünſche nur
bald Nachricht von Rom — Die Markgräfinn
von Pembrocke? —

Norfolk. Er iſt mißvergnügt.

Suffolk. Vielleicht hat er gehört, daß der
König ſeinen Zorn gegen ihn wetzt.

Surrey. Laßt ihn ſcharf genug werden, o!
Himmel, um deiner Gerechtigkeit willen!

Wolſey. (für ſich) Der vorigen Königinn
Kammerfrau; eines Ritters Tochter; ſollte Gebieterinn ihrer Gebieterinn werden! der Königinn
Königinn! — Dieß Licht brennt nicht helle; ich
muß es ſchneutzen; dann gehts aus! — Was
ihre

ihre Tugenden und Verdienste kenne? Ich weiß
doch auch, daß sie eine lutherische Grillenfänge-
rinn ist, und sich gar für unsre Absichten nicht
schickt, um das Herz unsers schwer zu regieren-
den Königs in Besitz zu nehmen. Noch dazu ist itzt
ein Ketzer, ein Erzketzer, Cranmer, aufgekom-
men, der sich in die Gunst des Königs hat ein-
zuschmeicheln gewußt, und sein Orakel ist.

Norfolk. Es beunruhigt ihn etwas.

Surrey. Ich wollt' es wäre was, wodurch
die Hauptader seines Herzens zersprünge!

**Der König, der einen Zettel liest, und
Lovell.**

Suffolk. Der König, der König!

König. Welche Menge von Reichthum hat
er für sich zusammengehäuft! und wie viel Aufwand
macht er stündlich! Um alles, was Glück heißt!
Wie hat er dieß alles zusammengescharrt? —
Ha, Mylords, habt ihr den Kardinal nicht gesehn?

Norfolk. Wir haben hier gestanden, mein
König, und auf ihn Acht gegeben. In seinem
Gehirn scheint eine sonderbare Unruhe zu seyn;

H

er beißt in die Lippen, und fährt auf; bleibt
auf einmal stehen; sieht starr auf die Erde; bald
legt er seinen Finger an die Schläfe; bald fängt
er plötzlich an, geschwinde zu gehen; bald steht
er wieder still, *) schlägt stark an seine Brust;
und dann schlägt er wieder die Augen gegen den
Mond auf. Wir haben ihn die sonderbarsten
Stellungen annehmen sehen.

König Das ist wohl möglich; in seiner
Seele ist Meuterey. Diesen Morgen schickte er
mir auf mein Verlangen Staatspapiere zum
Durchlesen; und wißt ihr, was ich da fand,
was ganz gewiß ohne sein Vorwissen mit hinein
gekommen war? Nichts anders, als ein sehr
ansehnliches Verzeichniß von allem seinen Tafel-
geschirr, seinen Schätzen, reichen Stoffen, und
prächtigem Hausgeräth. Dieß alles find' ich so
äusserst prächtig und kostbar, daß es das Vermögen eines Unterthanen übersteigt. **)

---

*) Salust bemerkt eben diesen Umstand, wenn er
Katilina's innre Unruhe beschreibt: „citus modo,
„modo tardus incessit.„ Stevens.

**) Eigentlich war dieß nicht die Veranlassung zum
Fall des Kardinals Wolsey; sondern ein Vorfall, der

Norfolk. Das war eine Schickung des Himmels. Irgend ein wohlthätiger Geist brachte
dieß Papier mit in das Paket, um Eure Augen
damit zu beglücken.

König. Wenn ich glauben könnte, daß seine
Betrachtungen über die Erde hinausgiengen, und
auf himmlische Gegenstände gerichtet wären, so
wollt' ich ihn in seinem Tiefsinn nicht stören.
Aber ich fürchte, seine Gedanken sind unter dem
Mond, und verdienen ein so angestrengtes Nach-
sinnen nicht.

     (Der König nimmt seinen Platz, und redet lei-
se mit Lovel der zu Wolsey geht.)

---

mit Thomas Ruthall, Bischof zu Durham, vorgegan-
gen war, dem der König den Auftrag gab, ein Verzeichniß aller Staatseinkünfte zu machen, welches er
ihm hernach durch Wolsey abfodern ließ. Wegen Gleich-
heit des Bandes brachte sein Bedienter ein andres Buch,
worin ein Verzeichniß seiner eignen Vermögensumstän-
de enthalten war. Wolsey unterrichtete den König davon; und der Bischof, der den Irrthum erfuhr, grämte
te sich so sehr darüber, daß er bald starb, wodurch der
Kardinal sein Bisthum erhielt, wornach er lange getrach-
tet hatte. Steevens hat diese Erzählung aus dem Holinshed der Länge nach eingerückt.

Wolsey. Gott verzeih mir! — Der Himmel segne eure Majeſtät immerdar!

König. Mein werther Lord, Ihr ſeyd voll himmliſcher Dinge, und Euer Gemüth iſt reich an Frömmigkeit; itzt eben ſtelltet Ihr darüber eine Betrachtung an. Kaum habt ihr Zeit, von Euren geiſtlichen Uebungen eine kurze Spanne zu ſtehlen, um unſre irrdiſchen Anträge zu hören. In dieſem Stücke halt' ich Euch wirklich für einen böſen Haushalter, und bin froh, Euch darinn zu meines gleichen zu haben.

Wolsey. Mein König, für geiſtliche Geſchäfte hab' ich eine gewiſſe Zeit; und eine andre Zeit dazu, auf diejenigen Geſchäfte zu denken, welche ich für den Staat zu verrichten habe. Auch fodert die Natur eine gewiſſe Zeit zu ihrer Erhaltung, die ich, ihr hinfälliger Sohn, unter meinen ſterblichen Brüdern, ihr widmen muß.

König. Sehr gut geredet!

Wolsey. Eure Majeſtät wird, hoff' ich, allemal mein gutes Thun mit meinem guten Reden übereinſtimmend finden.

König. Abermals gut geredet; und das iſt ſchon gewiſſermaſſen ein gutes Thun, gut zu re-

den — Indeß sind Worte noch keine Thaten. Mein Vater liebte Euch; er sagte, daß
er's thäte, und krönte mit der That seine Worte in Betracht Eurer. Seitdem ich zur Regierung kam, seyd Ihr meinem Herzen der Nächste gewesen; ich hab' Euch nicht nur da gebraucht,
wo grosse Vortheile einzuernten waren, sondern
habe mein eignes Vermögen vermindert, um
Euch Wohlthaten zu erweisen.

Wolsey. (für sich) Was soll das bedeuten?

Surrey. (für sich) Der Himmel segne diese
Geschäfte!

König. Hab' ich Euch nicht zum ersten Manne im ganzen Staat gemacht? Sagt mir doch,
ob Ihr das wahr befunden habt, was ich itzt
sage, und, wenn Ihr es gestehen wollt, so sagt
zugleich, ob Ihr uns verbunden seyd oder nicht —
Was sagt Ihr dazu?

Wolsey. Mein König, ich gestehe, Eure fürstlichen Gnadenbezeugungen, womit Ihr mich täglich überschüttet habt, sind zu zahlreich und zu
groß gewesen, als daß meine eifrigste Bemühun-
gen sie erwiedern könnten, wenn sie gleich alle
menschliche Anstrengung überstiegen. Mein Be-

H 3

ſtreben war immer eingeſchränkter, als mein
Wunſch, und mußte ſich nach meinen Kräften
bequemen. Meine eignen Abſichten, waren nur
in ſofern die Meinigen, daß ſie allemal auf das
Beſte eurer geweihten Perſon und auf den Vortheil des Staats abzielten. Für Eure groſſen
Gnadenbezeugungen, womit Ihr mich Armen
ohne mein Verdienſt überhäuft habt, kann ich
nichts zurückgeben, als den unterwürfigſten Dank,
mein Gebet zum Himmel für Euch, meine treue
Ergebenheit, welche immer gewachſen iſt, und
immer noch wachſen wird, bis der Tod, dieſer
Winter, ſie tödtet.

König. Sehr wohl geantwortet! Man
ſieht darinn einen treuen und gehorſamen Unterthan; die Ehre davon belohnt dieſes Betragen,
ſo wie die Niederträchtigkeit eine Strafe des Gegentheils iſt. Ich vermuthe, daß eben ſo, wie
meine Hand Euch mehr Wohlthaten zugetheilt,
mein Herz mehr Liebe auf Euch ergoſſen, und
meine Gewalt Euch mit mehr Ehre überſchüttet
hat, als irgend einen; daß eben ſo Eure Hand
und Euer Herz, Euer Gehirn, und jede Geiſtes-
kraft, auch ohne die allgemeine Pflicht der Treue,

noch mit ganz besondrer Ergebenheit, mir, Eurem Freunde mehr, als irgend einem, gewidmet
seyn müssen.

Wolſey. Ich geſteh es, daß ich allemal
mehr für die Ehre Eurer Majeſtät, als für meine eigne, bemüht geweſen bin; das häb' ich gethan, thu' es noch, und werd' es auch künftig
thun. Wenn gleich Jederman Euch die Treue
brechen, und ſie aus ſeiner Seele verbannen
ſollte, wenn gleich Gefahren ſo drohend, ſo zahlreich werden ſollten, als ſichs nur denken läßt,
und in noch ſchrecklichern Geſtalten erſchienen;
ſo würde doch meine Treue, wie ein Fels gegen
die tobende Fluth, den Angriff, dieſes wilden
Stroms brechen, und unerſchüttert, Euch gehei-
ligt, feſt ſtehen.

König. Das iſt edel geredet — Merkts euch,
ihr Lords, er hat ein treu ergebnes Herz; denn
ihr habt ihn es mir eröffnen ſehen — (Er giebt
ihm Papiere) Leſet dieß einmal durch; und hernach dies hier; und dann zum Frühſtück mit dem
Appetit, den ihr alsdann haben werdet!

(Der König geht ab, und wirft einen zornigen
Blick auf Wolſey; die Edeln des Reichs folgen
ihm, flüſtern und lächeln unter einander.)

Wolſey. Was bedeutet das? — Woher die
ſer plötzliche Unwille? Wodurch hab' ich ihn erregt? — Er gieng mit zornigen Blicken auf mich
hinweg, als ob Verderben aus ſeinen Augen hervor
ſchöſſe! — So blickt der erhitzte Löwe den kühnen
Jäger an, der ihn verwundet hat, und verwandelt
ihn dann in Nichts — Ich muß dies Papier leſen;
ich fürcht', es iſt die Geſchichte ſeines Unwillens —
So iſt's — Dies Papier hat mich ins Unglück
geſtürzt; es iſt ein Verzeichniß aller der groſſen
Reichthümer, die ich zu meinem eignen Gebrauch
zuſammengebracht habe, eigentlich in der Abſicht,
den päbſtlichen Stuhl zu erhalten, und meine
Freunde in Rom damit zu beſtechen. O! Der
Nachläßigkeit, durch die nur ein Verrückter ſollte fallen können! Welcher widerwärtige Teufel
brachte mich dazu, dieſen geheimen Aufſatz in
das Paket zu legen, welches ich an den König
ſandte? — Giebts denn kein Mittel, das wieder gut zu machen? Keinen neuen Kunſtgriff,
ihm das wieder aus dem Kopfe zu bringen? Ich
weiß, es wird ihn ſehr unruhig machen; indeß
weiß ich doch noch ein Mittel, wenn alles gut geht,
mir, dem Schickſal zum Trotz, aus der Ver

legenheit zu helfen — Was ist das? — „An
den Pabst„ — So wahr ich lebe, der Brief,
und alles, was ich Seiner Heiligkeit geschrieben
habe! — Nun, so ist alles aus! — Ich habe
den höchsten Gipfel aller meiner Grösse erreicht;
und eile nun von der vollen Mittagslinie meines
Ruhms meinem Niedergang entgegen — Ich werde fallen, gleich einem hellen Dunst am Abend;
und Niemand wird mich mehr sehen.

**Die Herzoge von Norfolk und Suffolk,
der Graf von Surrey, und der Lord
Kämmerer kommen zurück.**

Norfolk. Vernehmt den Willen des Königs,
Kardinal, der Euch befiehlt, sogleich das grosse
Siegel an uns auszuliefern, und Euch nach Esher-
hause, Eurem Sitz als Bischof von Winchester,
zu begeben, bis Ihr die weitern Befehle Seiner
Majestät erhaltet.

Wolsey. Wartet. Wo ist eure Vollmacht,
ihr Herren? — Blosse Worte können kein so
mächtiges Ansehen hinwegnehmen.

Suffolk. Wer wagt, ihnen zu widerspre-
chen, da sie ausdrückliche Worte und Befehle
des Königs sind?

Wolſey. So lang' ich weiter nichts höre, als Euren boshaften Willen und Eure bloſſen Worte, ſo lange werd' ich und muß ich mich weigern es zu thun, meine geſchäftigen Lords. Itzt fühl' ichs, aus welchem rauhen Metall Ihr geformt ſeyd — aus lauter Mißgunſt. Wie gie= rig ihr hinter mein Unglück her ſeyd, als ob ihr euch daran weiden wolltet! Und wie behend' und munter ihr in allem ſeyd, was meinen Unter= gang bewirken kann! Verfolgt eure neidiſchen Abſichten, Männer der Bosheit; ihr habt chriſt= liche Gründe dazu, und werdet ganz gewiß zu ſeiner Zeit gehörig dafür belohnt werden. Das Siegel fodert ihr mit ſolchem Ungeſtüm, welches der König, mein und euer Herr, mir mit eigner Hand gab, deſſen Beſitz, nebſt meinem Rang und Ehrenſtellen, er mir auf Lebenslang verhieß, und zur Bekräftigung ſeiner Gnade, mit einer öf= fentlichen Ausfertigung beſtätigte. Wer will es mir denn nehmen?

    Surrey. Der König, der es gab.

    Wolſey. So muß er's ſelbſt thun.

    Surrey. Du biſt ein ſtolzer Verräther, Prie= ſter!

Wolsey. Stolzer Lord, du lügst. Vor vierzig Stunden noch hätte Surrey lieber seine Zunge weggebrannt, als so gesprochen.

Surrey. Deine Ehrsucht, du scharlachne Sünde *), raubte diesem weinenden Lande den edeln Buckingham, meinen Schwiegervater. Die Köpfe aller Kardinäle, deiner Amtsbrüder, mit dir und allen deinen herrlichen Gaben zusammen genommen, wogen nicht so viel, als ein Haar von ihm. Verwünscht sey Eure Politik! Ihr schicktet mich als Gesandten nach Irland, fern von seiner Rettung, von dem König, von allen, die sich seiner Vergehungen erbarmt hätten, die du ihm beylegtest; indeß deine grosse Güte, aus heiliger Erbarmung, ihn mit einem Beil absolvirte.

Wolsey. Dieß, und sonst alles, was dieser geschwätzige Lord mir zur Last legen kann, erklär' ich für grundfalsch. Der Herzog wurde nach Recht und Billigkeit verurtheilt. Wie unschuldig ich an aller geheimen Bosheit in Betracht

---

*) Ein Shakespearischer, emphatischer Ausdruck für: Du Sünder im Scharlach, d. i. in Kardinalskleidung.

seiner war, können seine edeln Richter, und sei=
ne uneble Sache bezeugen. Wenn ich gern viel
Worte machte, so würd' ich Euch zeigen, Lord,
daß Ihr eben so wenig Redlichkeit, als Ehre,
besitzt; und daß ich, in Ansehung der Ergeben=
heit und Treue gegen den König, meinen immer
theuren Gebieter, es allemal mit einem noch bes=
sern Mann aufnehmen will, als Surrey ist, und
alle, die seine Thorheiten lieben.

Surrey. Bey meiner Seele, dein langer
Rock, Priester, schützt dich; sonst solltest du mei=
nen Degen in deinem Lebensblut fühlen. — My=
lords, könnt ihr es aushalten, diesen Uebermuth
anzuhören? Und von diesem Menschen? Wenn
wir so zahm seyn wollen, uns von einem Stücke
Scharlach so foppen zu lassen, so ists aus mit
dem Adel; so mag Seine Gnaden immer weiter
gehen, und uns mit seiner Kappe wie Lerchen
verscheuchen.

Wolsey. Alle Gutherzigkeit ist Gift für dich.

Surrey. Ja! Die Gutherzigkeit, den Reich=
thum des ganzen Landes auf Einen Haufen zu
scharren, ihn durch Erpressungen, Kardinal, dir
selbst in die Hände zu spielen; die Gutherzigkeit

detner aufgefangnen Briefe, die du wider den
König an den Pabst schriebest; deine Gutherzig‐
keit soll, weil du mich einmal gereitzt hast, land‐
kündig werden — Mylord von Norfolk, wenn
Ihr von wahrem Abel seyd, wenn Euch das ge‐
meine Beste, der Zustand unsers verachteten
Adels, unsre Nachkommenschaft am Herzen liegt,
die, wenn er leben bleibt, kaum gemeine Edel‐
leute seyn werden; so zeigt die grosse Summe
seiner Sünden vor, die aus seinem Leben gesam‐
melten Umstände — Ich will Euch noch stärker
aufschrecken, als die Meßglocke, *) wenn Euer
braunes Mädchen küssend in Euren Armen lag,
Lord Kardinal.

Wolsey. Wie sehr würd' ich diesen Menschen
verachten können, wenn mirs die christliche Liebe
nicht verböte!

Norfolk. Jene Lebensumstände, Mylord,

---

*) Theobald erklärt the sacring bell von dem klei‐
nen Glöckchen, welches bey Prozeßionen in der Römi‐
schen Kirche, zur Anmeldung der Hostie, geläutet wird.
Vielleicht ist es hier eher die Glocke, die zur Messe
läutet.

sind in den Händen des Königs; aber so viel
kann ich sagen, sie sind sehr häßlich.

Wolsey. Um so viel schöner und untadel-
hafter wird meine Unschuld hervorleuchten, wenn
der König die Wahrheit erfährt.

Surrey. Das wird Euch nichts helfen. Dank
sey meinem Gedächtnisse, ich erinnre mich noch
einiger dieser Umstände, und sie sollen heraus.
Jetzt, wenn Ihr könnt, so erröthet, und gebt
Euch schuldig, Kardinal, so werdet Ihr doch
noch ein wenig Ehrlichkeit verrathen.

Wolsey. Sagt alles heraus, Sir; ich biete
Euren ärgsten Beschuldigungen Trotz. Erröth'
ich, so geschieht es darüber, daß ich einen Edelmann sehe, dem Sitten fehlen.

Surrey. Die mögen mir lieber fehlen, als
mein Kopf. So hört denn: Erstlich weiß ich,
daß Ihr, ohne des Königs Genehmigung oder
Vorwissen, ein päpstlicher Legat zu werden such-
tet, um dadurch die Gerichtsbarkeit aller Bi-
schöffe zu stümmeln.

Norfolk. Ferner, daß Ihr in allen Euren
Briefen nach Rom oder sonst an auswärtige
Prinzen Euch der Worte bedientet: *Ego & Rex*

meus; woburch Ihr den König zu Eurem Diener machtet.

Suffolk.   Ferner, daß Ihr, ohne Vorwissen des Königs und des Parlaments, wie Ihr als Abgesandter zum Kaiser geschickt wurdet, Euch unterstanden habt, das grosse Siegel nach Flandern zu bringen.

Surrey.   Hernach habt Ihr dem Gregor von Cassalis eine grosse Vollmacht übersandt, ohne des Königs Willen, oder des Staats Genehmigung, ein Bündniß zwischen Seiner Majestät und Ferrara zu schliessen.

Suffolk.   Daß Ihr aus blosser Ehrsucht Euern Kardinalshut auf des Königs Münze habt prägen lassen.

Surrey.   Ferner, daß Ihr unzählige Summen — durch was für Mittel Ihr sie erworben habt, überlaß' ich Eurem Gewissen — nach Rom geschickt habt, um Euch den Weg zu höhern Ehrenstellen zu bahnen, zum offenbaren Verderben des ganzen Königreichs. Es giebt noch viel mehr dergleichen Dinge, mit denen ich meinen Mund nicht verunreinigen will, weil sie von Euch herkommen, und gar zu verhaßt sind.

Kämmerer. O! Mylord, drückt einen fallenden Mann nicht gar zu sehr; das wird Tugend seyn. Seine Vergehungen sind den Gerichten übergeben; laßt sie von diesen, nicht von Euch, geahndet werden. Mein Herz blutet mir, ihn von seiner Grösse so klein werden zu sehen.

Surrey. Ich vergeb' ihm.

Suffolk. Lord Kardinal, weil alle die Dinge, die Ihr in der letzten Zeit durch Eure Gewalt als Legat in diesem Königreiche gethan habt, ein *Præmunire* *) erfodern, so ist des Königs fernerer Wille, daß man deswegen eine Schrift wider Euch ausfertigen soll, worin alle Eure Güter, Ländereyen, liegende Gründe, Habseligkeiten, und wie es sonst Namen haben mag, verfallen, und dem Schuße des Königs entzogen seyn sollen. Dieß ist mein Auftrag.

Norfolk. Und hiemit wollen wir Euch Eurem Nachdenken überlassen, wie Ihr Euer Leben bessern

---

*) Ein Befehl, wodurch einer ausser allem Schuß des Königs gesetzt wird, seine Güter und Vermögen dem König anheim fallen, und er selbst ein Gefangner bleibt, so lang es dem Könige gefällt. Theobald.

beſſern wollt. Eure widerſpenſtige Antwort in
Anſehung der Auslieferung des groſſen Siegels
an uns, ſoll der König erfahren, und er wird
Euch ohne Zweifel dafür danken.   Und nun lebt
wohl, mein kleiner, guter Lord Kardinal.

(Alle, auſſer Wolſey, gehn ab.)

Wolſey. Auch Lebewohl dem kleinen Guten, das ihr mir gönnt! Lebewohl, ein langes Lebewohl aller meiner Gröſſe! Das iſt das Schickſal des Menſchen! Heute entſprieſſen aus ihm
die zarten Blätter der Hoffnung; morgen Blü-
then, und er iſt mit ſeinem Frühlingsſchmucke
dicht überdeckt; den dritten Tag kömmt ein Froſt,
ein tödtender Froſt, der ihm in dem Augenblicke,
da er, der gute, ruhige Menſch, ganz gewiß
glaubt, daß ſeine Hoheit zur Reife gelangt, die
Wurzel wegnagt; und dann fällt er, wie ich itzt
thue.   Ich habe, gleich kleinen muthwilligen
Knaben, die auf Blaſen ſchwimmen, ſo viele
Jahre hindurch, eine See von Ehre durchſtreift;
aber ich wagte mich zu tief; mein hochaufgebla-
ſener Stolz zerſprang zuletzt unter mir, und
überläßt mich nun, müde, und im Dienſte grau
geworden, der Willkühr eines wilden Stroms,

J

der mich auf ewig verschlingen muß. Eitler
Pomp und Ruhm dieser Welt, ich haß' euch;
ich fühle mein Herz von neuem eröffnet! — O!
wie unglücklich ist der arme Mann, der von der
Gunst der Fürsten abhängt! Zwischen jenem Lächeln, nach dem wir uns sehnen, zwischen jenem
huldreichen Anblick der Fürsten und unserm Untergang sind mehr Beklemmungen und Unruhen,
als Kriege oder Weiber haben. Und wenn er
fällt, so fällt er wie Luzifer, auf ewig hoffnungs-
los. (Cromwell kömmt voller Bestürzung.) — Nun,
was giebts, Cromwell?

Cromwell. Ich habe nicht Kraft genug zu
reden, Herr.

Wolsey. Wie? bestürzt über mein Unglück? — Kannst du dich darüber wundern, daß
ein grosser Mann herunter sinkt? — Nun, wenn
du weinst, so bin ich wirklich gefallen.

Cromwell. Wie befindt sich Eure Gnaden?

Wolsey. Je nun, ganz wohl; noch nie so
wahrhaftig glücklich, mein guter Cromwell. Ich
kenn' itzt mich selbst; und ich fühl' in mir eine
Ruhe, die alle irdischen Würden übersteigt, ein
stilles und friedfertiges Gewissen. Der König

hat mich geheilt; ich dank' ihm unterthänig dafür; er hat von diesen Schultern, diesen verfall-
nen Stützen, aus Erbarmen eine Last genommen, die eine ganze Flotte zu Grunde senken
könnte — zu viele Ehre. O! das ist eine Bürde, Cromwell, das ist eine Bürde, zu schwer für
einen der auf den Himmel hofft!

Cromwell. Ich freue mich, gnädiger Herr,
daß Ihr diesen Vorfall auf die rechte Art zu nehmen wißt.

Wolsey. Ich hoffe, das thu' ich. Itzt dünkt
mich, nach der Stärke der Seele, die ich in mir
fühle, bin ich im Stande, mehr und weit grösse-
res Elend zu ertragen, als meine schwachherzi-
gen Feinde mir drohen können — Was giebts
denn Neues?

Cromwell. Das traurigste und schlimmste
ist, die Ungnade des Königs gegen Euch.

Wolsey. Gott segne ihn!

Cromwell. Hernach sagt man, Sir Thomas More sey an Eurer Stelle zum Kanzler er-
wählt.

Wolsey. Das ist ein wenig geschwind —
Aber er ist ein gelehrter Mann. Lange muß' er

der Gnade des Königs genießen, und die Gerechtigkeit nach Wahrheit und Gewissen verwal-
ten, damit seine Gebeine, wenn er seinen Lauf
vollendet hat, und im Segen ruht, ein Grabmal von Waisenthränen *) haben mögen, die über
sie geweint sind! — Was sonst?

Cromwell. Cramner ist wieder da, ist sehr
gnädig empfangen, und zum Erzbischof von Canterbury ernannt.

Wolsey. Das ist freylich was Neues!

Cromwell. Endlich hat man die Lady Anne,
die der König schon längst insgeheim geheyrathet
hat, heute öffentlich, als seine Gemahlinn, in
die Kapelle gehn sehen; und itzt spricht man von
nichts, als von ihrer Krönung.

Wolsey. Das war das Gewicht, das mich
zu Boden riß! — O! Cromwell, der König hat
mich hintergangen; allen meinen Ruhm hab' ich
durch dieß einzige Weib auf ewig verloren. Keine Sonne wird jenfals meine Pracht wieder her-
vorführen, oder wieder das edle Gefolge vergol-

---

*) Der Kanzler ist der allgemeine Vormund der Wai-
sen — Ein Grabmal von Thränen, ist sehr hart gesagt.
                                        Johnson.

ben, das von meinem Lächeln abhieng. Geh,
entferne dich von mir, Cromwell; ich bin ein
armer gefallner Mann, izt nicht werth, dein
Herr und Meister zu seyn. Suche den König
auf; diese Sonne, wünsch' ich, müsse nie unter-
gehn! Ich hab' ihm gesagt, was, und wie treu
du bist; er wird dich befördern; irgend eine kleine Erinnerung an mich wird ihn dazu antreiben.
Ich kenne seine edle Denkungsart; er wird nicht
zugeben, daß auch deine hoffnungsvollen Dienste
verloren gehen. Guter Cromwell, vernachläßige
ihn nicht; brauche dieser Gelegenheit, und sorge
für deine eigne künftige Sicherheit.

Cromwell. O! Mylord, muß ich denn Euch
verlassen? muß ich nothwendig einem so guten,
so edeln, so zuverläßigen Herrn entsagen? Be-
zeugt mir, ihr alle, die ihr kein Herz von Eisen
habt, mit welcher Betrübniß Cromwell seinen
Herrn verläßt — Der König soll meine Dienste
haben; aber meine frommen Wünsche sind auf
ewig die Eurigen.

Wolsey. Cromwell, ich dachte nicht, bey allem meinem Unglück eine Thräne zu vergiessen;
aber du hast mich durch deine treue Redlichkeit

gezwungen, weibisch zu thun. Laß uns unsre
Augen trocknen; und nun höre mich an, Crom=
well; und wenn ich nun vergessen bin, wie ich
es seyn werde, wenn ich nun im fühllosen kalten
Marmor schlafe, wo meiner kein Erwähnen mehr
geschehen muß, dann sag', ich habe dich belehrt;
sage: Wolsey — der einst die Pfade des Ruhms
betrat, und alle Abgründe und Untiefen der Ehre
ergründete — habe aus seinem eignen Schiff=
bruch einen Weg für dich ausfündig gemacht,
worauf du empor kommen kannst; einen guten
und sichern Weg, wenn gleich dein Herr ihn ver=
fehlte. Merke nur auf meinen Fall, und auf
das, was mich stürzte. Cromwell, ich beschwöre
dich, wirf alle Ehrsucht von dir; durch diese
Sünde fielen die Engel; wie kann denn der
Mensch, das Ebenbild seines Schöpfers, dadurch
zu gewinnen hoffen? Dich selbst liebe zuletzt;
liebe auch die Herzen, die dich hassen; *) Be=

---

*) Dr. Warburton verändert hier die Leseart that
hate thee, in: that wait thee, weil er glaubt, jene
Maxime, auch seine Feinde zu lieben, diene mehr, ei=
nen guten Christen, als einen guten Staatsmann zu
bilden, der bey der Ausübung dieser Vorschrift schlecht

ſtechung gewinnt nicht mehr, als Redlichkeit.
Immerdar trag' in deiner rechten Hand ſanften
Frieden, um neidiſche Zungen zu beſchwichtigen.
Thu Recht, und ſcheue Niemand. Laß alle die
Zwecke, nach welchen du zielſt, die Zwecke deines Landes, deines Gottes, und der Wahrheit
ſeyn. Und wenn du dann fällſt, o Cromwell, ſo
fällſt du wie ein ſeliger Märtyrer. Diene dem
König, und — ich bitte dich, führe mich hinein — Da, nimm ein Verzeichniß von allem,
was ich habe, bis auf den letzten Pfenning; es
gehört dem König. Mein Prieſterkleid und meine Aufrichtigkeit gegen den Himmel iſt alles, was
ich itzt mein eigen zu nennen wage. O! Crom-

---

fahren würde. Allein Steevens ſcheint mir dagegen
ſehr richtig zu bemerken, daß Wolſey in den itzigen
Umſtänden nicht bloß als Staatsmann, ſondern auch
als Chriſt ſprechen mußte. Shakeſpeare, ſagt er,
würde durch eine anderweitige Zeichnung dieſen Cha-
rackter herunter geſetzt haben, anſtatt ihn zu erhöben.
Nichts macht die Stunde des Unglücks peinlicher, als
der Gedanke, daß wir gegen die Anträge der Ausſöh-
nung taub geweſen ſind, fortgefahren haben, diejenigen zu Feinden zu behalten, die wir zu unſern Freunden hätten machen können.

well, Cromwell, hätt' ich nur meinem Gott mit
halb dem Eifer gedient, womit ich meinem Könige diente, so würd' er mich nicht in meinem
Alter so ganz entblößt meinen Feinden Preis
geben *)

Cromwell. Mein werther Herr, habt Geduld.

Wolsey. Die hab' ich auch. Lebt wohl,
ihr Hoffnungen des Hofes! Meine Hoffnungen
wohnen im Himmel. (Sie gehn ab.)

Vierter Aufzug.

Erster Auftritt.

Eine Straße in Westmünster.

Zwey Edelleute, die einander begegnen.

1. Seyd mir abermals willkommen.
2. Ihr auch.
1. Ihr kommt vermuthlich, um Euch hieher

---

*) Diese Worte sagte Wolsey wirklich zu Sir William
Kingston, nicht lange vor seinem Tode. Grey.

zu stellen, und die Lady Anne von ihrer Krönung zurückkommen zu sehen?

2. Das ist alles, was ich vorhabe. Als wir uns neulich begegneten, kam der Herzog von Buckingham vom Gerichte zurück. *)

1. Es ist wahr. Aber zu jener Zeit war alles betrübt, itzt freut sich alles.

2. Das ist sehr gut. Die Bürger haben ganz gewiß ihre Treue und Ergebenheit recht deutlich an den Tag gelegt; und nun müssen sie auch ihr Recht haben; sie pflegen diesen Tag allemal gern mit Schauspielen, Lustbarkeiten, und Ehrenbezeugungen zu feyren.

1. Nie sind dieselben grösser gewesen, und nie hat man sie besser gewählt.

2. Darf ich so frey seyn, Euch zu fragen, was das für ein Papier ist, das Ihr da in der Hand habt?

1. O! ja; es ist das Verzeichniß derjenigen, die heute, wie es bey der Krönung gewöhnlich ist, die ersten Staatsbedienungen bekleiden. Der Herzog von Suffolk ist der erste, als Oberhof-

---

*) Man sehe den ersten Auftritt des zweyten Aufzugs.

meister; hernach folgt der Herzog von Norfolk, als Marschall; die übrigen mögt Ihr selbst lesen.

2. Ich dank' Euch, mein Herr. Wenn ich diese Gewohnheiten nicht schon kennte, so würd' ich diese Kenntniß Eurem Papier verdanken können. Aber, sagt mir doch, was ist denn aus Katherinen, der verwitweten Prinzeßinn geworden? wie stehts mit ihrer Sache?

1. Das kann ich Euch auch sagen. Der Erzbischof von Canterbury hielt neulich mit andern gelehrten und ehrwürdigen Mitgliedern seines Ordens *) eine Versammlung zu Dunstable, sechs Meilen von Ampthill, wo die Prinzeßinn sich aufhielt; sie wurde von ihnen zum öftern dahin vorgefodert, aber sie erschien nicht. Und kurz, weil sie nicht erschien, und wegen der neulichen Gewissensunruhe des Königs, wurde ihr durch einmüthigen Schluß aller dieser erfahrnen Männer die Ehescheidung zuerkannt, und ihre Heyrath mit dem Könige ward für ungültig erklärt.

---

*) Diese waren die Bischöfe von London, Winchester, Bath und Wells, und Lincoln, wie Dr. Grey aus dem Burnet anmerkt.

Seitdem wurde ſie nach Kimbolton gebracht, wo ſie gegenwaͤrtig krank liegt.

2. Die arme, gute Dame! — Man blaͤſt ſchon die Trompeten; bleibt hier ſtehen; die Koͤniginn koͤmmt.   (Hoboen)

Folge des Kroͤnungs-Aufzuge.

1. Ein lebhafter Trompetenſchall.

2. Zwey Richter.

3. Der Lord Kanzler mit Taſche und Stabe vor ihm her.

4. Singende Choriſten.

5. Der Mayor von London, welcher den Stab traͤgt. Hernach der erſte Herold, in ſeinem Wappenrocke, und einer vergoldeten kupfernen Krone auf dem Kopfe.

6. Der Marquis von Dorſet, der einen goldnen Scepter traͤgt; auf dem Kopf eine Halbkrone von Gold. Neben ihm der Graf von Surrey, welcher den ſilbernen Stab mit der Taube traͤgt, und den Hauptſchmuck eines Grafen hat. Mit ritterlichen Ketten um den Hals.

7. Der Herzog von Suffolk in ſeiner

Staatskleidung, seine kleine Krone um den Kopf, in der Hand eine lange weisse Ruthe, als Oberhofmeister. Neben ihm der Herzog von Norfolk, mit dem Marschallsstabe, *), eine kleine Krone auf dem Kopfe. Beyde mit ritterlichen Halsketten.

8. Ein Thronhimmel, von vier Freyherren von den fünf Häfen **) getragen; unter demselben die Königinn in ihrem Gewande, das Haar reichlich mit Perlen gekrönt. An jeder Seite von ihr die Bischöfe von London und Winchester.

9. Die alte Herzoginn von Norfolk, mit einer goldnen kleinen Krone mit Blumen verziert, trägt der Königinn Schleppe.

---

*) Hall, der eine vollständige und genaue Beschreibung von der Krönung der Königinn macht, bemerkt, daß der Lord William Howard an diesem Tage den Marschallsstab getragen habe. Grey.

**) Die sogenannten Barons of the cinque — ports, denen diese Ehre, den Thronhimmel zu tragen, zukam, stehen unter dem Konstable von Dovercastle, und wurden von Wilhelm dem Eroberer zur mehrern Sicherheit der Seeküste angeordnet. Jene fünf Häfen sind: Hastings, Dover, Hith, Romney, und Sandwich. Grey.

10. Einige Zofdamen oder Gräfinnen, mit blossen goldnen Ringen um den Kopf, ohne Blumen.

Sie gehn langsam und in feyerlicher Ordnung über die Bühne, und hernach ab, mit grossem Trompetenschall.

2. Edelmann. Ein königlicher Zug, in der That! — Diese hier kenn' ich — Wer ist das, der den Scepter trägt?

1. Der Marquis Dorset; und jener der Graf von Surrey mit dem Stabe.

2. Ein edler, gesetzter Mann! Das wird gewiß der Graf von Suffolk seyn.

1. Ganz recht, als Oberhofmeister.

2. Und das ist Mylord von Norfolk.

1. Ja.

2. (Indem er die Königinn ansieht.) Der Himmel segne dich! du hast das liebenswürdigste Gesicht, das ich je gesehen habe — So wahr ich lebe, Freund, sie ist ein Engel. Unser König hat ganz Indien in seinen Armen, und noch einen reichern und grössern Schatz, wenn er diese Lady umfaßt. Ich kann sein Gewissen nicht tadeln.

1. Diejenigen, welche den Thronhimmel über ihr tragen, sind vier Freyherren von den fünf Seehäfen.

2. Diese Männer sind glücklich, so wie alle, die ihr nahe sind. Ich glaube, die da, die ihre Schleppe trägt, ist die alte edle Dame, die Herzoginn von Norfolk.

1. Das ist sie; und alle die übrigen sind Gräfinnen.

2. Das sieht man an ihrem Hauptschmuck. Es sind wahre Sterne; zuweilen auch fallende.

1. Nichts mehr davon.

(Der Zug geht ab; es kömmt ein dritter Edelmann.)

1. Gott grüß Euch, Freund; wo habt Ihr gesteckt?

3. Unter dem Gedränge in der Abtey, wo kein Apfel zur Erde fallen konnte. Ihr freudiges Gedränge hat mich fast erstickt.

2. Ihr habt also die Feyerlichkeit mit angesehn?

3. Ja, das hab' ich.

1. Wie war sie?

3. Sehr sehenswerth.

2. O! lieber Freund, erzählt uns davon.

3. So gut ich kann. Nachdem der reiche
Zug von Lords und Ladies die Königinn zu einem dazu eingerichteten Platze auf dem Chor gebracht hatten, so blieben sie in einer gewissen
Entfernung von ihr zurück, indeß die Königinn
etwa eine halbe Stunde lang in einem reichen
Lehnsessel ausruhte, und dem Volke die Schönheit ihrer Person öffentlich zeigte — Glaubt mir,
Freund, sie ist die liebenswürdigste Frau, die
jemals einen Mann beglückte — Als nun das
Volk sie so nach Gefallen sehen konnte, entstand
ein solches Geräusch, wie die Segeltaue in einem
starken Sturm auf der See machen, eben so
laut, und eben so vieltönend. Hüte, Mäntel,
ich glaube gar auch Wämse, flogen in die Höhe,
und wären ihre Gesichter los gewesen, so wären sie an diesem Tage verloren gegangen. Solch
eine Freude sah ich noch nie vorher. Hoch-
schwangre Frauen, die kaum noch eine Woche
bis zu ihrer Entbindung hatten, bestrebten sich,
wie Mauerbrecher in den Kriegen alter Zeiten,
das Gedränge zu durchbrechen, und die Leute vor
sich her zum wanken zu bringen. Kein einziger Mann konnte sagen: die da ist meine

Frau; so wunderbar waren alle in Ein Stück verwebt.

2. Aber, sagt doch, wie gieng's weiter?

3. Endlich stand die Königinn auf und gieng mit bescheidnen Schritten zum Altar, wo sie niederkniete, und, gleich einer Heiligen, ihre schönen Augen zum Himmel empor schlug, und andächtig betete. Hernach stand sie wieder auf, und neigte sich gegen das Volk; darauf erhielt sie von dem Erzbischof von Canterbury alle die Kleinode einer Königinn, als: das heilige Oel, Edwards des Bekenners Krone, den Scepter, die Taube, das Friedenszeichen, und alle dergleichen Sinnbilder wurden ihr auf eine edle Art angelegt; und nachdem dieß geschehen war, sang der Chor, mit der ausgesuchtesten Musik des ganzen Königreichs, das Te Deum. So gieng sie hinweg, und begab sich mit allem dem vorigen Gepränge zurück nach York-Place, wo das Freudenmal gehalten wird.

1. Ihr müßt dieß Haus nicht mehr York-Place nennen; das ist vorbey. Denn seitdem der Kardinal fiel, ist jener Name verloren gegangen. Itzt gehört es dem König, und heißt Whitehall.

3. Ich

3. Ich weiß es; aber die Aenderung ist noch so neu, daß mir der alte Name noch am geläufigsten ist.

2. Was waren das für zwey ehrwürdige Bischöfe, die an jeder Seite der Königinn giengen?

3. Stokesly und Gardiner; der letztere von Winchester, der neulich erst aus einem Sekretair des Königs, Bischof geworden ist, und der erste Bischof von London.

2. Den von Winchester hält man für keinen grossen Freund des Erzbischofs, des verdienstvollen Cranmer.

3. Das weiß das ganze Land. Indeß ist bisher noch keine grosse Mißhelligkeit unter ihnen; und sollte die entstehen, so wird Cranmer einen Freund finden, der nicht von ihm ablassen wird.

2. Und wer sollte das seyn?

3. Thomas Cromwell; ein Mann, den der König sehr schätzt, und, in der That, ein würdiger Freund. Der König hat ihn zum Aufseher der Kleinode des Reichs, und zu einem seiner geheimen Räthe gemacht.

2. Er wird noch mehr verdienen.

K

3. Ja, ohne allen Zweifel. Kommt, ihr
Herren, wir müssen einerley Weg nehmen, nach
Hofe nämlich; und dort sollt ihr meine Gäste
seyn. Etwas kann ich schon befehlen. Auf dem
Wege dahin will ich euch mehr erzählen.

Beyde. Wir sind zu euren Diensten, mein Herr.

(Sie gehn ab.)

Zweyter Auftritt. *)

Die verwitwete Katharine, geführt von
Griffith, ihrem Oberhofmeister, und Patience, ihrer Kammerfrau.

Griffith. Wie befindet sich Eure Gnaden?

Katharine. O! Griffith, tödtlich krank.
Meine Beine neigen sich, gleich beladnen Aesten,
zur Erde, voll Verlangen, ihrer Bürde entle-

---

*) Dieser Auftritt ist mehr als alle andre Scenen in
Shakespeare's Trauerspielen, und vielleicht mehr, als
irgend eine Scene andrer Dichter rührend und pathe-
tisch, ohne Götter, oder Furien, oder Gift, oder Abgründe, ohne die Hülfe romanhafter Umstände, ohne
unwahrscheinliche Künsteley poetischer Wehklagen, und
ohne gewaltsame Ausbrüche eines stürmischen Elendes.

Johnson.

digt zu ſeyn. Gieb mir einen Stuhl — So! —
Itzt dünkt mich, fühl ich ein wenig Erleichterung.
Sagteſt du mir nicht, Griffith, als du mich herein führteſt, daß der groſſe Sohn der Ehre, Kardinal Wolſey, geſtorben ſey?

Griffith. Ja, gnädige Frau. Aber ich glaube Eure Gnaden gab vor allen Euren Schmerzen nicht Acht darauf.

Katharine. O! ſage mir, lieber Griffith,
wie er geſtorben iſt. Starb er gut, ſo gieng
er vielleicht mir voran, um mich durch ſein Beyſpiel zu belehren.

Griffith. Er ſtarb gut, gnädige Frau, wie
das Gerücht geht. Denn nachdem der wackre
Graf von Northumberland ihn zu York in Verhaft nahm, und ihn, als einen ſehr ſtraffälligen
Mann, zur Verantwortung zog, ward er plötzlich krank, und ſo ſchlimm, daß er nicht auf ſeinem Mauleſel ſitzen konnte.

Katharine. Der arme Mann!

Griffith. Endlich kam er, mit kurzen Tage-
reiſen, nach Leiceſter, und nahm ſeine Wohnung in der Abtey, wo ihn der ehrwürdige Abt
und ſein ganzes Kloſter ehrerbietig empfieng, die

er mit folgenden Worten anredete: „O! mein
„werther Abt, ein alter Mann, vom Ungewit-
„ter des Staats überwältigt, kömmt hier, um
„bey Euch für sein müdes Gebein eine Ruhe-
„stätte zu suchen; gebt ihm aus Erbarmen ein
„wenig Erde!„ — Darauf legte er sich zu Bette, wo seine Krankheit immer mehr überhand
nahm; und drey Abende hernach, um acht
Uhr — welches er selbst als seine letzte Stunde
vorhergesagt hatte — gab er, voller Reue, anhal-
tender Andacht, Thränen und Kummer, seine
Ehren der Welt zurück, seinen seligen Geist dem
Himmel, und entschlief in Frieden.

Katharine. Und im Frieden ruh er! Sanft
liegen seine Vergehungen auf ihm! Nur dieß,
Griffith, erlaube mir, mit aller christlichen Liebe, von ihm zu sagen: Er war ein Mann von
unbegränzter Ehrsucht, der immer gleichen Rang
mit Fürsten suchte; ein Mann, der durch seine
Anstiftungen dem ganzen Königreich Fesseln an-
legte. *) Simonie war ihm frey und erlaubt.

---

*) Dr. Warburton sucht auch hier, wie mehrmals,
grössere Feinheit des Ausdrucks, als der Dichter zur

Sein eignes Gutdünken war sein Gesetz. In
des Königs Zimmer sagte er Unwahrheiten, und
war allemal zweyzüngig in seinen Reden und Gedanken. Nie war er mitleidig, als da, wo er
Verderben im Sinn hatte. Seine Versprechun-
gen waren mächtig, wie er damals war; aber
die Erfüllung war Nichts, wie er nun ist. Gegen seinen eignen Orden handelte er schlecht,
und gab der Geistlichkeit ein böses Beyspiel.

    Griffith. Meine gnädige Frau, die bösen
Handlungen der Menschen werden immer in Erz

Absicht haben mochte, und glaubt, daß von ihm gebrauchte Wort *suggestion* habe den Sinn, welchen *sugge-*
stio in der mittlern Latinität hat, da es einen guten,
heilsamen Anschlag bezeichnet. Die Meinung sey also,
glaubt er, Wolsey habe selbst heilsame Anschläge so zu
vergiften gewußt, daß dadurch Sklaverey für das Reich
entstanden sey. Allein Farmer zeigt den Ungrund
dieser Auslegung durch Vergleichung der hieher gehörigen Stelle im Holinshed, dem der Dichter auch hier
wörtlich folgt — Mehr Beyfall verdient Hamner, der
tyth'd für *ty'd* liest. Alsdann wäre der Sinn: der Kardinal habe durch sein Anstiften dem ganzen Reiche den
Zehnten abgenommen. Dieß stimmt mit den Erzählungen der Chroniken von des Kardinals Erpressungen
überein, wie Farmer gleichfalls zeigt.

verewigt; ihre Tugenden schreiben wir in Waſſer *) Wollt ihr mirs erlauben, itzt auch ſein
Gutes zu erwähnen?

Katharine. Ja, mein guter Griffith; ich
wäre ſonſt ſchmähſüchtig.

Griffith. Dieſer Kardinal war freylich von niedrer Abkunft; aber von ſeiner Wiege an zur Ehre beſtimmt. Er war ein gründlicher Gelehrter ungemein klug, ſprach ſchön und überredend ; war hoch-
fahrend und ernſt gegen die, welche ihn nicht liebten, aber gegen die, welche ihn aufſuchten, liebreich
wie der Sommer. Freylich war er unerſättlich im
Nehmen, und das war eine Sünde; aber im
Geben, gnädige Frau, war er auch ſehr fürſt-
lich. Davon bleiben jene Zwillinge der Gelehrſamkeit ewige Zeugen, die er in euch errichtete,
Ipſwich und Orford! **) Jenes fiel mit ihm,

---

*) Beaumont und Fletcher haben eben dieſen Ge-
danken in ihrem Philaſter: „Alle eure beſſern Thaten
ſollen in Waſſer geſchrieben werden; aber dieſe in
Marmor„ Steevens.

**) Wolſey legte zu Orford ein Kollegium an, wel-
ches itzt unter dem Namen Chriſt=Church bekannt iſt,
und wirkte ſich von dem Pabſte die Erlaubniß aus, vier-

und hatte nicht Lust, das Gute zu überleben,
was er ihm that; Oxford hingegen, wenn gleich
noch unvollendet, ist doch so berühmt, so vor-
trefflich in der Kunst, und noch immer so auf-
blühend, daß man in der Christenheit immerfort
von seinen Verdiensten reden wird. Sein Sturz
überhäufte ihn mit Glückseligkeit; denn da, und
nicht eher, als da, fühlte er sich selbst, und erkannte das Glück, klein zu seyn. Um auch seinem Alter mehr Ehre zu ertheilen, als ihm irgend
ein Mensch hätte geben können, starb er in der
Furcht Gottes.

Katharine. Nach meinem Tode wünsch' ich
mir keinen andern Herold, keinen andern Lobred-
ner der Handlungen meines Lebens, um meine
Ehre von der Verwesung zu retten, als solch einen rechtschaffnen Erzähler, wie Griffith ist.
Ihn, den ich bey seinem Leben am meisten haßte, ihn muß ich itzt, bewogen durch deine fromme Wahrheitsliebe und Bescheidenheit, in seiner
Asche verehren. Er ruh in Frieden! — Patien-

zig kleine Klöster in ein Kollegium zu Ipswich (der Haupt-
stadt in der Grafschaft Suffolk) zu verwandeln.

ce, bleib' immer mir zur Seite, und setze mich
etwas niedriger; ich werde dir nicht lange mehr
Mühe machen. Guter Griffith, laß die Musikanten mir die traurige Melodie spielen, die ich
mein Grabgeläute zu nennen pflegte, indeß ich
meine Gedanken mit der himmlischen Harmonie
beschäftige, der ich entgegen gehe.

(Eine traurige und feyerliche Musik.)

Griffith. Sie ist eingeschlafen. Gutes Mädchen, wir wollen uns hier ganz stille niedersetzen,
um sie nicht zu wecken — Sachte, liebe Patience.

Ein Traumgesicht. Es kommen, feyerlich
nach einander hereinschwebend, sechs Personen, in weisser Kleidung, die auf den
Köpfen Lorbeerkränze, goldne Masken auf
den Gesichtern, und Lorbeer-oder Palm-
zweige in den Händen haben. Sie grüssen
Katharinen, und tanzen hernach; und bey
gewissen Wendungen halten die beyden ersten einen schmalen Blumenkranz über ihr
Haupt, wobey die übrigen viere sich ehrerbietig verneigen; hernach geben jene zwey
den Blumenkranz an die beyden folgenden,

welche eben die Wendungen machen, und
den Kranz über ihr Haupt halten; so auch
die beyden letzten. Die Prinzeßinn macht,
wie durch höhere Eingebung, Zeichen der
Freude im Schlaf, und hebt die Hände gen
Himmel. Die Geister verschwinden im
Tanz, und nehmen den Blumenkranz mit
· sich hinweg. Die Musick geht
weiter fort.

Katharine. Ihr Geister des Friedens, wo
seyd ihr? Seyd ihr alle verschwunden, und laßt
mich hier im Elende zurück?

Griffith. Gnädige Frau, wir sind hier.

Katharine. Nach euch frag ich nicht —
Saht ihr während meines Schlafs Niemand
hereinkommen?

Griffith. Nein, gnädige Frau.

Katharine. Nicht? — Saht ihr nicht eben
itzt eine selige Schaar mich zu einem Gastmahl
einladen, deren helle Angesichter, gleich der
Sonne, tausend Strahlen auf mich warfen? Sie
versprachen mir ewige Glückseligkeit, und brachten mir Blumenkränze, Griffith, die ich zu tra-

gen mich noch nicht würdig fühle. Aber ich
werde dessen gewiß würdig werden.

Griffith. Ich freue mich sehr, gnädige Frau,
daß Eure Einbildung sich mit so angenehmen
Träumen beschäftigt.

Katharine. Laß die Musik aufhören; sie ist
rauh und beschwerlich für mich.

(Die Musik hört auf.)

Patience. Bemerkt Ihr wohl, wie ihr Reitz
sich auf einmal verändert hat? Wie langzügig
ihr Gesicht geworden ist? wie blaß sie aussieht?
wie eißkalt sie ist? — Seht doch ihre Augen.

Griffith. Sie stirbt, Mädchen. Bete, bete.

Patience. O! Himmel, erquicke sie!

(Es kömmt ein Bote.)

Bote. Mit Eurer Gnaden Erlaubniß —

Katharine. Ihr seyd ein unverschämter Kerl;
verdienen wir nicht mehr Ehrfurcht?

Griffith. Ihr thut nicht wohl, da Ihr wißt,
daß sie ihrem vorigen Range nichts vergeben will,
daß Ihr Euch so unhöflich betragt. Kniet doch
nieder.

Bote. (kniend) Ich bitt' Eure Majestät demüthigst um Vergebung; meine Eile machte mich

unhöflich. Es wartet draussen ein Kavalier, den
der König abgeschickt hat, Euch zu besuchen.

Katharine. Laß ihn herein, Griffith; aber
den Menschen hier laß mir nie wieder vor Augen
kommen.   (Griffith und der Bote gehn ab.)

Griffith kömmt wieder, mit Lord Capucius.

Katharine. Triegt mein Gesicht mich nicht,
so seyd Ihr ein Abgesandter von dem Kaiser, meinem königlichen Neffen; und Euer Name ist Capucius.

Capucius. Ja, gnädige Frau, Euer Knecht.

Katharine. O! Mylord, die Zeiten und Titel haben sich bey mir, seit unsrer vorigen Bekanntschaft, gewaltig verändert. Aber sagt mir
doch, was habt Ihr für einen Auftrag an mich?

Capucius. Theure Prinzeßinn, zuerst ent-
biet' ich Euch meine eigne Dienste; hernach hat
der König von mir verlangt, Euch zu besuchen.
Er ist über Eure Krankheit sehr betrübt, läßt
Euch durch mich seine fürstlichen Empfehlungen
vermelden, und Euch herzlich bitten, seine Tröstungen anzunehmen.

Katharine. O! mein werther Herr! diese

Tröstungen kommen zu spät; sie gleichen einer
Begnädigung nach vollzogner Hinrichtung. Diese
wohlthätige Arzney, zur rechten Zeit gegeben,
hätte mich geheilt; aber nun helfen mir weiter
keine Tröstungen als Gebete. Wie befindet sich
Seine Majestät?

Capucius. Bey guter Gesundheit, gnädige
Frau.

Katharine. Das müß' er immer! und immer glücklich seyn, wenn ich bey den Würmern
wohne, und mein armer Name aus dem Königreiche verbannt ist! — Patience, ist der Brief,
den ich dich schreiben ließ, schon weggeschickt?

Patience. Nein, gnädige Frau.

Katharine. Mein Herr, ich muß Euch er-
gebenst bitten, diesen Brief dem Könige zu überreichen.

Capucius. Herzlich gern, gnädige Frau.

Katharine. Ich habe darin das Zeugniß
unsrer keuschen Liebe, seine kleine Tochter, seiner
Gnade empfohlen — Reicher Segen des Himmels komm' über sie! — Ich bitt' ihn zugleich,
ihr eine tugendhafte Erziehung zu geben — sie
ist jung, und von der edelsten, sittsamsten Ge-

müthsart; ich hoffe, sie wird sich dessen würdig
verhalten — und sie ein wenig um ihrer Mutter
willen zu lieben, die ihn, der Himmel weiß wie
theuer, liebte. Hernach ersuch' ich ihn demüthig,
daß er die Gnade haben möge, sich meiner unglücklichen Kammerfrauen anzunehmen, die so
lange im Glück und Unglück so getreu mit mir
ausgehalten haben. Ich weiß gewiß, und werde
itzt wohl nichts Unwahres bezeugen, es ist keine
unter ihnen, die nicht durch ihre Tugend und
wahre Schönheit der Seele, durch Rechtschaffenheit und anständiges Betragen, einen würdigen,
guten Mann verdienen wird; es sey einer von
edler Geburt; und ganz gewiß werden die Männer glücklich, denen sie zu Theil werden. Die
letzte Bitte ist für meine Bedienten — sie sind die
ärmsten; aber die Armuth konnte sie nie von mir
trennen — daß man ihnen ihren Gehalt richtig
auszahlen möge, und noch etwas darüber, wobey sie sich meiner erinnern können. Hätt' es
dem Himmel gefallen, mir längeres Leben, und
gehörige Mittel zu verleihen, so würden wir uns
nicht auf diese Art von einander geschieden haben.
Dieß ist der ganze Inhalt des Briefes — und,

mein werther Herr, bey allem, was Euch auf
der Welt das Liebste ist, und wenn Ihr abge-
schiednen Seelen christliche Ruhe wünscht, so
bleibt ein Freund dieser armen Leute, und bewegt den König, mir diese letzte Gerechtigkeit
wiederfahren zu lassen.

Capucius. Beym Himmel, das will ich, oder
alle menschliche Gestalt verlieren!

Katharine. Ich dank' Euch, mein rechtschaffner Herr — Denkt an mich in aller Unterwür-
figkeit gegen Seine Majestät. Sagt ihm, seine
lange Unruhe gehe itzt aus dieser Welt. Sagt
ihm, ich hab' ihn im Tode gesegnet; denn das
werd' ich thun — Meine Augen werden dunkel —
Lebt wohl, mein Herr — Griffith, lebe wohl —
Nein, Patience, du mußt mich noch nicht verlassen. Ich muß zu Bette — Ruft mehr Kammerfrauen herein — Wenn ich todt bin, gutes
Mädchen, so laß mich mit gebührender Ehre behandelt werden; überstreue mich mit jungfräuli-
chen Blumen, damit Jedermann wisse, ich sey
bis ins Grab eine keusche Frau gewesen. Bal-
samire mich, und dann lege mich aufs Parade-
bette. Bin ich gleich nicht Königinn mehr; so

begrabt mich doch wie eine Königinn und die
Tochter eines Königs — Ich kann nicht mehr —

(Sie gehn ab; die Königinn wird hinweg geführt.)

Fünfter Aufzug.

Erster Auftritt.

Vor dem Pallaste.

Gardiner, Bischof von Winchester; ein
Edelknabe mit einer Fackel vor ihm her;
Sir Thomas Lovell begegnet ihm.

Gardiner. Es ist Ein Uhr; nicht wahr,
Knabe?

Edelknabe. Es hat schon geschlagen.

Gardiner. Diese Stunden sollten dem Be-
dürfniß, nicht dem Vergnügen gewidmet seyn.
Es ist die Zeit, in welcher sich unsre Natur mit
wohlthätiger Ruhe erquicken sollte; und uns geziemt es nicht, diese Zeit zu verschwenden — Guten Abend, Sir Thomas; wohin so spät?

Lovell. Kommt Ihr von dem Könige, Mylord?

Gardiner. Ja, Sir Thomas; ich verließ ihn beym Primero *) mit dem Herzoge von Suffolk.

Lovell. Ich muß auch noch zu ihm, eh er sich schlafen legt. Ich empfehle mich.

Gardiner. Noch nicht, Sir Thomas Lovell — Was habt Ihr bey ihm vor? Ihr scheint sehr eilig zu seyn. Ist es keine Beleidigung, wenn ich Euch darum bitte, so gebt doch Eurem Freunde einigen Unterricht von Eurer so späten Angelegenheit. Geschäfte, die so, wie Gespenster thun sollen, um Mitternacht umgehen, sind allemal erheblicher, als die Sachen, welche man bey Tage abthut.

Lovell. Mylord, ich bin Euer Freund, und würd' es wagen, Euch ein Geheimniß zu vertrauen, das noch weit wichtiger wäre, als diese Sache. Die Königinn soll in Kindesnöthen und in äusserster Gefahr seyn; man fürchtet, daß sie in der Entbindung sterben wird.

Gar=

---

*) Primero und primavista, zwey Kartenspiele; die daher den Namen haben, weil derjenige das Spiel gewinnt, der zuerst eine gewisse Folge von Karten aufweisen kann. Grey.

Gardiner. Ihrer Leibesfrucht wünsch' ich
von Herzen, daß sie glücklich und lebendig zur
Welt komme; dem Stamm hingegen wünschte
ich, Sir Thomas, daß er bey dieser Gelegenheit
ausgerottet würde.

Lovell. Mich dünkt, ich könnte dazu Amen
rufen; und doch sagt mir mein Gewissen, sie sey
ein gutes Geschöpf und eine liebenswürdige Dame, die bessere Wünsche von uns verdient.

Gardiner. Aber Sir, Sir — hört mich an,
Sir Thomas — Ihr seyd ein Mann von meiner Religion; ich kenn' Euch als klug und gewissenhaft; und laßt michs Euch sagen, es wird
nicht eher gut werden — das wirds gewiß nicht,
Sir Thomas Lovell, glaubt mirs — bis Cranmer, Cromwell — ihre beyden Hände — und sie
selbst, in ihren Gräbern schlafen.

Lovell. Da redet Ihr, Sir, von den zwey
angesehensten Leuten im ganzen Königreich. Cromwell ist, ausser der Aufsicht über die königlichen
Kleinode, Requetenmeister und Sekretair des Königs geworden, und steht noch in der Hoffnung

L

mehrerer Befördrungen, welche er mit der Zeit erhalten wird. Der Erzbischof ist des Königs Hand und Zunge; und wer hat das Herz, nur eine Sylbe wider ihn zu sprechen?

Gardiner. O! ja, Sir Thomas, es giebt noch Leute, die das Herz haben; und ich selbst hab' es gewagt, meine Meynung von ihm zu sagen. Noch heute — das kann ich Euch wohl sagen, Sir — glaub' ich die Lords des Staatsraths gegen ihn durch die Vorstellung aufgebracht zu haben, daß er, wie ich und sie es wissen, ein Erzketzer, eine wahre Pest ist, die das Land ansteckt; sie sind dadurch bewogen worden, freymüthig gegen den König darüber zu sprechen; dieser hat auch, nach seiner gnädigen Gesinnung und fürstlicher Fürsorge, und weil er alles das Unheil vorhersieht, welches wir ihm vorstellten, unsern Klagen schon in so weit Gehör gegeben, daß er befohlen hat, ihn morgen früh vor den Staatsrath zu fodern. Er ist üppiges Unkraut, Sir Thomas, und wir müssen ausrotten. Aber ich halt' Euch zu lange von Euren Geschäften ab; gute Nacht, Sir Thomas.

(Gardiner und der Edelknabe gehn ab.)

Lovell. Vielmals gute Nacht, Mylord; ich bin Euer Diener.

(Indem Lovell abgehen will, kommt der König und der Herzog von Suffolk.)

König. Karl, ich will diesen Abend nicht mehr spielen; ich habe meine Gedanken nicht dabey; Ihr seyd mir zu stark.

Suffolk. Mein König, ich habe sonst nie von Euch gewonnen.

König. Nur wenig, Suffolk, und wirst es auch nicht, wenn meine Gedanken bey meinem Spiele sind — Nun, Lovell, was macht die Königinn?

Lovell. Ich könn' ihr das nicht persönlich bestellen, was Ihr mir befahlt; aber ich ließ ihrs durch ihre Kammerfrau melden. Sie ließ sich ganz unterthänigst bedanken, und Eure Majestät recht herzlich bitten, für sie zu beten.

König. Was sagst du? — he? — für sie zu beten? — Ist sie etwann in Kindesnöthen?

Lovell. So sagte ihre Kammerfrau, und daß jedes ihrer Leiden beynah ein Todeskampf sey.

König. Gott! die arme Frau!

L 2

Suffolk. Gott entbinde sie glücklich und mäche ihr die Schmerzen leicht, um Eure Majestät mit einem Erben zu erfreuen!

König. Es ist Mitternacht, Karl; laß uns zu Bette gehn; und gedenk in deinem Gebete des Zustands meiner armen Gemahlinn. Laß mich allein; denn ich habe über Dinge nachzudenken, die keine Gesellschaft verträgen.

Suffolk. Ich wünsch' Eurer Majestät eine ruhige Nacht, und werde meiner guten Königinn in meinem Gebet gedenken.

König. Gute Nacht, Karl. (Suffolk geht ab; Sir Anton Denny kömmt.) Nun, Sir, was giebts?

Denny. Mein König, ich habe Mylord den Erzbischof hergeholt, wie Ihr mir befohlen habt.

König. Ha! den von Canterbury?

Denny. Ja, mein theurer König.

König. Es ist wahr — Wo ist er, Denny?

Denny. Er wartet auf Eurer Majestät Befehl.

König. Bring' ihn zu uns.

(Denny geht ab.)

Lovell. (beyseite) Das geschieht wegen des-

sen, was der Bischof sagte. Ich bin zur rechten
Zeit hieher gekommen.

(Denny kömmt mit Cranmer zurück.)

König. Geh weg aus der Gallerie! — (Lo=
vell scheint bleiben zu wollen.) Ha! — ich habe dirs
schon einmal gesagt — geh fort! — Was ist
das? (Lovell und Denny gehn ab.)

Cranmer. (für sich) Mir ist bange — Wa=
rum ist er so böse? — So sieht er aus, wenn
er zornig ist — Es ist gewiß was vorgefallen.

König. Nun, Mylord, Ihr verlangt wohl
zu wissen, warum ich Euch habe rufen lassen?

Cranmer. (knieend) Es ist meine Schuldig=
keit, Eurer Majestät Befehl zu erwarten.

König. Ich bitt' Euch, steht auf, mein gu=
ter und würdiger Lord von Canterbury. Ihr
müßt mit mir auf und nieder gehn. Ich hab'
Euch was neues zu sagen. Nun, nun, gebt
mir Eure Hand — Ach! mein guter Lord, mich
kränkt das, was ich sage, und es thut mir in
die Seele weh, Euch folgendes zu wiederholen.
Ich habe neulich sehr ungern manche schwere,
ich sage, Mylord, schwere Klagen wider Euch
vernommen, und nach reifer Ueberlegung hab'

ich mit meinem Staatsrath beschlossen, daß Ihr diesen Morgen vor uns erscheinen sollt. Ich weiß, daß Ihr daselbst Euch nicht ganz vollkommen werdet rechtfertigen können, und daß Ihr also bis zur weitern Untersuchung der Anklagen, über welche Ihr Euch zu verantworten habt, Euch in Geduld fassen, und es Euch gefallen lassen müßt, Eure Wohnung in dem Tower zu nehmen. Da Ihr selbst ein Mitglied unsers Staatsraths seyd, so müssen wir nothwendig so verfahren, weil sonst kein Zeuge das Herz haben würde, gegen Euch aufzutreten.

Cranmer. (knieend) Ich dank' Eurer Maje-stät unterthänigst, und freue mich sehr, daß ich diese gute Gelegenheit habe, durch und durch gesichtet zu werden, wobey mein Korn und mei-ne Spreu aus einander fliegen wird. Denn ich weiß, daß Niemand mehr verläumbrischen Zun-gen ausgesetzt ist, als ich armer Mann.

König. Steh auf, guter Canterbury; deine Wahrheitsliebe und deine Redlichkeit sind in mir, deinem Freunde, tief eingewurzelt. Gieb mir die Hand; steh auf; komm', laß uns auf und nieder gehen. (Cranmer steht auf) Nun, beym

Himmel! was für eine Art von Menschen seyd
Ihr? Mylord, ich erwartete, Ihr würdet mir
eine Bittschrift überreichen, daß ich mirs möchte
angelegen seyn lassen, Euch mit Euren Anklä-
gern zusammen zu bringen, und Euch ferner,
ohne gefängliche Verwahrung, abhören zu lassen.

Cranmer. Mein grosser König, das Gute,
worauf ich mich verlasse, ist meine Redlichkeit
und Rechtschaffenheit; wenn die mich im Stich
lassen, so will ich mit meinen Feinden über meine eigne Person triumphiren, die ich für nichts
halte, wenn ihr diese Tugenden fehlen. Ich
fürchte nichts, was man gegen mich sagen kann.

König. Wißt Ihr nicht, wie Eure Sachen
in der Welt stehen? da es doch die ganze Welt
weiß. Ihr habt viele und nicht geringe Feinde;
ihre Anschläge stehn mit ihrer Zahl und Macht
im Verhältniß; und nicht allemal trägt die Gerechtigkeit und Wahrheit der gerichtlichen Sache
den ihr gebührenden Sieg davon. Wie leicht
können verderbte Gemüther eben so verderbte Buben aufbringen, wider Euch zu schwören! Dergleichen ist wirklich geschehen. Ihr habt mächtige Widersacher, und man verfolgt Euch mit

der äussersten Bosheit. Wähnt Ihr, daß es
Euch, in Betracht falscher Zeugen, besser gehn
wird, als Eurem Herrn, dessen Diener Ihr seyd,
als er auf dieser bösen Erde lebte? Nehmt Euch
in Acht; Ihr haltet einen Abgrund für keinen
gefährlichen Sprung, und sucht Euer eignes
Verderben.

Cranmer. Gott und Eure Majestät beschütz-
zen meine Unschuld! sonst fall' ich in die Schlin-
ge, die mir gelegt ist.

König. Seyd gutes Muths; sie sollen nichts
mehr wider Euch vermögen, als wir ihnen verstatten. Seyd nur ruhig, und erscheint vor ihnen diesen Morgen. Sollten sie Euch Dinge zur
Last legen, die Gefängniß verdienten, so versäumt
es nicht, die besten Beweise des Gegentheils zu
brauchen, und thut das mit allem dem Eifer,
den dieser Anlaß fodert. Können aber Vorstel-
lungen nichts ausrichten, so gebt ihnen diesen
Ring, und appellirt von ihnen an mich — Seht,
der gute Mann weint! Er ist rechtschaffen, bey
meiner Ehre! Beym Himmel! ich schwöre, er
hat ein redliches Herz, und die beste Seele in
meinem ganzen Königreich. — Geht nur, und

thut, wie ich Euch geheissen habe — Seine Thränen ersticken seine Sprache.

(Cranmer geht ab. Es kömmt eine alte Hofdame.)

Ein Hofkavalier. (hinter der Scene) Bleibt zurück; was wollt Ihr machen?

Hofdame. Ich bleibe nicht zurück. Die Nachricht, die ich bringe, wird meine Dreistigkeit zur Höflichkeit machen — Gute Engel müssen über deinem königlichen Haupte schweben, und deine Person mit ihren seligen Fittigen beschatten!

Könige. Aus deinen Blicken errath' ich deine Botschaft. Ist die Königinn entbunden? Sage Ja, und von einem Prinzen.

Hofdame. Ja, ja, mein König; und von einem liebenswürdigen Prinzen. Gott im Himmel beglücke sie itzt und immerdar! Es ist ein Mädchen, das aber in der Folge Knaben verspricht. Eure Gemahlinn, mein König, wünscht Euren Besuch, und daß Ihr diesen neuen Ankömmling kennen lernet. Er gleicht Euch so sehr, wie Ein Ey dem andern.

König. Lovell — (Lovell kommt.)

Lovell. Mein König.

König. Gieb ihr hundert Mark. Ich gehe zu der Königinn.   (Er geht ab.)

Hofdame. Hundert Mark! — Mein Treu! ich will mehr haben. Ein gemeiner Kammerdiener wird so bezahlt. Ich will mehr haben, oder es aus ihm heraus keifen. Sagt' ich deswegen, das Mädchen säh ihm so gleich? Ich will mehr haben, oder mein Wort wieder zurück nehmen. Gleich will ich das Eisen schmieden, weil es noch warm ist.   (Die Hofdame und Lovell gehn ab.)

Zweyter Auftritt.

Vor dem Zimmer des Staatsraths.

Cranmer; hernach der Thürsteher.

Cranmer. Ich hoffe nicht zu spät zu kommen; wiewohl derjenige, der von dem Staatsrath an mich geschickt wurde, mich bat, sehr zu eilen. — Alles verschlossen? — Was heißt das? — Holla! — Wer ist dort an der Thür? — (Der Thürsteher kömmt.) Ohne Zweifel kennt Ihr mich?

Thürsteher. Ja, Mylord; aber ich kann Euch doch nicht helfen.

Cranmer. Warum nicht?

Thürsteher. Ihr müßt warten, gnädiger Herr, bis man Euch ruft.

(Doktor Butts kömmt.)

Cranmer. Gut.

Butts. Das ist lauter Büberey. Es freut mich, daß ich glücklicher Weise diesen Weg nahm. Der König soll es sogleich erfahren.

(Geht ab.)

Cranmer. (für sich) Das ist Butts, des Königs Leibarzt — Als er vorbey gieng, wie ernst er seine Augen auf mich warf! — Der Himmel gebe, daß er meine Ungnade nicht entdecke! Ganz gewiß ist dieß von einigen, die mich hassen, so angestellt — Gott ändre ihre Herzen! ich gab ihnen nie zu der Bosheit Anlaß — um meine Ehre zu kränken. Sonst würden sie sich schämen, mich, ein Mitglied des Staatsraths, unter Aufwärtern, schlechten Bedienten und Lackeyen, an der Thür warten zu lassen! — Aber ihr Wille muß geschehen; und ich warte hier geduldig.

Der König und Butts, oben am Fenster.

Butts. Ich will Eurer Majestät den seltsamsten Auftritt zeigen —

König. Was ist das, Butts?

Butts. Ich glaube, Eure Majeſtät hat das ſchon oft geſehen.

König. Verzweifelt! wo iſt es denn?

Butts. Dort, mein König. Die hohe Stan-deserhebung des Erzbiſchoffs von Canterbury, der an der Thür ſeinen Platz hat, unter Gerichts-dienern, Edelknaben, und gemeinen Bedienten.

König. Ha! wirklich, er iſt es; iſt das die Ehre, die ſie einander anthun? Schon gut; es iſt noch einer über ihnen. Ich glaubte, ſie dächten doch gegen einander zu rechtſchaffen, wenigſtens zu geſittet, um nicht zu leiden, daß ein Mann von ſeinem Range, und der bey uns ſo ſehr in Gnaden ſteht, auf den Wink der gnädigen Her-ren lauren müßte, und noch dazu an der Thür, wie ein Briefträger. Beym Himmel, Butts, das ſind Bubenſtreiche; laß ſie machen; und zieh den Vorhang dicht zu; wir werden gleich mehr hören. —

Dritter Auftritt.

Das Zimmer des Staatsraths.

Der Lord Kanzler setzt sich oben an der Tafel linker Hand; ein Sitz über ihm bleibt leer, der dem Erzbischof von Canterbury gehört. Der Herzog von Suffolk, Herzog von Norfolk, Surrey, Lord Kämmerer, und Gardiner setzen sich nach der Ordnung an jeder Seite. Cromwell, als Sekretair, zu unterst.

Kanzler. *) Tragt die Sache vor, Herr Sekretair. Warum sind wir hier im Staatsrath versammelt?

---

*) Dieser Lord Kanzler steht nicht unter den spielenden Personen, ob er gleich mit dazu gehört. In der letzten Scene des vierten Aufzugs wurde gesagt, Sir Thomas More sey zum Lord Kanzler bestimmt; aber der ist es nicht, den der Dichter hier auf die Bühne bringt. Wolsey lieferte, auf Befehl, den 18. November 1529. das grosse Siegel ab; den 15ten Nov. erhielt sie Sir Thomas More, der sie den 16. May 1532. wieder überab. Da nun am Ende dieser Scene die Gebürt der Königinn Elisabeth erwähnt wird, und sie folglich erst ins Jahr 1534. fällt, so muß hier Sir Thomas

Cromwell. Mit Eurer Erlaubniß, Mylords, die Sache betrifft Seine Gnaden, den Erzbischof von Canterbury.

Gardiner. Ist er davon unterrichtet?
Cromwell. Ja.
Norfolk. Wer wartet da?

Thürsteher. Draussen, meine edeln Lords?
Gardiner. Ja.
Thürsteher. Mylord, Erzbischof; er wartet schon seit einer halben Stunde, um Eure Befehle zu vernehmen.
Kanzler. Laßt ihn herein.

Thürsteher. Ihr könnt itzt herein kommen, gnädiger Herr.

(Cranmer nähert sich der Versammlung.)

Kanzler. Mein werther Lord, Erzbischof, es thut mir sehr leid, hier an der Tafel zu sitzen, und jenen Stuhl da leer zu sehen; aber wir sind allesamt schwache, gebrechliche Menschen, von eingeschränkten Kräften; Engel sind nur wenige.

_____

Audlie gemeynt seyn, der auf More folgt, und die Siegel viele Jahre hindurch behielt. Theobald.

Und wegen dieser Schwäche, und dieses Man-
gels an Klugheit habt Ihr, der uns am besten
belehren sollte, Euch selbst nicht wenig vom rechten Wege entfernt, habt Euch zuerst gegen den
König, hernach auch gegen seine Gesetze vergan-
gen, indem Ihr das ganze Reich, wie man uns
berichtet hat, durch Eure Lehre und durch Eure
Priester mit neuen, abweichenden und gefährlichen Meynungen erfüllt habt, die wahre Ketze-
reyen sind, und sehr verderblich werden können,
wenn man ihnen nicht Einhalt thut.

Gardiner. Und man muß ihnen bald Einhalt thun, ihr edeln Lords; denn Leute, die
wilde Pferde zahm machen wollen, lenken sie
nicht etwa bloß mit den Händen, um sie zu besänftigen, sondern stopfen ihnen mit hartem Ge-
biß den Mund, und spornen sie an, bis sie sich
gutwillig regieren lassen. Wenn wir aus Liebe
zur Ruhe, und aus kindischer Schonung gegen
die Ehre eines einzigen Mannes, diese ansteckenn-
de Seuche dulden; so ist hernach alle Arzney
umsonst; und was erfolgt dann? Empörung,
Aufruhr, und allgemeines Verderben des ganzen Staats; wie neulich erst unsre Nachbarn,

im obern Theil von Deutschland, *) offenbare
Zeugen davon sind, deren Schicksal wir erst vor
kurzem bejammert haben.

Cranmer. Meine werthen Lords, in meinem ganzen bisherigen Leben und Amte häb' ich
mich mit nicht geringer Mühe dahin bestrebt, daß
meine Lehre und der Gebrauch meines Ansehens
einerley Weg, und auf eine sichre Art nehmen
möchte; und mein Zweck dabey war allemal,
Gutes zu thun. Auch ist — das red' ich mit
ganzem Herzen, Mylords — auf der Welt ist
Niemand, der in seinem Gewissen sowohl, als
in seinem Amte die Störer der öffentlichen Ruhe
mehr verabscheut, sich ihnen mehr wiedersetzt,
als ich thue. Der Himmel gebe, daß der König nie ein Herz finden möge, das ihm minder
treu ergeben ist! Leute, die sich vom Neide und
falscher Bosheit nähren, wag es auch die besten
Leute zu verläumden. Ich bitt' Euch, Mylords,
daß bey dieser gerichtlichen Untersuchung meine

.An-

---

*) Dieß geht auf die Unruhen, welche die Sekte des
Thomas Münzer um das Jahr 1521. in Sachsen erregte. Grey.

Ankläger, sie seyn wer sie wollen, wider mich
aufgestellt werden, und ohne Rückhalt ihre Klagen gegen mich vorbringen mögen.

Suffolk. Nein, Mylord, das kann nicht
geschehen. Ihr seyd ein Mitglied des Staatsraths, und wegen dieser Würde wagt es Niemand, Euer Kläger zu seyn.

Gardiner. Mylord, weil wir noch wichti-
gere Geschäfte vorhaben, so wollen wirs mit Euch
kurz machen. Es ist der Wille Seiner Majestät,
und unser Schluß, daß Ihr, bis zur nähern Untersuchung Eurer Sache von hier in den Tower
gebracht werdet. Dort werdet Ihr wieder ein
Privatmann seyn, und erfahren, daß viele Leute
das Herz haben, Euch dreist anzuklagen, mehrere, fürcht' ich, als Ihr vermuthet.

Cranmer. Nun, mein werther Lord von
Winchester, ich dank' Euch, Ihr seyd doch immer mein guter Freund. Wenns nach Eurem
Willen geht, so werd' ich Mylord, an Euch beydes einen Kläger und einen Richter haben; so
menschlich seyd Ihr. Ich seh' Eure Absicht; es
ist mein Verderben. Liebe und Sanftmuth, Lord,
geziemen einem Geistlichen besser, als Ehrsucht;

M

er muß verirrte Seelen mit Lindigkeit wieder gewinnen, und keine von sich stoßen. Wenn Ihr
meine Geduld aufs äußerste mißbraucht, so zweifle
ich doch daran, daß ich mich völlig rechtfertigen
werde, eben so wenig, als Ihr Euch ein Gewissen macht, täglich Unrecht zu thun. Ich
könnte noch mehr sagen; aber die Ehrerbietung
gegen Euer Amt macht mich bescheiden.

Gardiner. Mylord, Mylord, Ihr seyd ein
Sektirer; das ist offenbar. Euer glänzender
Firniß entdeckt doch Leuten, die Euch näher er-
forschen, leere Worte und Schwachheit.

Cromwell. Mylord von Winchester, mit Eurer Erlaubniß, Ihr seyd ein wenig zu bitter.
Männer von so edelm Range sollten, wenn sie
gleich schuldig sind, doch wegen desjenigen, was
sie waren, mit Achtung behandelt werden. Es
ist grausam, einen fallenden Mann noch mehr
zu drücken.

Gardiner. Lieber Herr Sekretair, ich bitt'
Euch demüthigst um Verzeihung. Ihr, der Nie-
drigste an dieser Tafel, könnt das freylich wohl
sagen.

Cromwell. Warum, Mylord?

Gardiner. Weiß ich denn nicht, daß Ihr ein Freund dieser neuen Sekte seyd? So ganz gesund seyd Ihr auch nicht.

Cromwell. Nicht gesund?

Gardiner. Nicht gesund, sag' ich.

Cromwell. Wenn Ihr nur halb so rechtschaffen wärt! Dann würde man für Euch beten, nicht Euch fürchten.

Gardiner. Ich werde dieser frechen Reden gedenken.

Cromwell. Das thut; gedenkt auch Eures frechen Lebens.

Kämmerer. Das ist zu viel; mäßigt Euch doch, Schande halber, Mylords.

Gardiner. Ich bin fertig.

Cromwell. Ich auch.

Kämmerer. Was Euch betrift, Mylord — Es ist, glaub' ich, einstimmig beschlossen, daß Ihr sogleich als ein Gefangner nach dem Tower gebracht werden, und dort so lange bleiben sollt, bis der König uns seine fernern Befehle wissen läßt. Seyd Ihr alle damit einig, ihr Lords?

Alle. Das sind wir.

Cranmer. Ist denn kein andrer Ausweg für

mich? Muß ich nothwendig nach dem Tower, Mylords?

Gardiner. Was könnt Ihr anders erwarten? Ihr seyd sehr beschwerlich — Laßt einige von der Wache sich fertig halten.

(Es kömmt Wache.)

Cranmer. Für mich? — Soll ich denn als ein Verräther dort hingebracht werden.

Gardiner. Nehmt ihn hin, und laßt ihn im Tower verwahren.

Cranmer. Wartet, meine werthen Lords; ich habe noch ein Paar Worte zu sagen. Seht hier, Mylords, Kraft dieses Ringes nehm' ich meine Sache aus den Klauen grausamer Leute, und übergebe sie dem edelsten Richter, dem Könige, meinem Herrn.

Kämmerer. Das ist des Königs Ring.

Surrey. Er ist nicht nachgemacht.

Suffolk. Es ist der rechte Ring, beym Himmel! — Sagt' ich doch Euch allen, als wir diesen gefährlichen Stein zuerst ins Rollen brachten, er würde auf uns selbst fallen!

Norfolk. Glaubt ihr denn, Mylords, der

König werde diesem Manne auch nur den kleinen
Finger verletzen lassen?

Kämmerer. Das ist nur gar zu gewiß. Wie
viel mehr wird ihm an seinem Leben gelegen
seyn! — Ich wollt', ich wäre auf eine gute Art
aus dem Handel!

Cromwell. Ich dacht' es immer, als ihr
Klätschereyen und Kundschaften gegen diesen
Mann aufsuchtet, dessen Redlichkeit nur der Teufel und seine Jünger beneiden können, daß ihr
ein Feuer anblieset, womit ihr euch selbst ver-
brennen würdet. Nun nehmt euch in Acht.

**Der König, zornig auf sie blickend, nimmt
seinen Sitz.**

Gardiner. Grosser König! Wie sehr danken
wir täglich dem Himmel, daß er uns solch einen
Fürsten gab, der nicht nur gut und weise, sondern auch sehr gewissenhaft ist; einen Fürsten,
der mit aller Folgsamkeit die Kirche zum vor-
nehmsten Ziele seiner Ehre macht! Und, um diese
heilige Pflicht zu bestärken, aus Liebe und Ehrfurcht gegen die Kirche, kömmt Seine Majestät
selbst hier in diese gerichtliche Sitzung, um die

Sache zwischen Ihr und diesem grossen Verbrecher mit anzuhören.

König. Ihr seyd immer gleich mit Euren
Lobsprüchen bey der Hand, Bischof von Winchester. Aber wißt, ich bin itzt nicht hieher gekommen, um dergleichen Schmeicheleyen anzuhören;
und sie sind vor mir zu elend und zu dünne ge-
webt, um Vergehungen zu bedecken. An mich
könnt Ihr nicht hinan reichen; Ihr macht es,
wie ein Wachtelhund, und denkt mich mit der
Bewegung Eurer Zunge zu gewinnen. Aber
wofür du mich auch nehmen magst, so bin ich
doch überzeugt, daß du eine grausame und blut-
gierige Gemüthsart hast — Mein guter Cranmer, setze dich. Itzt will ich doch sehen, wer
hier so dreist und übermüthig ist, nur einen Finger gegen dich auszustrecken! Bey allem, was
heilig ist! so einer thäte besser, zu verhungern,
als nur Einmal zu denken, du seyst dieses Platzes
nicht werth.

Surrey. Erlaub' Eure Majestät —

König. Nein, Sir, ich erlaub' es nicht.
Ich glaubte, Männer von Verstand und Klugheit in meinem Rathe zu haben; aber ich finde

deren keine. War es klug gehandelt, ihr Lords,
diesen Mann, diesen guten Mann — wenige unter euch verdienen diesen Namen — diesen rechtschaffnen Mann, gleich einem armseligen Bedienten, vor der Thür dieses Zimmers warten
zu lassen? Einen Mann, der eben so vornehm
ist, wie Ihr? — Wie schändlich war das! Hieß
Euch meine Vollmacht, Euch so weit vergessen?
Ich gab Euch die Erlaubniß, ihn als einen Rath,
nicht als einen Bedienten, zu verhören. Ich sehe, es giebt einige unter euch, die ihn mehr aus
Bosheit als aus Rechtschaffenheit verurtheilen
würden, wenn ihr nur dazu im Stande wäret;
aber das sollt ihr nie seyn; so lang' ich lebe.

Kanzler. Es sey mir erlaubt, mein gnädigster König, in diesem Stück alle zu entschuldigen. Was in Ansehung seiner Gefangenneh-
mung beschlossen wurde, das war, wenn anders
noch Treu und Glauben gilt, mehr auf sein Verhör und seine völlige Rechtfertigung vor der Welt,
als auf Bosheit abgezielt; wenigstens von meiner
Seite.

König. Nun gut, Mylords, habt Achtung
für ihn; nehmt ihn unter euch auf, und begegnet

M 4

ihm anständig; er verdient es. Ich getraue mir
zu sagen, wenn irgend ein Fürst einem Unterthan
etwas zu danken haben kann, so hab' ichs ihm,
wegen seiner Liebe und seiner Dienste. Macht
mir nichts mehr zu schaffen, sondern umarmt
ihn alle. Seyd wenigstens Schande halber gute
Freunde, Mylords — Mylord von Canterbury,
ich habe ein Gesuch, das Ihr mir nicht abschlagen müßt. Es giebt ein artiges junges Mädchen,
das noch nicht getauft ist; Ihr müßt Gevatter
dazu seyn.

Cranmer. Der grösseste Monarch auf der
Welt hätte sich solch einer Ehre zu rühmen; wie
kann ich dieselbe verdienen, da ich ein armer
und niedriger Unterthan von Euch bin?

König. Ohne Umstände, Mylord; Ihr wollt
nur Eure Löffel sparen! *) Ihr werdet zwey

---

*) Es war schon lange vor des Dichters Zeiten Ge-
brauch, daß die Gevattern dem Kinde vergoldete Löffel
zum Pathengeschenk machten. Diese Löffel hiessen
Apostellöffel, (apostle spoons) weil die Bilder der Apo-
stel auf ihren Handgriffen eingegraben waren. Reiche
und freygebige Leute gaben das ganze Dutzend; weniger reiche oder freygebige kamen mit den vier Evange-

vornehme Mitgevattern haben, die alte Herzoginn von Norfolk, und die Marquise Dorset.
Seyd Ihr mit ihnen zufrieden? — Noch einmal, Mylord von Winchester, ich befehl' Euch,
umarmt und liebt diesen Mann.

Gardiner. Das thu ich mit redlichem Herzen und brüderlicher Liebe.

Cranmer. Und der Himmel sey mein Zeu-
ge, wie theuer mir diese Versicherung der Freundschaft ist!   (Sie umarmen einander.)

König. Guter Mann, diese Freudenthränen
verrathen dein redliches Herz. Ich sehe, die
Stimme des Gerüchts wird von dir bestätigt,
welche sagt: „Man spiele dem Erzbischof von
„Canterbury irgend einen hämischen Streich, so
„hat man ihn auf immer zum Freunde. „ *) —

---

listen davon, oder gaben auch zuweilen nur einen einzigen Löffel, worauf das Bildniß irgend eines Heiligen
stand, von dem das Kind den Namen erhielt. Steevens.

*) „Dr. Hethe, Erzbischof von York, konnte Cran-
„mer's zu große Gelindigkeit nicht leiden, und sagte
„zu ihm: Ich weiß schon, auf welche Art ich alles von
„Euch erhalten kann. Und wie denn? sagte Cranmer.
„Je nun versetzte Dr. Hethe, ich sehe wohl, ich muß
„erstlich suchen, Euch recht sehr zu beleidigen, und

Kommt, Mylords, wir verderben hier nur die Zeit; mich verlangt, meine junge Tochter zur Christinn machen zu lassen. Bleibt itzt so einig, Mylords, wie ich Euch vereinigt habe; so werd' ich desto stärker; und ihr selbst habt desto mehr Ehre davon. (Sie gehn ab.)

Dritter Auftritt.

Der Hof beym Pallast.

Geräusch und Lärmen hinter der Bühne. Es kömmt der Thorwärter und sein Bedienter.

Thorwärter. Wollt ihr gleich aufhören zu lärmen, ihr Schlingel? Seht ihr den Hof für Paris-Garten *) an? Ihr groben Kerl, laßt euer Gaffen.

Einer, drinnen. Lieber Herr Thorwärter, ich gehöre zur Speisekammer.

„ dann durch ein bißchen Reue alles erhalten, was „ ich nur verlangen kann. „ Strype's Memorials of Archbishop Cranmer, B. III. Ch. 30. p. 429.

　*) Der Garten, wo damals die Bären gehalten wurden. Johnson.

Thorwärter. Gehört zum Galgen, und laßt
Euch hängen, Ihr Schurke! Ist hier der Ort,
solch Gebrülle zu machen? — Holt mir ein Du-
zend derbe Prügel, recht stammfest; diese hier
sind nur Spießgerten für sie. Ich will euch den
Kopf waschen. Was braucht ihr bey der Taufe
zu seyn? Glaubt ihr etwa daß es hier Bier und
Kuchen geben wird, ihr groben Flegel?

Bedienter. O! lieber Herr, nicht so böse;
wenn wir sie nicht mit Kanonen vor der Thür
wegfegen, so ist es eben so unmöglich, sie aus
einander zu treiben, als sie am Morgen des ersten
May zum Schlafen zu bringen; und das wird
nie geschehen. Die Paulskirche ist nicht schwerer aus der Stelle zu bringen, als sie.

Thorwärter. Zum Henker, wie kamen sie
denn herein.

Knecht. Lieber Gott, das weiß ich nicht —
Wie kömmt die Fluth aus der See herein? So
viel ein tüchtiger Prügel von vier Fuß — hier
seht Ihr die armseligen Reste davon — nur immer ausrichten konnte, hab' ich nicht fehlen lassen, Herr.

Thorwärter. Ihr habt nichts gethan, Herr.

Knecht. Ich bin kein Simson, kein Ritter Guy *), noch Colebrand, daß ich sie vor mir niedermähen könnte. Wenn ich aber irgend einen geschont habe, der einen Kopf zum Treffen hatte, Jung oder Alt, Mann oder Weib, Hahnrey oder Hahnreymacher, so will ich nie wieder ein Hinterviertel vom Rindfleisch sehen; und das möcht' ich um vieles nicht, mein Seel nicht!

Drinnen. Hört Ihr, Herr Thorwärter?

Thorwärter. Gleich werd' ich bey Euch seyn, Herr Maulaff! — Halt die Thür dicht zu, Kerl.

Knecht. Was soll ich machen?

Thorwärter. Was solltet Ihr anders machen, als sie Dutzendweise niederprügeln? Ist hier etwa Morefielb's, wo gemustert wird? **) oder ist etwan ein seltsamer Indianer mit einem grossen Schweif am Hofe, daß die Weiber uns

---

*) Guy von Warwick ist ein bekannter Ritter; (auf den man auch in Percy's Sammlung eine Ballade findet.) Colebrand war der Dänische Riese, den Guy zu Winchester bezwang. Ihr Gefechte hat Drayton in seinem Polyolbion sehr umständlich beschrieben. Johnson.

**) Die Stadtsoldaten wurden zu Morefields geübt und gemustert. Johnson.

so belagern? Gott behüte! was für unzüchtiges
Lumpengesindel da vor der Thür ist! — Auf
mein Gewissen! aus dieser Einen Taufe werden
tausend andre entstehen. Da ist Vater, Gevatter, und alles bey einander.

Knecht. Desto schwerer werden die Löffel
seyn, Herr. Nicht weit von der Thür da steht
ein Kerl, der, seinem Gesichte nach, ein Kupfer-
schmied *) seyn muß; denn, mein Seel! zwanzig Hundstage regieren itzt in seiner Nase; alle,
die um ihn her stehen, befinden sich unter der
Linie; sie brauchen keine Strafe weiter. Diesen
Feuerdrachen traf ich dreymal auf den Kopf,
und dreymal schoß seine Nase Feuer auf mich;
er steht da, wie ein Mörser, der auf uns losge-
feuert wird. Neben ihm stand ein Trödelweib **),

---

* Johnson bemerkt, daß *brassier* auch noch eine Masse
von Metall bedeutet, die man gelegentlich, der Wärme
wegen, heiß macht. Beyde Bedeutungen hatte der Dichter im Sinne.

**) a haberdasher's wife *of smal wit*, d. i. das Weib ei-
nes Trödlers mit kleinem Verstande. Dieß scheint sich auf
die Benennung eines Krämers mit kleinen, oder kurzen
Waaren, a haberdasher of *smal wars* zu beziehen, und
ein damals gewöhnliches Wortspiel gewesen zu seyn.

die so lange auf mich schalt, bis ihre ausgezack-
te Suppenschüssel ihr vom Kopfe fiel, weil ich
solch eine Feuersbrunst im Staat erregte. Ich
verfehlte jenes Luftzeichen einmal, und traf dieß
Weib. Sie schrie gleich: Prügel her! Und sogleich sah ich von fern einige vierzig Prügel ihr
zu Hülfe eilen, welche die Hoffnung des Stran-
des waren, wo sie wohnte. Sie fielen mich an;
ich hielt mich tapfer; endlich kam es unter uns
zu Besenstielen; ich bot ihnen immer Trotz. Auf
einmal schmiß eine Reihe von Jungen, die hinter
ihnen waren, loses Gesindel, solch einen Platz-
regen von Steinen auf mich zu, daß ich froh
war, mit Ehren davon zu kommen, und ihnen
den Platz Preiß gab. Der Teufel war unter
ihnen, glaub' ich ganz gewiß.

Thorwärter. Das sind die Jungen, die im
Komödienhause donnern, und sich um angebißne
Aepfel mit einander schlagen; und einen Lärmen
machen, den keine andre Zuhörer, als die Trüb-
salbrüderschaft *) zu Tower-Hill, oder die Glie-

---

*) the *tribulation* scheint der Name eines damaligen
Bethhauses der Puritaner gewesen zu seyn. Johnson.

der der Kirche zu Limehaufe **), ihre theuren
Brüder, aushalten können.   Ich habe einige
von ihnen in limbo Patrum; und da werden sie
wohl drey Tage lang tanzen müffen; auffer dem
herumgehenden Gaftmahl von zwey Bütteln, das
ihnen noch bevorfteht.

(Der Lord Kämmerer kömmt.)

Kämmerer.   Behüte der Himmel! was ift
das für eine Menge Menfchen!   Es werden ihrer
immer mehr; von allen Seiten her kommen fie,
als ob wir ein Jahrmarkt hielten.   Wo find
denn die Thorwärter, die faulen Buben? —
Ihr habt eure Sachen fchön gemacht, ihr Kerle

---

*) Limehoufe ift von jeher der Wohnfitz folcher Leute
gewefen, die für die Ausrüftung der Schiffe, Segel, und
dergl. arbeiten. Da diefe Manufakturen aus einer Men=
ge von Fremden, aus verfchiedenen Ländern und Religio=
nen beftehen, fo hat eine jede Gemeine ihren befondern
Verfammlungsort zum Gottesdienfte.   Wegen ihrer
Verfchiedenheit in der Lehre mußten natürlich öftere
Streitigkeiten unter ihnen entftehen; und diefer Ort
ift daher von jeher wegen der Mannigfaltigkeit feiner
Sekten und der Unruhen feiner Einwohner berühmt ge=
wefen.   Steevens — Auch bemerkt Warburton die
Alliteration in den Worten: *Turbulation of Tower Hill,*
or the *limbs of Limehoufe.*

ihr! Saubres Gesindel habt ihr herein gelassen!
Sind das vielleicht alle eure treuen Freunde aus
den Vorstädten? Wir werden wohl noch recht
vielPlatz für die Damen haben, wenn sie von der
Taufe zurück kommen!

Thorwärter. Mit Eurer Gnaden Erlaubniß,
wir sind doch nur Menschen; und was ihrer zwey
thun können, ohne sich in Stücke reissen zu lassen, das haben wir gethan. Eine ganze Armee
kann sie nicht bändigen.

Kämmerer. So wahr ich lebe, wenn der
König mir darüber einen Verweis giebt, so will
ich euch allen sogleich Blöcke an die Füße legen,
und das gleich, und auf eure Köpfe für eure
Versäumung tüchtige Geldstrafe. Ihr seyd acht-
lose Schurken; und da liegt ihr hier beym Bier-
kruge, wenn ihr Dienste thun solltet. Hört,
man bläst schon die Trompeten; sie kommen schon
von der Taufhandlung zurück. Geht, brecht
durch das Gedränge durch, und macht Platz, damit der Zug ordentlich hindurch könne; oder ich
laß' euch auf ein Paar Monate ins Gefängniß
werfen.

Thorwärter. Platz da für die Prinzeßinn!

Knecht.

Knecht. Ihr grosser Kerl, tretet beyseite, oder ich mach' Euch Kopfweh.

Thorwärter. Ihr da in dem kamelotnen Wams! aus den Schranken heraus! oder ich werf Euch über die Pfähle hinüber.

(Sie gehn ab.)

Vierter Auftritt.

Der Pallast.

Blasende Trompeter; hernach zwey Alder-männer, der Lord-Major, der Herold, Cranmer, Herzog von Norfolk mit seinem Märschallsstabe, Herzog von Suffolk, zwey Edelleute, die grosse Trinkschalen aufrecht als Taufgeschenke tragen; darauf vier Edelleute, die einen Thronhimmel halten, unter welchem die Herzoginn von Norfolk, als Gevatterinn, das Kind trägt, sehr reich in einen Mantel u s f. gekleidet. Die Schleppe trägt eine Hofdame. Hernach folgt die Marquise von Dorset, die zweyte Gevatterinn, und Hofdamen. Der Zug geht einmal um die Bühne, und der Herold redet.

. Herold. Der Himmel verleihe, nach seiner

N

unendlichen Güte, frohes, langes und immer glückseliges Leben der hohen und mächtigen Prinzeßinn von England, Elisabeth!

(Trompeten. Es kömmt der König und sein Gefolge.)

Cranmer, (kniend.) Und für Eure königliche Majestät und unsre theure Königinn, thun meine edeln Mitgevattern und ich diesen Wunsch: Was je der Himmel aufsparte, um Eltern glücklich zu machen, das komme stündlich über euch!

König. Ich dank Euch, mein guter Erzbischof. Wie ist ihr Name?

Cranmer. Elisabeth.

König. Steht auf, Mylord — (Er küßt das Kind) Nimm meinen Segen mit diesem Kuß. Gott beschütze dich! Seiner Hand befehl ich dein Leben.

Cranmer. Amen.

König. Meine edeln Gevattern, ihr seyd gar zu freygebig gewesen; ich dank' Euch von Herzen; das wird auch dieß Mädchen thun, wenn sie erst so viel sprechen kann.

Cranmer. Laßt mich reden, mein König, denn der Himmel befiehlt mirs; und keiner müsse das, was ich sage, für Schmeicheley halten;

denn man wird finden, daß es die Wahrheit ist.
Dieß königliche Kind — immerdar deck' es der
Himmel mit seinem Schutz! — verspricht schon
itzt in der Wiege diesem Lande tausend, tausend
Segnungen, welche die Zeit zur Reise bringen
wird.   Zwar werden wenige von denen, die itzt
leben, noch Zeugen ihrer Tugenden seyn können;
aber sie wird allen Fürsten, die mit ihr zugleich
leben, und nach ihr kommen werden, ein Muster seyn.   Saba's Königinn war nie begieriger
nach Weisheit und edler Tugend, als diese un-
schuldvolle Seele es seyn wird.   Alle fürstlichen
Vollkommenheiten, die eine so erhabne Person
schmücken können, und alle die Tugenden, welche
mit der Güte des Herzens vereint sind, werden
in ihr verdoppelt werden.   Die Wahrheit wird
sie auferziehen; heilige und himmlische Gedanken
werden immer ihre Rathgeber seyn; man wird
sie lieben und fürchten.   Durch sich selbst wird
sie glücklich seyn.   Ihre Feinde beben, wie ein
Feld mit niedergelegtem Korn, und hängen vor
Kummer das Haupt.   Das Gute wächst mit ihr.
In ihren Tagen wird Jedermann in Sicherheit unter seinem Weinstock essen, was er pflanzt, und alles

seinen Nachbarn die frohen Lieder des Friedens
singen. Man wird Gott wahrhaftig erkennen; und
alle, die um sie sind, werden von ihr den wahren Pfad
der Ehre lernen, und dadurch, nicht durch Blut,
groß zu werden suchen. (Auch wird dieser Friede
nicht mit ihr entschlummern *); sondern, wie,
wenn der wundervolle Vogel, der jungfräuliche
Phönix, stirbt, aus seiner Asche ein neuer Erbe
aufsteht, eben so bewundernswerth, als er selbst
war; so wird sie ihren Segen dann, wenn sie
der Himmel aus dieser Wolke der Dunkelheit
hinwegnimmt, einem Erben hinterlassen, der aus

---

*) Die ganze eingeschlossene Stelle, bis zu der Rede
des Königs, scheinen bey einer spätern Durchsicht dieses Schauspiels, nach der Thronfolge des Königs Jakob
eingeschaltet zu seyn. Wenn man sie ausläßt, so hat
Cranmer's Rede ihren gehörigen Zusammenhang; wenn
man sie aber hinzusetzt, so preist er erstlich Elisabeths
Thronfolger, und wünscht hernach nicht zu wissen, daß
sie sterben müsse; freut sich vorher über die Folgen, und
beklagt hernach die Ursache. Unser Dichter war zugleich
politisch und nachläßig; er nahm sich vor, dem Könige
Jakob zu schmeicheln, und vergaß der ganzen Rede die
gehörige Schicklichkeit zu geben; oder er wollte vielleicht,
daß die eingeschalteten Zeilen bey der Vorstellung gesagt,
und bey dem Abdruck sollten weggelassen werden, wenn
er anders jemals an einen Abdruck dachte. Johnson.

ihrer geweihten, ruhmvollen Asche wie ein Stern
hervorgehen wird, eben so ruhmvoll, wie sie war,
und in seinem Stande eben so unverrückt. Frie-
ben, Ueberfluß, Liebe, Treue, Schrecken, welche
die Diener dieses auserwählten Kindes waren,
werden dann die seinigen seyn, und gleich einem
Weinstock an ihn hinan wachsen. Ueberall, wo
die helle Sonne des Himmels scheint, wird sein
Ruhm und die Grösse seines Namens erschallen,
und neue Nationen hervorbringen. Er wird
blühen, und gleich einer Bergceder, seine Aeste
über alle Ebnen um ihn her verbreiten. Unsrer
Kinder Kinder werden das sehen, und dem Himmel danken.

König. Du redest Wunder.

Cranmer. Sie wird, zum Glück Englands,
eine bejahrte Prinzeßinn werden. Viele Tage
werden sie sehen; und doch wird kein Tag ohne
eine edle That seyn, die ihn bekrönt. Hätt' ich
doch nichts mehr erfahren! Aber sie muß sterben; sie muß; die Heiligen müssen sie als eine
Jungfrau haben; als eine ganz unbefleckte Lilie,
wird sie zur Erde sinken, und die ganze Welt
wird sie bejammern.

N 3

König. O! Lord Erzbischof, durch dich bin ich itzt ein Mann geworden; vor diesem glückli= chen Kinde hab' ich nie etwas gezeugt. Dieß er= freuliche Orakel hat mich so erquickt, daß ich noch, wenn ich im Himmel bin, wünschen werde zu sehen, was dieß Kind thut, und dann meinen Schöpfer preisen werde — Ich dank' Euch al= len — Euch, mein lieber Lord Mayor, und Euren werthen Brüdern, *) bin ich sehr verbunden. Eure Gegenwart ist mir viel Ehre gewesen; und ich werde dafür dankbar seyn. Führt den Zug an, ihr Lords; ihr müßt alle die Königinn sehen, und sie muß euch danken; sie würde sich sonst krank grämen. Heute denke Niemand daran, daß er zu Hause was zu thun hat; denn alle sollen hier bleiben; dieß kleine Kind soll diesen Tag zum Feyertage machen. (Sie gehn ab.)

---

*) Den Aldermännern.

Epilog.

Zehn gegen Eins, dieß Schauspiel hat nicht allen,
Die hier versammelt sind, gefallen.
Denn einige sind nur zum Ausruhn hier,
Um ein paar Akte durchzuschlafen. Uns, die wir
Durch der Trompeten lauten Lärm sie schreckten,
Verdanken sie's wohl nicht, daß wir sie weckten.
Noch andre kommen, um hier Groß und Klein
Verhöhnt zu sehn, und: „ Wahrer Witz!„ zu
schreyen.
Drum können wir wohl Lob und Duldung unsrer
Schwächen
Von keinem uns, als guten Frau'n versprechen,
Die Eine, ihnen gleich, hier sahn. Und lächeln die
Uns Beyfall zu, so weiß ich, ohne Müh
Wird unser Spiel der Männer Lob erlangen;
Sie klatschen gern, wenn's ihre Frau'n verlangen.

Cymbeline.

Personen.

Cymbeline, König von Britannien.

Kloten, Sohn der Königinn aus ihrer ersten Ehe.

Leonatus Posthumus, ein Edelmann, mit der Prinzeßinn verheyrathet.

Belarius, ein verbannter Lord, unter dem angenommenen Namen Morgan.

Guiderius, und

Arviragus, unter den Namen Polydor und Kadwal, vermeynte Söhne des Belarius.

Philario, ein Italiäner, Freund des Posthumus.

Jachimo, Freund des Philario.

Kajus Lucius, ein Abgesandter von Rom.

Pisanio, des Posthumus Bedienter.

Ein Franzos.

Kornelius, ein Arzt.

Zwey Edelleute.

Die Königinn, Cymbeline's Gemahlinn.

Imogen, Cymbeline's Tochter erster Ehe.

Helena, Imogen's Kammerfrau.

Lords, Ladies, Römische Rathsherrn, Tribunen, Geistererscheinungen, ein Wahrsager, Officiere, Soldaten, Boten, und andres Gefolge.

Der Schauplatz ist zuweilen in Britannien, zuweilen in Italien.

Cymbeline.

Erster Aufzug.

Erster Auftritt.

Cymbeline's Pallast in Britanien.

Zwey Edelleute.

1. Edelmann. Man begegnet keinem Menschen, der nicht böse aussieht. Unsre Gesichtszüge folgen eben so wenig der Natur, als die Mienen unsrer Höflinge; sie sind beständig so, wie des Königs feine. *)

2. Edelmann. Aber was giebts denn?

1. Edelmann. Seine Tochter, und die Er-

---

*) Diese im Original dunkle Rede ist nach Johnson's Erläuterung und Umschreibung übersetzt.

binn seines Reichs, die er für den einzigen Sohn
seiner Gemahlinn bestimmt hatte, einer Wittwe,
die er neulich heurathete, hat sich mit einem armen,
aber würdigen Edelmanne verlobt; sie ist mit
ihm verheyrathet; ihr Gemahl verbannt; sie ge‑
fangen gesetzt; alles thut äusserlich sehr betrübt;
wiewohl ich glaube, daß der König recht innig
gerührt ist.

2. **Edelmann.** Keiner, als der König?

1. **Edelmann.** Der, der sie verloren hat,
auch; und die Königinn, welche die Heyrath
sehr wünschte. Aber kein einziger Höfling, ob
sie gleich ihre Gesichter nach den Mienen des
Königs in Falten gelegt haben, hat ein Herz,
das nicht über eben das froh wäre, worüber sie
so traurig thun.

2. **Edelmann.** Und warum das?

1. **Edelmann.** Derjenige, der die Prinzeßinn
nicht erhalten hat, ist ein zu schlechter Mann,
um schlecht von ihm zu reden; und derjenige,
der sie erhielt — ich meyne, der sie heyrathete
— der arme, gute Mann! — und deswegen
verbannt wurde, ist solch ein vortrefflicher Mann,
daß man durch alle Gegenden der Erde einen

seines Gleichen auffuchen, und bey dem doch immer noch Mängel finden würde, den man glaubte, ihm vergleichen zu können. Ich glaube nicht, daß irgend Jemand, auffer ihm, folch ein fchönes Aeufferliches, und fo viel inneres Verdienft befißt.

2. Edelmann. Ihr macht ihn fehr groß.

1. Edelmann. Ich mache ihn nicht gröffer, als der Umfang feines Werths reicht, und ver-kleinere deffen Maaß eher, als daß ich es gehö-rig ausdehnen follte.

2. Edelmann. Wie heißt er? und von wel-chem Stande ift er?

1. Edelmann. Ich kann feinem Stamm-baum nicht bis auf die Wurzel kommen. Sein Vater bieß Sicilius, der fich rühmlich mit Kaßi-belan wider die Römer verband, aber feine Eh-renftellen von Tenantius erhielt, dem er mit Ruhm und bewundernswerthem Glücke diente. Dadurch erhielt er den Beynamen Leonatus. Er hatte auffer jenem Sohn, wovon wir reden, noch zwey andre, die in den damaligen Kriegen mit ihren Schwertern in der Hand ftarben. Darüber grämte fich ihr Vater, der damals alt

war, und die Erhaltung seines Geschlechts sehr
wünschte, dergestalt, daß er das Leben verlor;
und seine edle Gattinn, die eben mit diesem Soh-
ne schwanger gieng, von dem wir reden, starb
gleich nach seiner Geburt.   Der König nimmt
das junge Kind in seinen Schutz; nennt ihn Posthumus; läßt ihn auferziehen, und macht ihn zu
seinem Edelknaben; läßt ihn alles lernen, was
er in seinem Alter nur lernen konnte.   Er ath-
mete diese Kenntnisse ein, wie wir die Luft ein-
athmen; so schnell, wie sie ihm beygebracht wurden; und man erndtete schon von ihm im Früh-
ling seines Lebens.   Er wurde am Hofe, was
man selten wird, zugleich sehr gelobt und sehr
geliebt; war den Jüngsten ein Muster, denen
von reiferm Alter ein Spiegel, vor dem sie sich
bildeten; und den noch ältern ein Kind, das kin-
dische Greise leitet.   Der eigne Werth seiner Geliebten, für die er nun verbannt ist, spricht genug dafür, wie sehr sie ihn und seine Tugend ge-
schätzt hat.   Schon ihre Wahl giebt genugsam
zu erkennen, welch einer Art Mann er ist.

2. Edelmann. Ich ehre ihn schon nach der
Beschreibung, die Ihr von ihm macht. Aber

fagt mir doch, ift fie das einzige Kind des
Königs?

1. **Edelmann.** Sein einziges Kind. Er hatte
zwey Söhne — Vernehmt das, wenn es Eure
Aufmerkfamkeit verdient — Sie wurden beyde,
der ältefte von ihnen in einem Alter von drey
Jahren, und der jüngfte noch in feinen Windeln,
aus ihrer Kinderftube geftohlen, und bis diefe
Stunde weiß und vermuthet man nicht, wo fie
hingekommen find.

2. **Edelmann.** Wie lange ift das fchon?

1. **Edelmann.** Einige zwanzig Jahr.

2. **Edelmann.** Daß man eines Königs Kinder fo entführen konnte! fie fo nachläßig hütete!
und daß man bey der Nachfuchung fo langfam
verfuhr, ihnen noch nicht auf die Spur zu kommen!

1. **Edelmann.** Es ift freylich fonderbar, und
die Nachläßigkeit ift lächerlich; indeß ift es doch
wahr.

2. **Edelmann.** Ich glaub' es Euch gern.

1. **Edelmann.** Wir müffen abbrechen; da
kömmt Pofthumus, die Königinn, und die Prinzeßinn.   (Sie gehn ab.)

Zweyter Auftritt.

Die Königinn, Posthumus, Imogen, und Gefolge.

Königinn. Nein, sey versichert, Tochter, ich werde dich nie mit gehäßigen Augen ansehen, wie man den meisten Stiefmüttern zur Last legt. Du bist meine Gefangne; aber dein Kerkermeister soll dir die Schlüssel überliefern, die dein Gefängniß verschliessen. Und für dich, Posthumus, will ich bey dem beleibigten Könige laut sprechen, sobald ich ihn nur gewinnen kann. Itzt tobt noch das Feuer des Zorns in ihm; und es wäre gut, wenn du dich seinem Urtheilsspruche so gelassen unterwürfest, als dir deine Klugheit es nur immer möglich macht.

Posthumus. Erlaube mir, Königinn, ich will heute noch von hier weg.

Königinn. Du kennst die Gefahr — Ich will einmal in dem Garten herum gehen, aus Mitleid gegen die Qualen der beschränkten Liebe, obgleich der König befohlen hat, daß ihr nicht mit einander reden sollt. (Sie gehn ab.)

Imogen. O! der heuchlerischen Gefällig-keit!

keit! Wie artig diese Tyranninn da kützeln kann,
wo sie verwundet! Mein theuerster Gemahl, ich
habe einige Furcht vor dem Zorn meines Vaters;
aber bey aller kindlichen Ehrerbietung, die ich
ihm schuldig bin, fürchte ich doch das nicht, was
er mir thun kann. Du mußt weggehn; und ich
werde hier den stündlichen Anfall zorniger Blicke
auszuhalten haben, ohne allen Wunsch, länger
zu leben, wäre nicht noch dieß Kleinod in der
Welt, das ich gerne wiedersehen möchte.

Posthumus: Meine Prinzeßinn! meine Geliebte! meine Gattinn! weine nicht mehr, damit
ich nicht Gelegenheit gebe, mehr Zärtlichkeit bey
mir zu argwöhnen, als sich für einen Mann schickt.
Ich werde der treueste Gatte bleiben, der jemals
Treue schwur. Mein Aufenthalt wird in Rom
bey einem gewissen Philario seyn, der ein Freund
meines Vaters war, und den ich nur aus Briefen kenne. Dahin schreibe, meine Theure; und
mit meinen Augen werd' ich die Worte wegtrin-
ken, die du mir zusendest, wenn gleich Dinte aus
Galle gemacht ist. *) (Die Königinn kömmt zurück.)

---

*) Ein Wortspiel. *Gall* bedeutet im Englischen die

O

Königinn. Machts kurz, ich bitte euch. Wenn der König kömmt, werde ich mir seinen ganzen, schweren Unwillen zuziehen. (Beyseite) Und doch will ich ihn bereden, diesen Weg zu nehmen. Ich thu ihm niemals Unrecht, ohne daß er mich dafür belohnt. Um nur Freund mit mir zu seyn, bezahlt er meine Beleidigungen sehr theuer.   (Sie geht ab.)

Posthumus. Wenn wir auch die ganze Zeit hindurch, die wir noch zu leben haben, von einander Abschied nehmen wollten, so würde doch das Unangenehme des Abschiedes nur immer zunehmen — Lebe wohl!

Imogen. Nein, warte noch ein wenig. Thätest du auch nur einen Spazierritt, so wäre solch ein Abschied zu kurz. Sieh hier, mein Theurer; dieser Diamant gehörte meiner Mutter; nimm ihn, mein Herz; aber behalt ihn so lange, bis du eine andre Frau nimmst, wenn Imogen todt ist.

Galle, und einen Gallapfel. Die Bitterkeit ist beyden gemein — Steevens bemerkt aus einem alten Recepte, daß man ehedem auch Ochsengalle zur Dinte genommen habe.

Posthumus. Was? was? eine andre? Ihr
gütigen Götter! gebt mir nur diese, die ich habe,
und haltet meine Umarmungen von einer zweyten mit Banden des Todes zurück! — (Indem er
den Ring ansteckt) Bleib, bleib, du hier, so lange
mein Gefühl noch dauert! Du Theuerste! Schönste! wie ich mein armes Selbst, zu deinem so
unendlichen Verlust, gegen dich austauschte, so
gewinne ich noch immer selbst in unsern Kleinig-
keiten von dir. (Er legt ihr ein Armband an) Trage
du dieß mir zu Gefallen; es ist eine Fessel der
Liebe; ich lege sie dieser schönsten Gefangnen an.

Imogen. O! ihr Götter! wann werden
wir uns wieder sehen? —

Cymbeline und Gefolge.

Posthumus. Himmel! der König! —

Cymbeline. Du Niederträchtiger! hinweg!
fort! aus meinen Augen! Wenn du nach diesem
Befehl noch einmal dem Hofe mit deiner verworfnen Person zur Last fällst, so stirbst du. Hinweg! Du bist Gift für mein Blut.

Posthumus. Die Götter beschützen dich, und
segnen alle die Guten, die am Hofe zurückblei-
ben! Ich gehe. (Geht ab.)

Imogen. Kein Stich des Todes kann schär-
fer seyn, als dieser ist.

Cymbeline. Du ungehorsames Geschöpf! du
solltest meine Jugend wieder erneuern, und du
überhäuffst mich mit Jahren, mit Jahrhunder-
ten. *)

Imogen. Ich bitte dich, mein Vater, mache
dir selbst keine Qual und Sorgen. Ich bin fühl-
los gegen deinen Zorn; eine weit edlere Leiden-
chaft macht sich alle Angst, alle Furcht unter-
würfig.

Cymbeline. Ohne alle Sittsamkeit? ohne
allen Gehorsam?

Imogen. Ohne alle Hoffnung, und in Ver-
weiflung; in so fern ohne alle Sittsamkeit.

Cymbeline. Du hättest den einzigen Sohn
meiner Gemahlinn bekommen können.

Imogen. O! ein Glück, daß ich ihn nicht
bekam! Ich wählte einen Adler, und vermied
einen Geyer.

Cymbeline. Du nahmst einen Bettler, und

*) Wenn man mit Johnson liest: thou heap'st
years, ages on me.

hätteſt durch ihn meinen Thron zum Sitze der
Niedrigkeit gemacht.

Imogen. Nein, ich gab ihm vielmehr einen
neuen Glanz.

Cymbeline, O! Du Niederträchtige!

Imogen. Mein Vater, es iſt deine Schuld,
daß ich den Poſthumus lieb gewann. Du lieſſeſt
ihn als meinen Geſpielen auferziehen; und er
iſt ein Mann, der des beſten Weibes würdig iſt.
Er kauft mich ſchon zu theuer, faſt um die ganze
Summe, die er bezahlt.

Cymbeline. Was? biſt du toll?

Imogen. Beynahe — Der Himmel helfe
mir wieder zurechte! — Wär' ich doch eines
Viehhirten Tochter, und mein Leonatus ein Sohn
des Schäfers, unſers Nachbarn!

(Die Königinn kömmt zurück.)

Cymbeline. Du Närrin du! ſie waren ſchon
wieder beyſammen. Du haſt nicht nach meinem Befehl gehandelt. Hinweg mit ihr; ſperre
ſie ein.

Königinn. Sey ruhig, mein Gemahl —
Still, theure Prinzeßinn Tochter, ſtill! —

Theuerſter König, laß uns allein, und denke darauf, dir eine Zerſtreuung zu machen.

Cymbeline. Laß ſie alle Tage einen Tropfen Bluts verlieren, und, wenn ſie alt iſt, an dieſer Narrheit ſterben!

(Er geht ab. Piſanio kömmt.)

Königinn. Pfui! Du muſt hübſch nachgeben. Da kömmt dein Aufwärter. Nun, Freund, was giebts Neues?

Piſanio. Der Prinz, dein Sohn, zog auf meinen Herrn.

Königinn. Ha! es iſt doch, hoff' ich, kein Unglück geſchehen?

Piſanio. Es hätte geſchehen können; aber mein Herr ſpielte mehr, als er focht, und hatte nicht die Hülfe der Erbitterung. Sie wurden von Edelleuten, die gleich bey der Hand waren, aus einander gebracht.

Königinn. Das freut mich ſehr.

Imogen. Dein Sohn iſt meines Vaters Freund; er nimmt ſeine Parthey — Auf einen Verbannten zu ziehen! O! des tapfern Ritters!— Ich wollte, ſie wären beyde zuſammen in Afrika, und ich wäre dabey mit einer Nadel, um

den, der zurück wiche, zu stechen! Warum giengst
du von deinem Herrn?

Pisanio. Auf seinen Befehl. Er wollte es
nicht zugeben, daß ich ihn an den Hafen begleitete. Er ließ mir diesen Aufsatz, worin mir meine Befehle vorgeschrieben sind, wenn es dir gefallen würde, dich meiner Dienste zu bedienen.

Königinn. Pisanio ist allemal dein getreuer
Diener gewesen; meine Ehre will ich dafür zu
Pfande setzen, daß er es auch bleiben wird.

Pisanio. Ich danke dir unterthänigst, meine
Königinn.

Königinn. Komm, laß uns ein wenig gehen.

Imogen. Ungefähr in einer halben Stunde
komm wieder zu mir. Du must wenigstens hin,
und meinen Gemahl zu Schiffe gehn sehn. Itzt
verlaß mich.   (Sie gehn ab.)

Dritter Auftritt.

Kloten und zwey Lords.

1. Lord. Prinz, ich rathe dir wenigstens ein
andres Hembde anzulegen; die Hitze des Gefechtes
hat gemacht, daß du rauchst, wie ein Opfer.

O 4

Wo Luft herausgeht, da geht auch Luft hinein;
und keine äuſſere Luft iſt ſo geſund, als die, die
du ausläſſeſt.

Kloten. Wäre mein Hembde blutig, ſo wollt'
ichs wechſeln — Hab' ich ihn verwundet?

2. Lord. (beyſeite) Nein, gewiß nicht; nicht
einmal, ſeine Geduld.

1. Lord. Ihn verwundet? — Sein Körper
iſt ein durchdringliches Gerippe, wenn er nicht
verwundet iſt. Er iſt eine Durchfahrt für Stahl
und Eiſen, wenn er nicht verwundet iſt. *)

2. Lord. (beyſeite) Nein; ſondern er floh
vorwärts, immer auf dein Geſicht zu.

1. Lord. Dir Stand halten? Du haſt Land
genug für dich allein; aber er gab dir noch mehr
als du haſt, ſchenkte dir noch mehr Erdreich.

2. Lord. (beyſeite) So viel Zoll, als ihr
Weltmeere habt, ihr Gecken!

––––––––––––––––––––––

*) Die Antwort des witzelnden zweyten Lords iſt
mir nicht recht verſtändlich: His ſteel was in debt, it
went o'the backſide the town. Vielleicht ſoll es
heiſſen: Sein Stahl machte es, wie ein verlaufner
Schuldner, der die Stadt mit dem Rücken anſieht.

Kloten. Ich wollte, man hätte sich nicht zwischen uns gelegt.

2. Lord. (beyseite) Das wollt ich auch, bis du auf dem Boden gemessen hättest, wie lang du Narr wärest.

Kloten. Und daß sie solch einen Kerl lieben, und mich verschmähen kann!

2. Lord. (beyseite) Wenn's eine Sünde ist, das Gute zu wählen, so ist sie verdammt.

1. Lord. Wie ich dir immer sagte, mein Prinz, ihr Verstand ist nicht so groß, als ihre Schönheit. Sie hat viel äusserliches; aber ihren Witz hab' ich noch wenig glänzen sehen.

2. Lord. (beyseite) Sie bescheint keine Narren; sonst würde der Widerschein ihr Schaden thun.

Kloten. Kommt, ich will in mein Zimmer. Ich wollt' es wäre irgend ein Unglück geschehen.

2. Lord. (beyseite) Das wünsch' ich eben nicht; es möchte denn der Fall eines Esels gewesen seyn; und der wäre kein grosses Unglück.

Kloten. Du gehst doch mit mir?

1. Lord. Ich folge dir mein Prinz.

Kloten. Nicht doch, laß uns mit einander gehn.

1. Lord. Sehr wohl, mein Prinz.

(Sie gehn, ab.)

Vierter Auftritt.

Imogen's Zimmer.

Imogen. Pisanio.

Imogen. Ich wollte, du liebtest beständig am Ufer des Hafens, und fragtest jedes Segel nach ihm. Wenn er mir schriebe, und ich es nicht erhielte, so wäre der Verlust so groß, wie der Verlust angebotner Gnade für den Verbrecher. Was war das letzte, das er mit dir sprach?

Pisanio. Es war: „Seine Gattinn! Seine Gattinn!„

Imogen. Drauf schwenkte er sein Schnupftuch?

Pisanio. Und küßte es, Prinzeßinn.

Imogen. Fühllose Leinwand! darin glücklicher, als ich! — Und das war alles?

Pisanio. Nein gnädige Frau; denn so lange er mich mit seinen Augen noch bemerken,

und ich ihn noch von andern unterſcheiden konnte, ſtand er auf dem Verdeck, und ſchwenkte beſtändig ſeinen Handſchuh, oder Hut, oder ſein
Schnupftuch, je nachdem die Unruhe und die
Bewegungen ſeines Gemüths es am beſten aus-
drücken konnten, wie langſam ſeine Seele, wie
ſchnell das Schiff, fortſegelte.

Imogen. Du hätteſt ihn ſollen ſo klein werden laſſen, wie eine Krähe, oder noch kleiner,
ehe du aufgehört hätteſt, ihm nachzuſehen.

Piſanio. Das that ich auch.

Imogen. Ich hätte die Nerven meiner Augen zerbrochen — zerriſſen hätt' ich ſie, vor lauter Sehen nach ihm, bis er durch die Entfernung
ſo klein, wie eine Nadelſpitze, geworden wäre;
ich hätte ihm gefolgt, bis er von der Kleinheit
einer Mücke in Luft zergangen wäre; und denn
hätt' ich mein Auge weggewandt, und geweint —
Aber, guter Piſanio, wenn werden wir Nachricht von ihm bekommen?

Piſanio. Ganz gewiß mit erſter Gelegenheit,
gnädige Frau.

Imogen. Ich nahm nicht Abſchied von ihm;
und hatte ihm doch ſo viel ſchöne Dinge zu ſa-

gen. Eh ich ihm sagen konnte, wie ich zu ge⸗
wissen Stunden mich mit diesen und jenen Ge⸗
dancken an ihn beschäftigen wollte, oder eh ich
ihn konnte schwören lassen, daß die Weiber Ita⸗
liens meinem Vortheil und seiner Ehre keinen
Abbruch thun sollten: eh ich ihn beschwur, um
sechs Uhr Morgens, um Mittag, um Mitter⸗
nacht, mir mit Gebeten zu begegnen — denn zu
der Zeit bin ich für ihn im Himmel — oder
eh ich ihm jenen Abschiedskuß geben konnte, den
ich zwischen zwey bezaubernde Worte *) würde
gestellt haben, kam mein Vater; der, gleich dem
tyrannischen Hauche des Nordwinds, alle unsre
Knospen in ihrem fernern Wachsthum hemmte.

(Es kömmt eine Hofdame)

Hofdame. Die Königin verlangt dich zu
sprechen, gnädigste Prinzeßin.

---

*) Dr. Warburton behauptet so zuversichtlich, als
ob er bey diesem Abschiede zugegen gewesen wäre,
diese zwey bezaubernden Worte wären *Adieu Posthumus*,
gewesen. Hr. Edwards aber sagt mit Recht, sie müß⸗
te die Sprache der Liebe sehr wenig verstanden haben,
wenn sie keinen zärtlichern Ausdruck derselben hätte
finden können, als den Namen, bey welchem Jeder⸗
mann ihren Gemahl nannte. Steevens.

Imogen. (Zum Pisanio) Was ich dich thun hieß, das besorge bald. Ich will der Königinn aufwarten.

Pisanio. Ich werd es besorgen.

(Sie gehen ab.)

Fünfter Auftritt.

In Rom.

Philario, Jachimo, und ein Franzos.

Jachimo. Glaube mir, Freund, ich hab' ihn in Britannien gesehen; er zog schon, wie er heran wuchs, Aufmerksamkeit auf sich; und man erwartete, daß er so ruhmwürdig werden würde, wie er hernach, nach aller Aussage, geworden ist. Aber ich hätte ihn schon damals ohne alle Bewunderung ansehen können, wenn auch das Register seiner grossen Gaben ihm zur Seite gehangen, und ich darin ein Item nach dem andern durchgelesen hätte.

Philario. Du sprichst von ihm, als er noch weniger grosse Eigenschaften hatte, wie itzt, da er äusserlich und innerlich so vollkommen ist.

Franzos. Ich hab' ihn in Frankreich gese-

hen; wir hatten dort sehr viele, die der Sonne
eben so stier ins Angesicht sehen konnten, als er.

Jachimo. Der Umstand, daß er seines Königs Tochter geheyrathet hat — wobey man
ihn mehr nach ihrem Werth, als nach seinem
eigenen, schätzen muß, macht, wie ich nicht
zweifle, das viele Rühmen von ihm sehr unzu-
verläßig.

Franzos. Und hernach seine Verbannung!

Jachimo. Freylich; und das Lob derer, die
diese jämmerliche Ehescheidung ihr zu gefallen
beweinen, trägt sehr dazu bey, sie zu erheben;
geschäh es auch nur, um ihren Verstand desto
stärker zu vertheidigen, den sonst ein leichter Angriff zu Boden schlagen könnte, weil sie einen
Bettler ohne Stand und Vermögen nahm. Aber
wie kömmt es, daß er sich bey dir aufhalten wird?
Wie kömmst du zu der Bekanntschaft?

Philario. Sein Vater und ich waren mit
einander in Kriegsdiensten, und ich hatte ihm
mehr als einmal nicht weniger, als mein Leben zu
danken. (Posthumus kömmt.) Da kömmt der Britte.
Nehmt ihn so auf, wie es Leuten von eurer Erziehung gegen einen Fremden von seinem Stan-

de geziemt. Ich bitte euch alle, macht euch näher mit diesem edeln Britten bekannt, den ich
euch als meinen Freund empfehle. Wie sehr er
es verdient, wird sich hernach schon von selbst
zeigen; ich will nicht hier in seiner Gegenwart
seine Verdienste erzählen.

Franzos. Wir haben einander in Orleans
gekannt.

Posthumus. Und von der Zeit her bin ich
noch dein Schuldner für manche Gefälligkeiten;
die ich immer werde zu bezahlen haben, und
doch immer bezahlen werde.

Franzos. Du bringst meine unvermögende
Gefälligkeit zu hoch in Anschlag. Ich war froh,
daß ich meinen Landsmann und dich mit einander aussöhnte; es wäre Schade gewesen, wenn
ihr mit einem so mörbrischen Vorsatz an einander gerathen wäret, wie ihr beyde damals hattet, und das wegen einer so unbedeutenden
und nichtswürdigen Ursache.

Posthumus. Vergieb mir, Freund; ich war
damals ein junger Reisender; ich richtete mich
nicht sowohl nach meinen eignen Erfahrungen,
als ich mich bey jeder Handlung durch den Rath

andrer leiten ließ; aber auch nach meinem ver‐
befferten Urtheil — wenn das nicht zuviel gefagt
ist, daß ich es verbeffert nenne — war mein
Zwist nicht so ganz unbedeutend.

Franzos. O! das war er doch immer zu
fehr, um mit dem Degen entschieden zu werden,
und das von folchen zwey Leuten, die, aller
Wahrscheinlichkeit nach, einer den andern zu
Boden gelegt hätten, oder alle beyde gefallen
wären.

Jachimo. Dürfen wir wohl fragen, worü‐
ber der Zwist entstanden war?

Franzos. Gar gern, denk' ich. Es war ein
öffentlicher Streit, der ohne Zweifel auch öffent‐
lich erzählt werden kann. Es hatte viel Aehnli‐
ches mit dem Gespräch, das unter uns gestern
Abend vorfiel, da jeder von uns feine Landsmän‐
ninen herausstrich. Dieser Fremde hier be=
hauptete damals, und wollte es mit dem Degen
beweifen, daß die feinigen schöner, tugendhafter,
verständiger, fittfamer, standhafter, vollkomm‐
ner, und weniger zu verführen wären, als die
trefflichsten Damen in Frankreich.

Jachimo. Solch ein Frauenzimmer giebt es

heut zu Tage gar nicht; wenigstens ist gegenwärtig die Meynung dieses Fremden schon widerlegt.

Posthumus. Sie bleibt noch immer bey ihrer Tugend, und ich bey meiner Meynung.

Jachimo. Du must ihr doch keinen so grossen Vorzug vor unserm Frauenzimmer in Italien geben.

Posthumus. Wenn ich so sehr gereitzt würde, als in Frankreich geschah, so möcht' ich ihr
nichts vergeben; ob ich gleich gestehe, daß ich
ihr Anbeter, nicht ihr blosser Freund bin.

Jachimo. So schön und so gut — eine Art
von immer verschwisterter Vergleichung — wäre
etwas zu schönes und zu gutes für jede Dame
in Britannien gewesen. Wenn sie auch so viel
vor andern, die ich gesehen habe, voraus hätte,
wie jener Diamant an deinem Finger viele andre, die ich gesehn habe, an Glanz übertrifft,
so wollt' ich doch nicht zugeben, daß sie vor vielen den Vorzug hätte; aber ich habe noch nicht
den schönsten Diamant in der ganzen Welt gesehen, so wenig wie du das vollkommenste Frauenzimmer.

P

Poſthumus. Ich lobte ſie nach meiner Schätzung; und ſo lobe ich auch meinen Edelſtein.

Jachimo. Wie viel hältſt du ihn werth?

Poſthumus. Mehr, als die ganze Welt in ſich ſchließt.

Jachimo. Entweder deine unvergleichliche Geliebte iſt todt, oder eine Kleinigkeit übertrift ſie an Werth.

Poſthumus. Du irrſt. Das Eine kann verkauft oder weggegeben werden, wenn nur Reichthum genug in der Welt wäre um es zu kaufen, oder Verdienſt genug, um dafür zu geben. Das andre iſt keine Sache zum Verkauf, und blos die Gabe der Götter.

Jachimo. Die die Götter dir gegeben haben?

Poſthumus. Die ich, durch ihre Gnade, auch behalten werde.

Jachimo. Du kannſt ſie immer, dem Rechte nach, als die deinige anſehen; aber du weißt wohl, auswärtige Vögel brüten gern in des Nachbarn Neſte. Dein Ring kann auch geſtohlen werden; und ſo auch dein Armband von unſchätzbarer Koſtbarkeit; das eine iſt ſchwach, und

das andre dem Zufall unterworfen. Ein ver-
schlagner Dieb, oder einer in diesem Fach erfahr-
ner Höfling, wird es schon übernehmen, eins
um das andre zu erbeuten.

Posthumus. Euer ganzes Italien enthält
keinen so vollkommnen Höfling, der meine Geliebte um ihre Ehre bringen könnte, wenn du
sie gleich schwach nennst, sie zu behalten, oder
zu verlieren. Ich zweifle im geringsten nicht,
daß ihr eine Menge Diebe habt; dem ungeachtet
bin ich für meinen Ring unbesorgt.

Philario. Laßt uns davon abbrechen, ihr
Herren.

Posthumus. Von Herzen gern. Dieser
würdige Signor — ich dank' ihm dafür — sieht
mich nicht als einen Fremden an; wir sind gleich
Anfangs mit einander vertraut.

Jachimo. Durch fünfmal so viel Unterre-
dung würd' ich deine schöne Geliebte schon zum
Weichen bringen, würde machen, daß sie zurück
träte, und endlich gar nachgäbe, hätt ich nur
Zutritt zu ihr, und Gelegenheit, mit ihr gut
Freund zu werden.

Posthumus. Nein, nein —

Jachimo. Ich setze darauf die Hälfte meines Vermögens gegen deinen Ring zum Pfande; und jenes, denk' ich, überwiegt diesen schon etwas am Werth. Aber ich thue meine Wette vielmehr gegen dein Zutrauen, als gegen ihre Ehre, und, um dir hierinn nicht anstößig zu seyn, ich wage diese Wette gegen jedes Frauenzimmer auf der Welt.

Posthumus. Du betriegst dich gar zu sehr in deiner dreisten Ueberzeugung; und ich zweifle nicht, du wirst durch deinen Versuch das erhalten, was du verdienst.

Jachimo. Und was denn?

Posthumus. Eine abschlägige Antwort; wiewohl dein Versuch, wie du es nennst, mehr verdient; auch eine Bestrafung.

Philario. Genug davon, ihr Herren; wir kamen zu geschwinde darauf. Laßt es sterben, wie es geboren ist; und, ich bitte euch, werdet erst besser mit einander bekannt.

Jachimo. Ich wollt', ich hätte mein und meines Nachbars Vermögen auf den Beweis dessen gesetzt, was ich gesagt habe.

Poſthumus. Welche Frau würdeſt du dir dann zum Angrif ausſuchen?

Jachimo. Die deine, deren Beſtändigkeit du für ſo ſehr ſicher hältſt. Ich will dir zehn tau-ſend Dukaten gegen deinen Ring ſetzen, wenn du mir Empfehlungsbriefe an den Hof geben willſt, wo deine Gemahlinn ſich aufhält, und dann will ich, ohne weitre Vortheile zu verlan-gen, als einen zweyten Beſuch, von dort jene ihre Ehre mit hinweg bringen, die du für ſo gut verwahrt hältſt.

Poſthumus. Ich will gegen dein Gold and-res Gold wetten; meinen Ring halt' ich ſo werth, wie meinen Finger; er iſt ein Theil davon.

Jachimo. Du biſt ein Freund der Dame; und deswegen ſo vorſichtig. Wenn du Frauen-zimmerfleiſch, das Quentchen um eine Million kaufſt, ſo kannſt du es nicht vor Anſteckung be-wahren. Aber ich ſehe ſchon, du biſt gar zu ge-wiſſenhaft, und fürchteſt dich.

Poſthumus. Das iſt nur ſo deine Art zu reden; ich hoffe, du denkſt ernſthafter.

Jachimo. Ich weiß, was ich rede, und ge-

traue mir, das auszuführen, was ich geredt habe; das schwör' ich.

Posthumus. Wirklich? Ich werde dir meinen Diamant nur bis zu deiner Rückkehr leihen
dürfen; wir wollen mit einander einen förmlichen Vergleich aufsetzen. Die Tugend meiner
Geliebten ist weit über die falsche Vorstellung deiner unwürdigen Gedanken hinaus. Ich fodre
dich zu dieser Wette auf; hier ist mein Ring.

Philario. Es soll keine Wette seyn.

Jachimo. Bey den Göttern, es ist eine.
Wenn ich dir nicht hinlängliches Zeugniß bringe,
daß ich den kostbarsten körperlichen Theil deiner
Geliebten genossen habe, so sind meine zehn tausend Dukaten die deinigen, und mein Diamant
dazu. Komm' ich zurück, und habe sie bey solchen Ehren gelassen wie du so gewiß glaubst, so
ist sie dein Kleinod, bieß dein Kleinod, und mein
Gold das Deine. Nur mußt du mir eine Em-
pfehlung mitgeben, um besto eher Zutritt bey ihr
zu finden.

Posthumus. Ich nehme diese Bedingungen
an; wir wollen gewisse Punkte unter einander
festsetzen; nur dieß muß ich mir noch ausbedin-

gen, Wenn du zu ihr hinreisest, und mich hinlänglich überführst, daß du deinen Zweck erhalten hast, so bin ich nicht weiter dein Feind; sie
ist dann unsers Zwistes nicht werth; bleibt sie
aber unverführt, und du kannst das Gegentheil
nicht beweisen, so sollst du mir für deine schlechte Meynung, und für den Angrif, den du auf
ihre Keuschheit gethan hast, mit deinem Degen
Genugthuung geben.

Jachimo. Deine Hand her; der Vertrag ist
geschlossen. Wir wollen diese Punkte in aller Form
Rechtens niederschreiben lassen; und dann mach'
ich mich sogleich auf den Weg nach Britannien,
damit ich das Eisen schmiede, weil es noch warm
ist. Ich will mein Gold hohlen, und unsre bey-
derseitige Wette zu Papier bringen lassen.

Posthumus. Ich bin es zufrieden.

(Posthumus und Jachimo gehn ab.)

Franzos. Was meynt ihr? wird das gut
gehen?

Philario. Signor Jachimo besteht darauf.
Kommt, laßt uns ihnen folgen.

(Sie gehn ab.)

P 4

Sechster Auftritt.

Cymbeline's Pallast.

Die Königinn, Hofdamen, und Kornelius.

Königinn. Weil noch der Thau auf der
Flur ist, sammlet diese Blumen; macht geschwin=
de — Wer kennt sie?

1. **Hofdame.** Ich, gnädigste Königinn.

Königinn. Macht fort. (Die Hofdamen gehn
ab.) Nun, lieber Doktor, du hast doch die be=
wußten Tropfen mitgebracht?

Kornelius. Ja, gnädigste Königinn, hier
sind sie. Aber ich bitte dich — verzeih mir, ich
frage Gewissenshalber — warum hast du von
mir diesen äusserst giftigen Trank verlangt, der
einen schmachtenden Tod verursacht; zwar lang=
sam, aber doch sicher?

Königinn. Ich wundre mich, Doktor, daß
du mir eine solche Frage thust. Bin ich nicht
lange deine Schülerinn gewesen? Hast du mich
nicht unterrichtet, wohlriechende Sachen zu be=
reiten? abgezogne Wasser und eingemachte Früch=
te zu verfertigen? so, daß unser grosser König
selbst mich oft um dergleichen Dinge freundlich

bittet! Da ich nun so weit gekommen bin,
kannst du es anders vermuthen — wenn du mich
nicht gar für teuflisch hältst — als daß ich meine
Kenntniß auch in andern Versuchen zu erweitern
wünsche? Ich will die Kraft dieses deines Tranks
an solchen Geschöpfen versuchen, die wir nicht
des Aufhängens werth achten, — doch nicht an
menschlichen — um ihre Wirksamkeit zu erfahren; will dann Lindrungsmittel dabey brauchen;
und daraus auf ihre verschiednen Eigenschaften
und Wirkungen schliessen.

Kornelius. Dergleichen Versuche werden,
meine Königinn, nur dein Herz hart machen;
und überdem wird der Anblick dieser Wirkungen
dir nur widerlich und ansteckend seyn.

Königinn. O! sey unbesorgt — (Pisanio
kömmt.) (für sich.) Da kömmt ein schmeichleri-
scher Bube; mit dem will ich mich erst einlassen.
Er ist für seinen Herrn, und ein Feind meines
Sohns — Wie stehts, Pisanio? — Für dießmal, Doktor, hab' ich dir nichts weiter aufzu-
tragen; du kannst nur gehn.

Kornelius. (beyseite.) Ich traue dir nicht;

Königinn; aber du sollst Niemand was zu Leibe thun.

Königinn. (zu Pisanio.) Höre doch, Ein Wort — —

Kornelius. (für sich.) Ich kann sie nicht leiden. Sie glaubt nun, sie hat ganz besondres, langsam tödtendes Gift; ich kenne ihre Denkungsart, und werde keiner, die so bösartig denkt, wie sie, einen so verdammten, tödtlichen Trank anvertrauen. Diese Tropfen, die ich ihr gegeben habe, betäuben und tödten das Gefühl eine Zeitlang. Vermuthlich wird sie damit zuerst an Katzen und Hunden die Probe machen, und dann immer weiter hinauf; aber es ist weiter keine Gefahr bey dem Anschein des Todes, den sie hervorbringen, als daß die Lebensgeister eine Zeitlang gehemmt werden, um hernach, wenn sie wieder aufleben, desto frischer zu seyn. Sie täuscht sich durch eine ganz falsche Erwartung; und ich handle desto aufrichtiger, indem ich auf diese Art falsch gegen sie bin.

Königinn. Es braucht nichts weiter, Doktor, bis ich dich wieder rufen lasse.

Kornelius. Ich beurlaube mich unterthänigst. (Geht ab.)

Königinn. Weint sie noch immer, sagst du?
Glaubst du nicht, sie werde mit der Zeit schon
nachgeben, und guten Rath in ihrer Seele statt
finden lassen, die itzt von lauter thörichter Liebe
voll ist? Thu dein mögliches. Wenn du mir
meldest, sie liebe meinen Sohn, so versprech'
ich dir, du sollst in dem nämlichen Augenblick
eben so groß werden, als dein Herr ist; und
noch grösser; denn sein Vermögen ist alles dahin, und seine Ehre schöpft schon den letzten
Athem. Zurückkommen kann er nicht, noch da
bleiben, wo er ist. Aendert er seinen Aufenthalt, so vertauscht er nur Ein Elend mit dem
andern; und jeder kommende Tag macht bey ihm
ein Tagewerk zunichte. Was kannst du dabey
für Glück erwarten, daß du von einem abhängst,
der täglich tiefer zu Boden sinkt? der nicht von
neuem kann aufgebauet werden, und nicht einmal so viel Freunde hat, um ihn zu stützen —
(Pisanio nimmt die Flasche auf) Du nimmst da was
auf, ohne zu wissen, was; aber nimm es hin
für deine Mühe. Es ist ein Trank, den ich ma-

che, der den König fünfmal vom Tode gerettet
hat. Ich kenne keine beßre Herzstärkung. Komm,
nimm es hin; es ist ein Unterpfand des fernern
Guten, das ich dir zu erweisen denke. Sage
deiner Prinzeßinn, wie es mit ihr steht; thu es,
als für dich allein. Bedenke, welch ein Glücks-
wechsel deiner wartet. Aber bedenke — du be-
hältst deine Herrschaft, die Prinzeßinn, noch immer; und oben drein wird mein Sohn dein
Herr, der gewiß für dich sorgen wird. Ich will
den König bereden, dich so glücklich zu machen,
als du es nur immer wünschest; und ich selbst,
die ich dich zu diesem Verdienst ermuntre, ver-
binde mich vorzüglich dazu, es reichlich an dir
zu belohnen — Rufe meine Kammerfrauen —
Denk an meine Worte — (Pisanio geht ab) —
Ein schlauer und standhafter Bube, der sich nicht
wankend machen läßt! der Unterhändler seines
Herrn, und für sie ein Erinnerer, ihrem Gemahl
beständig treu zu bleiben! — Ich habe ihm was
gegeben; wenn er das nimmt, so wird sie gar
keinen Abgesandten ihres lieben Mannes mehr
haben; und, wenn sie ihren Eigensinn nicht beugt,
so soll sie es ganz gewiß hernach selbst kosten.

(Pisanio und die Hofdamen kommen) So so; recht gut; recht gut; bringt die Veilchen, die Schlüsselblumen, und die Primeln in mein Zimmer. Lebe wohl, Pisanio; denk' an meine Worte.

(Die Königinn und die Hofdamen gehn ab.)

Pisanio. Das werd' ich thun. Aber wenn ich meinem guten Herrn untreu werde, will ich mich selbst erwürgen. Das ist alles, was ich für dich thun will. (Geht ab.)

Siebenter Auftritt.

Imogen's Zimmer.

Imogen. Ein grausamer Vater, und eine falsche Stiefmutter; ein alberner Freyer nach einer verheyratheten Frau, deren Mann verbannt ist — O! dieser Mann! die höchste Krone meines Grams! und diese wiederholten Plagen, die man mir anthut! — Wär' ich von Räubern gestohlen, wie meine beyden Brüder; da wär' ich glücklich! Aber das gröste Unglück ist eine Neigung für das, was Ruhm und Ehre bringt! Glücklich sind die, sie mögen übrigens noch so geringe seyn, die ihre erlaubten Wünsche befriedigen können; dadurch gewinnt der Trost selbst

weit mehr Eindruck — Weh mir! wer mag das
seyn? (Pisanio und Jachimo kommen.)

Pisanio. Gnädige Frau, ein junger Edelmann aus Rom kömmt mit Briefen von meinem Herrn.

Jachimo. Veränderst du die Farbe, Prinzeßinn? Der würdige Leonatus ist ganz wohl,
und läßt dich herzlich grüssen.

(Er giebt ihr einen Brief.)

Imogen. Ich danke dir, würdiger Römer;
du bist mir sehr willkommen.

Jachimo. (für sich) All ihr Aeusserliches ist
ungemein vollkommen; wenn sie ein eben so selt-
nes Gemüth hat, so ist sie allein der arabische
Phönir, und ich habe die Wette verloren. Dreistigkeit, sey meine Freundinn! Rüste mich, Kühnheit, vom Haupt bis zu Fuß! Oder ich will,
gleich dem Parther, fliehend fechten; — vielmehr geradesweges die Flucht nehmen.

Imogen. (liest) — „ Er ist ein sehr wür-
„ diger Mann, dem ich unendlich viel Gefällig-
„ keiten zu danken habe. Begegne ihm diesem
„ Umstande gemäß, und beweise mir dadurch
„ deine Treue. „   „ Leonatus. „

So weit lef' ich laut; das Uebrige erwärmt das
Inre meines Herzens, und erfüllt es mit Dank —
Du bist mir so willkommen, edler Römer, als
es nur immer möglich ist; und du wirst davon
durch alles, was ich thun kann, überzeugt werden.

Jachimo. Ich danke dir, schöne Prinzeßinn.—
(beyseite) Was? sind denn die Menschen verrückt?
Hat ihnen die Natur Augen gegeben, jenen ge-
wölbten Himmel, und ihre reichen Gaben im
Meer und auf dem Lande zu sehen? Augen, die
zwischen den feurigen Weltkörpern dort oben,
und den gepaarten Steinen auf der schattichten *)
Küste den Unterschied bemerken können? Und
können wir doch nicht, mit so kostbaren Werkzeu-
gen des Gesichts das Schöne und Häßliche von
einandern sondern?

Imogen. Worüber verwunderst du dich so?

Jachimo. (für sich) Es kann nicht am Auge
liegen; denn selbst Affen und Paviane würden
zwischen zwey solchen Weibchen, mit dem Einen
schwatzen, und das andre mit spöttischen Tönen

---

*) Farmer vermuthet, daß für das im Englischen
befindliche Beywort *number'd*, welches keinen Sinn
giebt, *umber'd* zu lesen sey.

verachten. Auch nicht im Verstande; denn wahnwitzige Leute selbst würden in diesem Streite der
Schönheit sehr weise und bestimmt seyn; noch
in der Begierde; denn wenn diese die Unsauber-
keit solch einer reinlichen Schönheit entgegenge-
setzt erblickte, so würde sie im geringsten nicht
gereitzt werden, sich an jener zu weiden, sondern
vielmehr, selbst bey leerem Magen, zum Erbre-
chen kommen.

Imogen. Was hast du? wie?

Jachimo. Der überfüllte Wille — diese satte
und doch ungesättigte Begierde; dieß Faß, das
zugleich läuft und gefüllt wird — raubt zuerst
das Lamm, und hernach verlangt ihn nach seinem Eingeweide —

Imogen. Was reißt dich denn so hin, werther Mann? dir ist doch wohl?

Jachimo. Ich danke, gnädige Frau, recht
wohl — (Zu Pisanio) Ich bitte dich, Freund,
sieh doch zu, daß mein Bedienter gut unterkom-
me, den ich draussen ließ; er ist hier fremd, und
etwas wunderlich.

Pisanio. Eben wolt' ich gehen, um ihn zu
bewillkommen. (Geht ab.)

Imo-

Imogen. Ist mein Gemahl noch bey guter Gesundheit? sage mirs doch?

Jachimo. O! ja, gnädige Frau.

Imogen. Ist er aufgeräumt? Ich hoff' es doch.

Jachimo. Ausnehmend lustig; kein einziger Fremder dort ist so munter, und so spaßhaft. Man nennt ihn den lustigen Bruder aus Britannien.

Imogen. Als er hier war, war er sehr zur Traurigkeit geneigt, ohne oftmals zu wissen, warum.

Jachimo. Ich hab' ihn nie traurig gesehen. Wir haben da noch einen Franzosen, mit dem er viel umgeht, einen vornehmen Monsieur, der, wie es scheint, in ein zurückgelaßnes Gallisches Mädchen sehr verliebt ist. Er ächzt und seufzt, daß der dicke Rauch davon aufsteigt; indeß der lustige Britte — dein Gemahl nämlich — aus allen Kräften lacht, und ruft: O! ich möchte vor Lachen bersten, wenn ich bedenke, daß ein Mann, der aus der Geschichte, aus Erzählungen, oder aus eigner Erfahrung weiß, was ein Frauenzimmer ist, und was sie durchaus seyn

Q

muß, in seinen vergnügtesten Stunden nach un-
fehlbarer Knechtschaft schmachten kann!

Imogen. Das sagt mein Gemahl?

Jachimo. Ja, gnädige Frau, mit Augen,
die vor Lachen in Thränen schwimmen. Es ist
eine wahre Lust, dabey zu seyn, und zu hören,
wie der den Franzosen zum Besten hat. Aber
der Himmel weiß, gewisse Leute sind sehr zu
tadeln.

Imogen. Er doch nicht, hoff' ich.

Jachimo. Er nicht. Aber er sollte doch die
vorzügliche Wohlthat, die ihm der Himmel er-
weist, dankbarer erkennen. Schon er selbst besitzt viel Gutes; und in dir, die ich als die Seinige ansehe, hat er mehr als alle Vollkommenheiten. Indem ich genöthigt bin, mich zu ver-
wundern, bin ich auch zum Bedauren genöthigt.

Imogen. Und wen bedauerst du?

Jachimo. Zwey Personen, von ganzem Herzen.

Imogen. Bin ich Eine davon? Du siehst
mich an; was für ein Unglück bemerkst du an
mir, das dein Bedauern verdient?

Jachimo. Ha! kläglich genug! daß ich mich
vor der strahlenden Sonne verbergen, und im

finstern Kerker mit einem verlöschenden Lichtfun-
ken vorlieb nehmen muß!

Imogen. Ich bitte dich, gieb mir deutli-
chere Antworten auf meine Fragen. Warum bedauerst du mich?

Jachimo. Ich wollte eben sagen, darum,
weil andre im Genuß deiner — Aber es kömmt
den Göttern zu, das zu rächen; nicht mir, davon zu reden.

Imogen. Du scheinst etwas von mir, oder
was mich angeht, zu wissen. Dinge, die noch
zweifelhaft sind, thun niemals gut; sie machen
oft mehr Unruhe, als wenn man sie gewiß weiß;
denn was gewiß ist, das steht entweder nicht
mehr zu ändern, oder wenn man es zeitig genug weiß, kann man ihm noch abhelfen; darum
bitt' ich dich, entdecke mir die Ursache, die dich
bald antreibt, zu reden, bald wieder zurückhält.

Jachimo. Hätte ich diese Wange, meine
Lippen darauf zu haben; diese Hand, deren Be-
rührung, deren leichteste Berührung dem, der
sie faßt, den Eid der Treue abnöthigt; diesen
Gegenstand, der die wilde Bewegung meines
Auges fesselt, und es bloß auf sich heftet; dann

würd ich mich verdammenswerth halten, wenn
ich mit Lippen geiferte, die so gemein sind, wie
die Stufen zum Kapitol; wenn ich Hände drückte, die von stündlicher Falschheit, wie von schwerer Arbeit, hart geworden sind; wenn ich mit
einem Auge buhlte, das so niedrig und unberühmt
ist, als das rauchvolle Licht, das mit stinkendem
Talg genährt wird! Dann verdiente ich, daß alle
Plagen der Hölle auf Einmal solch eine Treulosigkeit bestraften!

Imogen. Ich fürchte, mein Gemahl hat
Britannien vergessen.

Jachimo. Und sich selbst auch — Ich habe
zwar dieß Geheimniß und die unverantwortliche
Schmach seines Tausches nicht verrathen wollen;
bloß deine Reitze haben diese Nachricht aus dem
Innersten meines verschwiegnen Herzens zu meiner Zunge herauf gezaubert.

Imogen. Laß mich nichts weiter hören.

Jachimo. O! theuerste Seele! dein Zustand
erfüllt mein Herz mit einem Mitleiden, das mir
äusserst kränkend ist. Eine so schöne Dame, die
dereinst einen Thron zu erwarten hat, die das
Glück des grössesten Königs verdoppeln würde,

mit gemeinen Metzen zu vertauschen, die mit eben
dem Gelde erkauft werden, welches deine eignen
Kisten hergeben! — mit ungesunden Buhlerin-
nen, die mit allen Krankheiten für Geld spielen,
die nur die Fäulniß der Natur leihen kann! solchem angesteckten Gesindel, welches Gift noch
mehr vergiften könnte! Räche dich; oder die, die
dich gebar, war keine Königinn, und du bist deiner hohen Abkunft unwerth.

Imogen. Mich rächen! Wie könnt' ich mich
rächen, wenn dieß wahr wäre? Mein Herz ist
ihm zu treu; und läßt sich nicht so eilig von meinen beyden Ohren täuschen. Wenn es wahr wäre, wie könnt' ich mich rächen?

Jachimo. Er sollte mich wie Dianens Prie-
sterinn zwischen kalten Bettüchern leben lassen,
indeß er dir zum Trotz, und aus deinem Geld-
beutel, Eine Buhlschaft nach der andern wählt?
Räche dich! Ich weihe mich selbst deinem holden
Wohlgefallen; weit edler, als jener Abtrünnige
deines Ehebetts, und werde deiner Liebe immerfort treu und ergeben bleiben.

Imogen. Holla! Pisanio! —

Jachimo. Laß mich die Versicherung meines Diensteifers auf deine Lippen drücken.

Imogen. Hinweg! — Ich fluche meinen Ohren, daß sie dir so lange zugehört haben — Wärst du ein ehrliebender Mann, so hättest du diese Geschichte aus Liebe zur Tugend, nicht aus solch einer Absicht erzählt, wie du verräthst, die eben so niedrig, als seltsam ist. Du beleidigst einen Mann, der eben so entfernt von dem ist, was du ihm andichtest, als du von der Ehre bist, und machst hier einer Frau Anträge, die dich eben so sehr verachtet, wie den Teufel — Holla! Pisanio! — Der König, mein Vater, soll deinen frechen Antrag erfahren; wenn er es geschehen läßt, daß ein liederlicher Fremdling an seinem Hofe einen Handel treibe, wie in einer Römischen Badstube, und uns seine viehischen Absichten entdecke; so bekümmert er sich sehr wenig um seinen Hof, und achtet seine Tochter im geringsten nicht — Holla, Pisanio!

Jachimo. O! glücklicher Leonatus! kann ich mit Wahrheit sagen. Das Zutrauen, das deine Gemahlinn zu dir hat, verdient deine Zuversicht; und deine so sehr vollkommne Tugend verdient ihr völliges Zutrauen! Lebe lange beglückt, als die Gemahlinn des würdigsten Mannes, den je irgend ein Land besaß! und du seine Gemahlinn, bloß für den Würdigsten gemacht! Vergieb mir. Ich habe das alles nur gesagt, um zu sehen, ob deine Treue gegen ihn tiefe Wurzel gefaßt hätte. Itzt will ich dir deinen Gemahl aufs neue, und so beschreiben, wie er wirklich ist. Er ist der tugendhafteste Mann von der Welt, so unsträflich und fromm, daß er ganze Gesellschaften zu sich herbey zaubert; die Hälfte von aller Leute Herzen ist seine.

Imogen. Du machst dein Vergehn wieder gut.

Jachimo. Er sitzt unter andern Männern, wie ein herab gekommener Gott. Er hat eine Art von Würde, die ihn über die Gestalt eines Sterblichen hinaus hebt. Sey nicht böse darüber, mächtigste Prinzeßinn, daß ich es gewagt habe, dich mit falschen Nachrichten auf die Probe zu stellen. Du hast dadurch den Ruhm deines grossen Verstandes noch mehr bestätigt, den du in der Wahl eines so seltnen Gemahls bewiesen hast, der, wie du weißt, nicht fehlen kann. Die

Freundschaft, die ich für ihn habe, bewog mich, dich so zu prüfen; die Götter machen dich, allen andern ungleich, ohne Fehl. Ich bitte dich, vergieb mir.

Imogen. Es ist alles gut. Ich werde bey Hofe alles für dich thun, was in meinem Vermögen steht.

Jachimo. Ich danke demüthigst. Fast hätt' ichs vergessen, eine kleine Bitte an dich zu thun, gnädigste Prinzessinn, die aber doch erheblich genug ist; denn sie betrift deinen Mann; ich, und andre edle Freunde haben mit Theil an der Sache.

Imogen. Was ist es denn?

Jachimo. Etwann ein Dutzend von uns Römern, und dein Gemahl — diese Krone von uns allen — wir haben eine Summe zusammengelegt, um ein Geschenk für den Kaiser zu kaufen, welches ich, als Bevollmächtigter aller übrigen, in Frankreich gethan habe. Es ist Silberzeug von sehr künstlicher Arbeit, und Edelsteine von reicher und vortreflicher Form, und von grossem Werth. Weil ich nun hier ein Fremder bin, so wünsche ich sehr, sie in sichre Verwahrung zu

bringen; hätteſt du wohl die Güte, ſie unter deine Aufſicht zu nehmen?

Imogen. Herzlich gern; ich verpfände meine Ehre für ihre Sicherheit. Da mein Gemahl
daran Theil hat, ſo will ich ſie in mein Schlafzimmer nehmen.

Jachimo. Sie ſind in einem Koffer, den meine Leute in Verwahrung haben. Ich werde ſo
frey ſeyn, ſie dir zuzuſenden, bloß auf dieſe Nacht;
morgen muß ich wieder an Bord.

Imogen. O! nein doch, nein.

Jachimo. Ja, ich bitte mirs aus; ſonſt ver-
kürze ich meine Glaubwürdigkeit, wenn ich meine
Rückkehr verlängre. Aus Gallien kreuzte ich mit
Fleiß über die See, weil ich verſprochen hatte,
dich zu ſehen.

Imogen. Ich danke dir für deine Mühe;
aber morgen willſt du doch nicht weg?

Jachimo. Ich muß, gnädige Frau. Darum bitt' ich, wenn du an deinen Gemahl zu
ſchreiben denkſt, ſo thu es dieſen Abend. Meine
Zeit iſt verfloſſen; und wir dürfen die Ueberrei-
chung unſers Geſchenks nicht länger verſchieben.

Imogen. Ich will schreiben — Schicke mir deinen Koffer; er soll sicher verwahrt, und dir treulich wiedergeliefert werden. Du bist mir sehr willkommen. (Sie gehn ab.)

Zweyter Aufzug.
Erster Auftritt.
Cymbeline's Pallast.

Kloten, und zwey Lords.

Kloten. Hat jemals ein Mensch solch ein Unglück im Spiel gehabt? Als meine Kugel schon dicht an der Zielkugel war, doch noch abgeworfen zu werden! Ich hatte hundert Pfund darauf verwettet. Und hernach muß ein vermaledeyter Schlingel mir wegen meines Fluchens den Text lesen wollen! als borgte ich meine Flüche von ihm, und könnte sie nicht nach Gefallen verthun.

1. Lord. Was half ihm das? Du hast ihm dafür mit deiner Kugel den Kopf zerschlagen.

2. Lord. (für sich.) Wäre sein Verstand dem

gleich gewesen, der ihn schlug, so wär' er alle heraus gelaufen.

Kloten. Wenn ein ehrlicher Mann Lust hat, zu fluchen, so schickts sich doch nicht für die, die um ihn sind, seinen Flüchen den Schwanz abzuschneiden. Nicht wahr.

1. **Lord.** Nein, mein Prinz.

2. **Lord.** (beyseite.) Noch ihnen die Ohren abzuhacken.

Kloten. Der Schurke, der! Ich sollt' ihm Genugthuung geben? — Wär' er doch nur mit mir von gleichem Range gewesen!

2. **Lord.** (beyseite) So hätt' er den Geruch eines Narren gehabt. *)

Kloten. Mich verdrießt auf der ganzen Welt nichts mehr — Hohl's der Henker! Ich möchte lieber nicht so vornehm seyn; als ich bin. Man untersteht sich nicht, mit mir zu fechten, weil die Königinn meine Mutter ist! Jeder Hans Aff ficht und schlägt sich satt und voll; und ich muß

---

*) Dieß bezieht sich auf die Zweydeutigkeit des von Kloten gebrauchten Wortes *rank*, welches auch als Adjektiv, übel riechend, ranzig, bedeutet.

auf und nieder gehn, gleich einem Hahn, mit
dem keiner es aufnehmen kann.

2. **Lord.** (beyseite) Du bist ein Hahn, und
ein Kapaun dazu; und du krähst, du Hahn, mit
deinem Kamm auf dem Kopfe. *)

Kloten. Was sagst du?

1. **Lord.** Es ziemt sich für dich nicht, mein
Prinz, es mit jedem Gesellen aufzunehmen, den
du beleidigst.

Kloten. Nein, das weiß ich wohl; sondern
es ziemt sich, daß ich denen, die geringer als ich
sind, Beleidigungen zufüge.

2. **Lord.** Freylich, das geziemt dir allein,
mein Prinz.

Kloten. Nun ja, das sag' ich eben.

1. **Lord.** Hast du von einem Fremden gehört,
der diese Nacht an den Hof gekommen ist?

Kloten. Ein Fremder! — Und ich weiß
nichts davon?

2. **Lord.** (beyseite) Er ist selbst ein Frembling
im Reiche des Verstands; und weiß nichts davon.

---

*) Eine Anspielung auf die Form einer Narrenkappe,
die oben einen Kamm, wie ein Hahn, hat. Johnson.

1. **Lord.** Es ist einer aus Italien angekommen, und, wie man glaubt, einer von des Leonatus Freunden.

Kloten. Leonatus! — Der verbannte Schurke! — Und der Fremde ist auch einer, er sey auch wer er wolle. Wer sagte dir davon?

1. **Lord.** Einer von deinen Edelknaben, Prinz.

Kloten. Schickt sichs wohl, daß ich hingehe und ihn in Augenschein nehme? wird das für mich keine Erniedrigung seyn?

1. **Lord.** Du kannst dich nicht erniedrigen, mein Prinz.

Kloten. Nicht so leicht, glaub' ich.

2. **Lord.** (für sich) Du bist ein ausgemachter Narr; wenn also deine Handlungen närrisch sind, so erniedrigen sie dich nicht.

Kloten. Nun, ich will hingehn, um diesen Italiäner zu sehen; was ich heute im Kugelwerfen verloren habe, will ich diesen Abend von ihm gewinnen. Kommt, geht mit.

(Er geht ab.)

2. **Lord.** Ich werde dir folgen, mein Prinz. Daß solch ein schlauer Teufel, wie seine Mutter ist, der Welt solch einen Esel schenken mußte! —

Ein Weib, das mit ihrem Verstande alles aus-
richtet! und dieser ihr Sohn da kann nicht, wenn
er auch noch so gern wollte, zwey von zwanzig
abziehen, und achtzehn übrig lassen — Du arme
Prinzeßinn, du göttliche Imogen! Was du ausstehen must! Zwischen einem Vater, den deine
Stiefmutter regiert, eine Mutter, die stündlich
auf neue Tücke sinnt, einem Freywerber, der
hassenswerther ist, als die schändliche Verbannung deines theuren Gemahls, als die schreckliche Handlung der Ehescheidung, die er zu befördern wünscht! — Der Himmel schütze selbst die
Mauren deiner unschätzbaren Tugend; er erhalte jenen Tempel, deine schöne Seele, unerschüt-
tert; damit du bleiben mögest, dich deines verbannten Gemahls wieder zu freuen, und dieses
grossen Landes! (Sie gehn ab.)

Zweyter Auftritt.

Ein prächtiges Schlafzimmer; auf der einen Seite
desselben steht ein grosser Kasten.

Imogen, in ihrem Bette, lesend; eine
Hofdame.

Imogen. Wer ist da? meine Hofdame Helena?

Hofdame. Zu deinem Befehl, Prinzeßinn.

Imogen. Wie ists an der Zeit?

Hofdame. Beynahe Mitternacht, gnädigste Frau.

Imogen. Ich habe also drey Stunden ge= lesen. Meine Augen sind schwach. Schläge das Blatt ein, wo ich aufgehört habe. Zu Bette. Nimm das Licht nicht weg; laß es brennen; und wenn du um vier Uhr aufwachen kannst, so wecke mich doch. (Die Hofdame geht ab.) Der Schlaf hat mich ganz überfallen. Eurem Schutze befehl' ich mich, ihr Götter! Vor Feerey, und den Versuchern der Nacht beschützt mich, darum bitt' ich euch.

(Sie schläft. Jachimo steigt aus dem Kasten.)

Jachimo. Die Grillen singen, und des Men= schen von Arbeit überwältigtes Gefühl erhohlt sich durch den Schlaf. So drückte unser Tarquin ganz sanft die Binsen, *) eh er die Keuschheit weckte, die er verwundete. Cytherea, wie schön du dein Bette schmückst! frisch, wie eine Lilie,

---

*) Die alte Gewohnheit in England, die Zimmer mit Binsen zu bestreuen, ist sonst schon bemerkt worden.

und weisser, als die Bettücher! daß ich dich be-
rühren könnte! nur küssen! — nur Einen
Kuß! — Unvergleichliche Rubinen! wie schön
würden sie küssen! Es ist ihr Athem, der dies
Zimmer mit solchem Wohlgeruch füllt! — Die
Flamme der Kerze neigt sich gegen sie, und möchte gern unter ihre Auglieder gucken, um die
dort eingeschlossene Lichter zu sehen, die itzt unter diesen Fensterflügeln beschattet sind; weiß und
blau, durchstreift mit der Farbe des Himmels
selbst — Aber ich wollte ja dies Zimmer genau
bemerken — Ich will alles niederschreiben —
Die und die Gemählde — dort das Fenster —
solche Vorhänge um ihr Bett — der Teppich,
mit Figuren. — So und so — und der Inhalt
der Geschichte — aber einige natürliche Zeichen,
die sie an sich trägt, müssen noch mein Verzeichniß bereichern; sie werden mehr bezeugen, als
zehn tausend geringeres Geräthe. O! Schlaf!
Du Affe des Todes, liege schwer auf ihr! Und
sie habe nicht mehr Gefühl, als das Bild auf einem Grabmal, das so in einer Kapelle liegt! —
(Er nimmt ihr Armband weg.) Komm herab, komm
herab — so schlüpfrig, als der gordische Kno-

ten

ken hart war! — Es ist mein; und dies wird
äusserlich eben so stark, als innerlich das Gewissen, Zeugniß genug seyn, um ihren Gemahl ra-
send zu machen. Auf ihrer linken Brust ist ein
Mahl, aus fünf kleinen Flecken, gleich den blut-
rothen Tropfen im Busen einer Schlüsselblume.
Das ist ein stärkerer Bürge, als je das Recht einen vorbringen kann. Dies Geheimniß wird
ihn zwingen, zu glauben, ich habe die Riegel er-
brochen, und den Schatz ihrer Ehre hinwegge-
nommen. Nicht mehr — Wozu sollt' es? Warum sollt ich das aufschreiben, was tief in mein
Gedächtniß geprägt und gegraben ist? Sie hat
zuletzt die Erzählung von Tereus gelesen; hier ist
das Blat eingeschlagen, wo Philomele sich er-
gab — Ich habe genug — Wieder in den Kasten, und das Springschloß zugemacht! — Hurtig, hurtig, ihr Drachen der Nacht! *) damit
die Dämmerung des Raben Augen entblösse! Ich
wohne hier voller Furcht. Dort ist zwar ein
himmlischer Engel; aber hier ist die Hölle.

---

*) Die Arbeit, den Wagen der Nacht zu ziehen,
wurde den Drachen, ihrer vermeynten Wachsamkeit
wegen, beygelegt. Steevens.

R

(Die Glocke schlägt) Eins, zwey, drey — Zeit!
Zeit!

(Er geht in den Kasten; und der Vorhang fällt zu.)

Dritter Auftritt.

Ein andres Zimmer im Pallast.

Kloten, und Lords.

1. Lord. Du bist doch der gelassenste Mann
beym Verlieren, mein Prinz, der kaltblütigste,
der je eine Karte in der Hand gehabt hat.

Kloten. Da muß wohl ein Jeder kaltes Blut
kriegen, wenn er verliert.

1. Lord. Aber nicht Jedermann bleibt so
gelassen, wie dein edles Gemüth, mein Prinz.
Du bist äusserst hitzig und tobend, wenn du gewinnst.

Kloten. Durchs Gewinnen bekömmt Jeder=
mann Muth. Könnt' ich nur die närrische Imogen erhalten, so würd' ich Goldes genug haben.
Es ist beynahe schon Morgen; nicht wahr?

1. Lord. Schon Tag, Prinz.

Kloten. Ich wollte, die Musick käme nur.
Man hat mir gerathen, ihr des Morgens Musick

zu bringen; man sagt, das wird Eingang finden. (Die Musikanten kommen.) Kommt her,
spielt auf. Könnt' ihr mit eurer Fingerey bey
ihr Eingang finden, so thuts, wir wollen's mit
unsrer Zunge auch versuchen, wenn beydes nicht
hilft, so mag sie's bleiben lassen; aber abtretten
werd ich sie nie. Zuerst spielt ein recht trefliches
gut gesetztes Stückchen; hernach, eine herrlich
süsse Melodie mit ausgesuchten schönen Worten
drauf; und dann laßt sie's überlegen.

Lied.

Die Lerche singt am Himmelsthor,
Und Phöbus, durch ihr Lied erweckt,
Tränkt seine Rosse mit dem Thau,
Der sanft den Kelch der Blumen deckt; *)
Der Ringelblumen Knospe schließt
Die goldnen Augen auf;
Mit allem, was da reitzend ist,
Steh, süsses Mädchen auf!
Steh auf! steh auf!

So, nun geht fort — Wenn dies Eingang fin-

*) D. i. die Morgensonne trocknet den Thau hin-
weg, der in den Kelchen der Blumen liegt. Warburton.

R 2

det, so werd ich eure Musik desto höher schä-
zen. Geschieht es nicht, so liegt die Schuld an
ihren Ohren, die sich durch Pferdehaare und
Katzendärme, und durch die Stimme des *) Ver-
schnittnen oben drein, nicht werden bessern lassen.

(Die Musikanten gehn ab.)

Die Königinn, und Cymbeline.

2. Lord. Da kömmt der König.

Kloten. Ich bin froh, daß ich so spät auf-
blieb; denn das ist die Ursache, daß ich so früh
auf war. Er muß ohnfehlbar diesen meinen Lie-
besdienst väterlich aufnehmen — Guten Morgen, gnädigster König, und meine huldreiche
Mutter.

Cymbeline. Wartest du hier an der Thür
unserer halsstarrigen Tochter? Will sie nicht
heraus?

Kloten. Ich habe sie mit Musik belagert;
aber sie thut, als merkte sie's nicht.

Cymbeline. Die Verbannung ihres Lieblings
ist noch zu neu; sie hat ihn noch nicht vergessen.

---

*) Das hier gebrauchte Beywort *unpaved*, welches
sich sich auf eine Nebenbedeutung des Worts stones
bezieht, läßt sich nicht mit Wohlstand übersetzen.

Etwas mehr Zeit muß noch erst den Eindruck
seiner Erinnerung allmählich auslöschen; und
dann ist sie die Deinige.

Königinn. Du bist dem Könige sehr viel
Dank schuldig, der keine Gelegenheit vorbey gehen läßt, die dich bey seiner Tochter beliebt machen kann. Schicke dich zu förmlichen Anwer-
bungen an; richte dich nach Zeit und Gelegenheit; laß abschlägige Antworten deine Dienstfertig-
keit vermehren; thu, als ob du einen höhern An-
trieb hättest, alle die Pflichten zu thun, die du
ihr erweisest; gehorche ihr in allen, ausser wenn
ihr Befehl auf deine Wegschaffung geht; dann
sey ganz sinnlos.

Kloten. Sinnlos? — Nein, das nicht.

(Es kömmt ein Bote.)

Bote. Mein König, es sind Abgesandte von
Rom angekommen; einer davon ist Kajus Lucius.

Cymbeline. Ein würdiger Mann, ob er
gleich itzt mit zorniger Absicht kömmt. Aber das
ist seine Schuld nicht; wir müssen ihn der Ehre
gemäß aufnehmen, die der ihn sendenden Stadt
gebührt; auch müssen wir ihn für seine Person
liebreich bewillkommen, wegen der guten Dien-

R 3

ste, die er uns ehemals erwiesen hat — Mein
theurer Sohn, wenn du deiner Geliebten guten
Morgen gesagt hast, so warte der Königinn und
mir auf. Wir werden dich dieses Römers we=
gen nöthig haben. Komm, meine Königinn.

(Sie gehn ab.

Kloten. Ist sie schon auf, so will ich mit ihr
reden; ist sie's nicht, so mag sie still liegen und
träumen — (Er pocht an) Holla! mit Erlaub=
niß! — Ich weiß, ihre Kammerfrauen sind um
sie. Wie? Wenn ich eine von ihren Händen zu
bestechen suchte? Gold ist es, wodurch man sich
Zutritt schaft; sehr oft geschieht das; man kann
dadurch Diana's Förster selbst so treulos machen,
daß sie ihr Wild dem Stehler in die Hände fal=
len lassen. Gold macht, daß der ehrliche Mann
ums Leben gebracht, und der Dieb gerettet wird;
ja, zuweilen bringt es beydes den Dieb und den
ehrlichen Mann an den Galgen. Was kann es
nicht machen und vernichten? Eine von ihren
Kammerfrauen soll meine Fürsprecherinn werden;
denn ich selbst verstehe den Handel noch nicht.
Mit Erlaubniß — (Er pocht)

(Es kömmt eine Hofdame.)

Hofdame. Wer pocht denn da?

Kloten. Ein Edelmann.

Hofdame. Nicht mehr?

Kloten. O! ja, einer Edelfrau Sohn.

Hofdame. Das ist mehr, als was einige, die ihre Schneider eben so theuer, als du, bezahlen, von sich rühmen können. Was ist dem gnädigen Herrn zu Diensten?

Kloten. Deiner gnädigen Frau Person. Ist sie schon bey der Hand?

Hofdame. O! ja, um in ihrem Zimmer zu bleiben.

Kloten. Da hast du Gold; verkaufe mir dein gutes Zeugniß *)

Hofdame. Was? meinen guten Namen? oder soll ich nur alles Gute von dir sagen? — Die Prinzeßinn — (Imogen kömmt.)

Kloten. Guten Morgen, Schönste. Schwester, deine süsse Hand.

Imogen. Guten Morgen, Prinz. Du machst dir gar zu viel Mühe, um nichts als Un-

---

*) Your *good report*; kann heissen: Dein gutes Zeugniß, und deinen guten Namen oder Leumund. Darauf bezieht sich die Antwort der Hofdame.

ruhe damit zu erkaufen. Der Dank, den ich
dir gebe, sagt dir, daß ich arm an Dank bin,
und kaum noch welchen übrig habe.

Kloten. Und doch schwör' ich, lieb' ich dich.

Imogen. Wenn du blos das sagtest, so
würde es eben so tiefen Eindruck bey mir machen; wenn du noch dazu schwörst, so ist dein
Lohn dafür doch immer, daß ich nicht darauf
achte.

Kloten. Das ist keine Antwort.

Imogen. Es ist nur, damit du nicht sagest,
ich willige drein, wenn ich schweige; sonst würd'
ich gar nicht reden. Ich bitte dich, schone meiner — Glaube mir, ich werde immer deine beste Höflichkeit mit gleicher Unhöflichkeit erwiedern.
Ein Mann von deiner grossen Kenntniß sollte
doch ablassen lernen, wenn er zurecht gewiesen
wird.

Kloten. Wenn ich dich in deinem Wahnwitz
verliesse, da begieng' ich eine Sünde; das will
ich nicht.

Imogen. Narren sind nicht wahnwitzig.

Kloten. Nennst du mich einen Narren?

Imogen. Weil ich wahnwitzig bin, thu ich

das. Wenn du ruhig seyn willst, so werd' ich
nicht mehr wahnwitzig seyn; dann ist uns beyden geholfen. Ich bedaure sehr, Prinz, daß
du mich zwingst, wider alle gute Lebensart einer
Dame, so wortreich zu seyn. Wisse Ein für
allemal, daß ich, die ich mein Herz kenne, hier
erkläre, und bey aller Aufrichtigkeit meines Herzens bezeuge, ich frage nichts nach dir. Ich
muß mich selbst anklagen, allem Mangel an Men-
schenliebe so nahe zu seyn, daß ich dich hasse.
Lieber wollt' ich, du hättest das gefühlt, als
mich dahin gebracht, damit zu prahlen.

Kloten. Du sündigst wider den Gehorsam,
den du deinem Vater schuldig bist. Denn jenes
Bündniß, das du mit dem verworfnen Elenden
vorgiebst, der mit lauter Almosen groß gemacht,
und mit kalten Schüsseln und Brosamen des Hofes gefüttert wurde, ist gar kein Bündnis; gar
keins. Und wenn es gleich bey geringern Par-
theyen erlaubt wird — und wer ist geringer, als
er? — ihre Seelen, von denen man doch nichts
weiter erwarten kann, als Lumpen und Bettel-
kinder, durch ein selbst gewähltes Band zu ver-
knüpfen; so wirst doch du von solch einer freyen

Wahl durch die Wichtigkeit der Krone abgehalten, und darfst ihre kostbare Zierde nicht durch einen niedrigen Sclaven entehren, einen Livreybedienten, den Lakey eines Dorfjunkers, einen Tafeldecker; und nicht einmal so viel.

Imogen. Unverschämter Mensch! wärst du der Sohn Jupiters, und nicht mehr, als was du ausserdem bist, so wärst du zu niedrig, sein Stallknecht zu seyn. Es wäre Ehre, beneidenswerthe Ehre genug für dich, wenn man dich nach deinen Verdiensten belohnen wollte, daß man dich zum Henkersknecht in seinem Königreiche machte, und dich haßte, weil du eine so gute Stelle erhalten hättest.

Kloten. Daß ihn die Pest verderbe!

Imogen. Ihn kann nie ein größers Unglück treffen, als wenn er von dir nur genannt wird. Sein schlechtestes Kleid, das nur je seinen Leib berührt hat, schätz ich viel höher, als alle Haare, die du auf dem Kopfe hast, wenn aus ihnen allen solche Leute entstünden — Holla, Pisanio!

(Pisanio kömmt.)

Kloten. Sein Kleid? — Nun, zum Teufel. —

Imogen. Geh gleich zu Dorotheen, meiner Kammerfrau —

Kloten. Sein Kleid —

Imogen. Mich verfolgt das Gespenst eines Narren, schreckt mich, und macht mich noch mehr böse — Geh, heiß meine Kammerfrau nach einem Edelsteine suchen, den ich gar zu nachläßig von meinem Arm verlohren habe — Er gehörte deinem Herrn. Wahrhaftig! ich möcht ihn um alle Einkünfte eines Königs in ganz Europa nicht verlieren. Ich glaube, ich hab' ihn diesen Morgen noch gesehen; so viel weiß ich ganz gewiß, daß er gestern Abend noch an meinem Arme war. Ich küßte ihn. Ich hoffe doch nicht, daß er weggegangen ist, um meinem Gemahl zu sagen, daß ich etwas, ausser ihm, geküßt habe.

Pisanio. Er wird nicht verloren seyn.

Imogen. Das hoff' ich. Geh, und such ihn.

Kloten. Du hast mich beschimpft — Sein schlechtestes Kleid.

Imogen. Ja, das sagt' ich Prinz. Willst du mich darüber belangen lassen, so rufe Zeugen dazu.

Kloten. Ich will es deinem Vater sagen.

Imogen. Deiner Mutter auch. Sie ist mir so herzlich gut, und wird, hoff' ich, immer das schlimmste von mir denken. Und hiemit überlaß' ich dich, Prinz, deinem ganzen Mißvergnügen.

(Sie geht ab.)

Kloten. Ich will mich schon rächen. Sein schlechtestes Kleid? — Schon gut.

(Er geht ab.)

Vierter Auftritt.

In Rom.

Posthumus und Philario.

Posthumus. Sey unbesorgt, mein Freund. Ich wollte, ich wäre so gewiß davon, den König zu gewinnen, als ich überzeugt bin, daß sie ihre Ehre behalten wird.

Philario. Was brauchst du für Mittel, ihn zu gewinnen?

Posthumus. Gar keine; ich laß' alles auf den Wechsel der Zeit ankommen, leide von der itzigen Härte des Winters, und wünsche, daß erst wärmere Tage kämen. Bloß mit dieser zweifel-

haften Hoffnung vergelt' ich deine Freundschaft;
schlägt sie fehl, so muß ich als dein grosser
Schuldner sterben.

Philario. Schon deine liebreiche Güte und
deine Gesellschaft bezahlt mir mehr als zu viel,
was ich nur immer thun kann. Gegenwärtig
hat dein König eine Gesandschaft von dem grossen
Augustus erhalten; Kajus Lucius wird seinen
Auftrag schon gehörig ausrichten; und ich denke,
er wird den Tribut bewilligen, die rückständigen
Schulden abtragen, und bedenken, wer unsre
Römer sind, deren Andenken ihnen bey ihrem
Unmuth noch neu ist.

Posthumus. Ich bin zwar kein Staatsmann,
und habe keine Hoffnung, es zu werden; aber
ich glaube doch, es wird ein Krieg daraus entstehen; und du wirst eher hören, daß die Legionen, die itzt in Gallien sich befinden, in unserm
sich nicht fürchtenden Britannien gelandet sind,
ehe du Nachricht erhältst, daß man nur einen
Pfenning Tribut bezahlt hätte. Unsre Landsleute
sind itzt mehr zur Kriegs-Zucht gewöhnt, als ehemals, da Julius Cäsar über ihren Mangel an
Geschicklichkeit lachte, und doch ihren Muth seb-

ner finstersten Blicke würdig fand. Ihre Kriegs-
zucht, die itzt ihr Muth noch mehr beflügelt, wird
es denen, die sich mit ihnen einlassen, schon zeigen, daß sie ein Volk sind, das sich immer mehr
bessert.   (Jachimo kömmt.)

Philario. Sieh da, Jachimo!

Posthumus. Ganz gewiß haben die schnell-
füßigen Hirsche zu Lande deinen Wagen gezogen,
und zu Wasser haben Winde aus allen vier Ecken
deine Segel geküßt, um deinem Schiffe einen be-
henden Lauf zu geben.

Philario. Willkommen, Jachimo.

Posthumus. Ich hoffe, die Kürze der Antwort, die du bekamst, ist an der Geschwindigkeit
deiner Rückkehr Schuld.

Jachimo. Deine Gemahlin ist eins der schönsten Frauenzimmer, die ich je gesehen habe.

Posthumus. Und dabey auch das beste; sonst
mag ihre Schönheit durchs Fenster sehen, falsche
Herzen anzulocken, und mit ihnen falsch seyn.

Jachimo. Hier sind Briefe für dich.

Posthumus. Ihr Inhalt ist ohne Zweifel gut.

Jachimo. Aller Wahrscheinlichkeit nach.

Poſthumus. War Kajus Lucius am Britan-
niſchen Hofe, als du dort warſt?

Jachimo. Er wurde damals erwartet, war
aber noch nicht da.

Poſthumus. Noch iſt alles gut. Funkelt
dieſer Edelſtein noch ſo, wie ſonſt, oder iſt er
nicht zu blind für dich, um ihn noch länger zu
tragen?

Jachimo. Wenn ich ihn verlohren hätte, ſo
würd' ich ſeinen Werth in Golde verliehren. Ich
will noch einmal ſo weit reiſen, um eine zweyte
Nacht von ſolcher angenehmen Kürze zu genieſſen, wie mir in Britannien zu Theil wurde; denn
der Ring iſt gewonnen.

Poſthumus. Dem Steine iſt zu ſchwer, beyzukommen.

Jachimo. Im geringſten nicht; deiner Gemahlinn iſt ja ſo leicht beyzukommen.

Poſthumus. Mache nicht einen Spaß aus
deinem Verluſte, Jachimo; ich hoffe, du weiſt,
daß wir itzt nicht länger Freunde bleiben können.

Jachimo. Das müſſen wir bleiben, lieber
Poſthumus, wenn du den Vertrag halten willſt.
Hätte ich nicht die Bekanntſchaft deiner Gemah-

linn mit nach Hauſe gebracht, ſo müßten wirs
freylich noch weiter mit einander ausmachen;
aber itzt erklär' ich mich für den Gewinner ihrer
Ehre und deines Ringes, und nicht für deinen
oder ihren Beleidiger, da ich bloß nach eurer bey-
der Willen gehandelt habe.

Poſthumus. Kannſt du es beweiſen, daß du
ſie in ihrem Bette genoſſen haſt, ſo iſt meine
Hand und mein Ring dein; wo nicht, ſo muß
die ſchlechte Meynung, die du von ihrer reinen
Tugend hatteſt, deinen Degen oder den meinigen gewinnen oder verlieren, oder beyde bleiben
ohne Herren für den liegen, der ſie findet.

Jachimo. Alle Umſtände, die ich dir anfüh-
ren will, haben ſo viel Wahrheit, daß du ihnen
nothwendig glauben muſt. Allenfalls bin ich bereit, ſie mit einem Eide zu bekräftigen. Aber ich
hoffe, du erlaubſt mir, ihn zu ſparen, wenn du
ſiehſt, daß er nicht nöthig iſt.

Poſthumus. Rede weiter.

Jachimo. Erſtlich, ihr Schlafzimmer — freylich ſchlief ich nicht darinn; aber ich erhielt da
etwas, das ſchon des Wachens werth war — es
war mit Teppichen von Silber und Seide be-
hängt;

hängt; die Stickerey stellte die Geschichte der stolzen Kleopatra vor, als sie ihrem Römer entgegen
kam, und wie der Cydnus über sein Ufer hinan
schwoll, entweder wegen des Gedränges der Fahr-
zeuge, oder aus Uebermuth — Ein so schön aus-
geführtes, so reiches Stück, daß Arbeit und Kost-
barkeit dabey wetteiferten; und ich wunderte
mich desto mehr, daß es so herrlich und genau
gearbeitet war; denn man sah nichts daran, als
lauter Leben und Natur — —

Posthumus. Das ist alles wahr; aber das
hast du vielleicht hier von mir, oder von irgend
einem andern gehört.

Jachimo. Ich kann meine Vertraulichkeit
mit ihr durch mehr Umstände rechtfertigen.

Posthumus. Das mußt du auch, wenn du
deine Ehre retten willst.

Jachimo. Der Kamin ist südwärts im Zimmer; und das Kaminstück ist die keusche Diana
im Bade. Nie sah ich solche Figuren, die fast
zu reden schienen. Der Bildhauer war eine zweyte
Natur, aber stumm; sonst übertraf er sie, nur
Sprache und Bewegung hatte er nicht gegeben.

Posthumus. Auch das hast du vielleicht durch

S

Erzählung erfahren, indem gewöhnlich viel davon geredet wird.

Jachimo. Die Decke des Zimmers ist mit goldnen Cherubim verziert. Das Feuereisen am Kamin — bald hätt' ich das vergessen — hielten zwey schlummernde Liebesgötter von Silber, deren Jeder auf einem Fusse stand, und die sich sanft auf ihre Fackeln stützten. *)

Posthumus. Und das ist ihre Ehre? **) — Ich will zugeben, daß du dies alles gesehen hast, und muß dein gutes Gedächtniß rühmen; aber die Beschreibung dessen, was in ihrem Zimmer ist, macht noch nicht, daß du deine Wette gewinnst.

Jachimo. (indem er das Armband herauszieht) Nun, so werde denn blaß, wenn du kannst. ***) Erlaube mir bloß, dieses Kleinod vorzuzeigen; sieh! — Und nun ist's schon wieder eingesteckt.

---

*) So erklärt Steevens das nicely *depending on her Brands* im Original, daß die Liebesgötter nämlich ihre Fackeln umgekehrt, und sich darauf gelehnt hätten.

**) D. i. Und die Erlangung dieser Kenntnisse soll für die Beraubung ihrer Ehre gelten? Johnson.

***) D. i. wenn du dich enthalten kannst, vor Wuth und Unwillen feuerroth zu werden. Johnson.

Es muß mit deinem Diamand dort vermählt werden. Ich behalte beyde.

Poſthumus. Himmel! — Laß mich es noch einmal ſehen. Iſt es das, was ich bey ihr zurückließ?

Jachimo. Ja, eben das; Dank ſey ihr. Sie ſtreifte es von ihrem Arme los. Ich ſehe ſie noch; ihre reitzende Gebehrde war noch ſchöner, als ihr Geſchenk, und verſchönerte es doch zugleich; ſie gab es mir, und ſagte, ſie hab es ſonſt geſchätzt.

Poſthumus. Vielleicht nahm ſie es ab, um es mir zu ſchicken.

Jachimo. Schreibt ſie dir das? Thut ſie das?

Poſthumus. O! nein, nein, nein! Es iſt wahr. (Er giebt ihm den Ring.) Da, nimm du den auch; er iſt ein Baſilißk für mein Auge; er tödtet mich, wenn ich ihn anſehe. Nein, da iſt keine Ehre, wo Schönheit iſt; keine Treue, wo äuſſerer Schein iſt; keine Liebe, wo noch ein andrer Liebhaber iſt. Die Schwüre der Weiber bleiben denen, gegen die ſie gethan wurden, eben ſo wenig treu, als ſie ihrer Tugend bleiben; das heißt, gar nicht! — O! über alle Maaß treulos!

Philario. Sey ruhig, Freund, und nimm deinen Ring wieder zurück; er ist noch nicht ge= wonnen. Vielleicht hat sie ihn verloren; oder wer weiß, ob nicht eine von ihren Kammerfrauen sich bestechen lassen, und ihn gestohlen hat?

Posthumus. Sehr wahr; und vermuthlich ist er auf diese Art dazu gekommen — Meinen Ring wieder her — Nenne mir irgend ein kör= perliches Zeichen an ihr, das mehr beweist, als dieß; denn dieß hier wurde gestohlen.

Jachimo. Beym Jupiter, ich nahm es von ihrem Arme weg.

Posthumus. Hörst du? er schwört; beym Jupiter schwört er. Es ist wahr — nun, be= halte den Ring — es ist wahr. Ich weiß gewiß, sie konnte das Armband nicht verlieren; ihre Be= dienten sind lauter geschworne *) und rechtschaff=

---

*) Es war ehedem in England gewöhnlich, den Be= dienten des Adels und der Vornehmen beym Antritt ihres Dienstes einen Eid der Treue abzunehmen, wie es gegenwärtig bey königlichen Bedienten zu geschehen pflegt. Percy.

ne Leute — Sie hätten sich bereden lassen, es zu
stehlen! und von einem Fremden! — Nein, er
hat ihrer genossen. Dieß hier ist ein klarer Beweis ihrer Unzucht; so theuer hat sie den Namen
einer Hure erkauft! — Da, nimm deine Miethe
hin; und alle böse Geister der Hölle mögen sich
zwischen euch beyden theilen!

Philario. Sey ruhig, Freund; dieser Beweis ist noch nicht stark genug, um bey einem
Manne Glauben zu finden, der so überzeugt - - -

Posthumus. Sage mir das nicht; sie hat
sich von ihm entehren lassen.

Jachimo. Willst du noch mehr Beweise? —
Unter ihrer Brust — des Drucks so werth! — ist
ein Mahl, stolz auf diesen herrlichen Aufenthalt—
Bey meinem Leben! ich hab' es geküßt; und
gleich hungerte mich wieder nach neuen Küssen,
wiewohl ich gesättigt war. Du erinnerst dich
doch dieses Mahls?

Posthumus. O! ja; und es ist der Beweis
von einem andern Flecken, so groß, als die Hölle
es nur fassen kann; wär' er auch nur allein
drinnen.

Jachimo. Willst du noch mehr hören?

Poſthumus. Spare deine Rechenkunſt. Erzähle mir nicht, wie oft; Einmal iſt ſchon Millionenmal!

Jachimo. Ich kann drauf ſchwören — —

Poſthumus. Schwöre nicht. Willſt du ſchwören, du habeſt es nicht gethan, ſo lügſt du; und ich ermorde dich, wenn du es leugneſt, daß du mich zum Hahnrey gemacht haſt.

Jachimo. Ich will nichts leugnen.

Poſthumus. O! hätt' ich ſie hier! um ſie in Stücken zu reiſſen! Ich will zu ihr hin, und es thun; am Hofe; vor ihrem Vater — Ich will doch etwas thun — —

(Geht ab.)

Philario. Er läßt ſich gar nicht bedeuten! — Du haſt gewonnen. Laß uns ihm nachgehen, und dem Ausbruch des Zorns Einhalt thun, den er gegen ſich ſelbſt gefaßt hat.

Jachimo. Von Herzen gern.

(Sie gehn ab.)

Fünfter Auftritt.

Poſthumus allein.

Poſthumus. *) Können denn Männer gar nicht anders zur Welt kommen, als daß Weiber zur Hälfte daran Theil nehmen müſſen? wir ſind alle, Baſtarde; und jener ſehr ehrwürdige Mann, den ich meinen Vater nannte, war, Gott weiß wo, als ich gezeugt wurde. Irgend ein falſcher Münzer prägte mich als einen falſchen Abdruck; und doch ſchien meine Mutter eine Diane ihrer Zeit zu ſeyn, wie mein Weib das Muſter, der itzigen — O! Rache! Rache! — Mich hielt ſie von meinem erlaubten Vergnügen zurück, und bat mich oft, enthaltſam zu ſeyn; that es mit einer ſo roſenfarbnen Schaamröthe, daß der lieb-liche Anblick davon ſelbſt den alten Saturn hätte erwärmen können — daß ich ſie für ſo keuſch hielt, wie ungeſonnten Schnee — O! alle Teu-fel! — Dieſer gelbe Jachimo hat in Einer Stun-

---

*) Milton hatte vermuthlich dieſer Rede die Geſin-nungen zu danken, die er im zehnten Buche ſeines ver-lornen Paradieſes dem Adam in den Mund legt.

Steevens.

S 4

be — ward nicht so? — oder noch weniger —
gleich aufs erstemal? — Vielleicht sprach er
gar nicht, sondern brüllte, gleich einem voll=
gemästeten Deutschen Eber, nur Oh! und stieg
drauf; fand da keinen Widerstand, wo er Wi=
derstand und Gegenwehr erwartete! — Könnt'
ich nur die weibliche Eigenschaft in mir entdek=
ken! Denn wahrlich, in dem Manne steigt keine
einzige Regung zum Laster auf, die nicht eine
weibliche Eigenschaft ist. Es sey Lügen; so ist
es des Weibes; Schmeicheln, ihres; Betriegen,
ihres; Wollust und böse Begierden, ihre, ihre!
Rachsucht, ihre; Ehrgeiz, Geldgeiz, wandelba=
rer Stolz, Verachtung, ekle Sehnsucht, Ver=
läumbung, Veränderlichkeit; alle Fehler, die
nur Namen haben, die nur in der Hölle bekannt
sind, alle sind ihre; ganz, oder zum Theil; oder
vielmehr ganz. Denn selbst dem Laster bleiben
sie nicht treu, sondern wechseln, immerfort, Ein
Laster, erst eine Minute alt; gegen eins, das
noch nicht halb so alt ist. Ich will gegen sie
schreiben, sie verabscheuen, sie verfluchen — Und
doch ist das von einem, der sie herzlich haßt, am
besten gethan, zu wünschen, daß sie immer ih=

ren Willen bekommen; die Teufel selbst können sie nicht ärger plagen! (Er geht ab.)

Dritter Aufzug.

Erster Auftritt.

Cymbeline's Pallast.

Cymbeline, die Königinn, Kloten, und Lords, von der Einen Seite; Kaius Lucius, und Gefolge, von der andern.

Cymbeline. Nun sage, was der Kaiser Augustus von uns verlangt.

Lucius. Als Julius Cäsar — dessen Andenken noch in den Augen der Leute lebt, und von dem Ohren und Zungen beständig hören und reben werden — hier in Britannien war, und es eroberte, hat dein Oheim Kaßibelan — dem Cäsar kein geringers Lob ertheilt als seine Verdienste foderten — für sich und seine Nachfolger den Römern einen jährlichen Tribut von drey tausend Pfund bewilligt; und du hast ihn seit einiger Zeit unbezahlt gelassen.

Königinn. Und, allem Wunder ein Ende zu machen, wird er auch ewig unbezahlt bleiben.

Kloten. Es können noch viele Cäsare kommen, eh ein zweyter Julius unter ihnen aufsteht. Britannien ist für sich schon eine Welt; und wir werden keinen Zoll dafür entrichten, daß wir unsre eignen Nasen tragen.

Königinn. Eben die gute Gelegenheit, die sie damals hatten, uns Zoll aufzulegen, haben wir itzt, ihn wieder zurück zu nehmen. Erinnere dich, o König mein Gemahl, an die Könige, unsre Vorfahren, und an die natürliche Tapferkeit unsrer Insel, die, wie Neptun's Thiergarten, mit unersteiglichen Klippen und schäumenden Wellen eingeschlossen und eingepfählt steht; mit Sand, der die Schiffe von euch, unsern Feinden, nicht tragen, sondern sie bis an den höchsten Mast verschlingen wird. Eine Art von Eroberung machte Cäsar hier freylich; aber hier konnte er doch nicht prahlen, daß er kam, und sah, und siegte. Mit Beschämung — der ersten, die ihn je traf, — ward er zweymal geschlagen, und von unsrer Küste zurückgetrieben; und seine Schiffe — die armen, unerfahrnen

Spielwerke! — zerplatzten auf unsrer furchtbaren See gegen unsre Klippen eben so leicht, wie Eyerschalen, die sich auf den Meerswellen bewegen. *) Vor Freude darüber ließ der berühmte Kaßibilan, der einmal — o! des wandelbaren Glücks! — schon im Begrif war, über Cäsars Schwert Herr zu werden, Lud's Stadt **) mit Freudenfeuer erhellen, und machte, daß die Britten vor Muth sich sträubten.

Kloten. Geh doch, es ist an keine weitre Steuer zu denken. Unser Königreich ist stärker, als es damals war; und wie gesagt, es giebt dergleichen Cäsare nicht mehr. Andre, die so

---

*) Als Cäsar auf der Themse nach Trinobantum zu fahren wollte, stieß sein Schiff auf die Pfähle, die auf Kaßibilan's Befehl ausdrücklich dazu eingerammt waren, und wodurch sie plötzlich in solche Gefahr geriethen, daß viel tausend Mann ertrunken, indem die Schiffe in Grund gebohrt und versenkt wurden. Grey.

**) Trinovantum, welches auch Caer Lud, und hernach verstümmelt London genannt wurde, war von Lud, Kaßibelan's älterm Bruder, wieder aufgebaut. S. Jeffrey of Monmouth British History, B. III, ch. 20.

heiſſen, mögen wohl auch krumme Naſen haben; aber ſo ſtämmige Arme hat keiner.

Cymbeline. Sohn, laß deine Mutter aus= reden.

Kloten. Wir haben noch viele unter uns, die eben ſo feſt packen können, als Kaßibelan; ich ſage nicht, daß ich einer davon bin; aber ich habe doch auch eine Hand — Was? Steuer? Warum ſollten wir Steuer bezahlen? Wenn Cä= ſar die Sonne mit einer Decke vor uns verbergen, oder den Mond in ſeine Taſche ſtecken kann, ſo wollen wir ihm Steuer für Licht bezahlen; ſonſt iſt an keine Steuer mehr zu denken, das glau= be mir.

Cymbeline. Du mußt wiſſen, ſo lange, biß die unbilligen Römer dieſe Steuer von uns er= preßten, waren wir frey. Cäſars Ehrgeiz, der ſo hoch anſchwoll, daß er beynahe die Seiten der Welt ausdehnte, legte hier, ohne allen recht= mäßigen Vorwand, uns das Joch auf. Dieſes abzuſchütteln, geziemt einem kriegriſchen Volke; und das glauben wir zu ſeyn — Das glauben wir — Sag' alſo dem Cäſar, unſer Anherr ſey jener Mulmutius geweſen, der unſre Geſetze an=

ordnete, deren Handhabung durch Cäsars
Schwert zu sehr gestört und verletzt ist, deren
Wiederherstellung, und Freyheit, vermöge der
Macht, die wir haben, unser rühmliches Ver=
dienst seyn soll, wenn gleich Rom darüber er=
bittert ist. Mulmutius machte unsre Gesetze, der
erste Britte, dessen Scheitel eine goldne Krone
umgab, und der sich König nannte.

Lucius. Es thut mir leid, Cymbeline, daß
ich dir erklären muß, Augustus Cäsar — Cä=
sar, der mehr Könige zu seinen Knechten hat,
als du Bediente hältst — sey dein Feind. Ver=
nimm es also von mir; Krieg und Verheerung
kündige ich dir in Cäsars Namen an; erwarte ei=
nen unwiderstehlichen Angrif — Nach dieser
Ausfodrung statte ich dir für meine Person Dank
ab.

Cymbeline. Du bist mir willkommen, Ka=
jus. Dein Cäsar machte mich zum Ritter; den
größten Theil meiner Jugend habe ich unter ihm
zugebracht; von ihm erhielt ich viele Ehre; und
diese muß ich itzt, da er mir was anhaben will,
nothwendig wider ihn vertheidigen. Ich habe
gewisse Nachricht, daß die Pannonier und Dal=

matier sich ihrer Freyheit wegen itzt bewaffnet haben; wollten die Britten diesem ihren Vorbilde nicht folgen, so würden sie viel Kaltsinn verrathen; und den soll Cäsar nie an ihnen entdecken.

Lucius. Die That mag es beweisen.

Kloten. Der König heißt dich willkommen. Vertreibe dir bey uns die Zeit einen oder zwey Tage, oder länger. Wollt ihr uns hernach andre Bedingungen vorschlagen, so werdet ihr uns in dem Gürtel unsers Seewassers antreffen; könnt ihr uns aus diesem Gürtel hinausschlagen, so ist er euer; fallt ihr aber in dem Versuche, so werden sich unsre Raben desto besser dabey stehen; und damit ist es aus.

Lucius. Recht gut.

Cymbelíne. Ich weiß deines Herrn Willen, und er den meinigen. Alles, was ich dir sonst noch zu sagen habe, ist: Willkommen.

(Sie gehn ab.)

Zweyter Auftritt.

Ein andres Zimmer.

Pisanio allein; hernach Imogen.

Pisanio. Was? des Ehebruchs? — Warum schreibst du denn nicht, was für Ungeheuer
ihre Ankläger sind? — Leonatus! — O! mein
Gebieter! welch eine seltsame Verläumdung hat
dein Ohr vergiftet? Welch ein falscher Italiäner, mit eben so giftiger Zunge als Hand, hat
sich deines zu willigen Gehörs bemächtigt? —
Treulos? — Nein! sie muß eben wegen ihrer
Treue so viel ausstehen, und erduldet, mehr einer Göttin als einem Weibe gleich, solche An-
fälle, die sonst manche Tugend erschüttern würden — O! mein Gebieter! dein Gemüth ist itzt
gegen sie eben so niedrig, als deine Glücksumstände waren — Wie? ich sollte sie ermorden? —
Wegen der Liebe und Treue und der Gelübde,
die ich deinen Befehlen gethan habe? — Ich
sie? — ihr Blut? — Wenn das zu thun ein
Dienst ist, so will ich lieber nie für dienstfertig
gehalten werden! — Wie seh ich denn aus, daß
man mir so viel Mangel an Menschlichkeit zu-

traut, als dieser That voraus setzt? (Er liest)
„Thu es. Der Brief, den ich ihr geschrieben
„habe, wird dirs leicht machen; sie wird dirs
„selbst befehlen.„ — O! verdammtes Papier!
schwarz, wie die Dinte, die auf dir ist! fühllo-
ses Lumpenwerk! Bist du ein Mitverschworner
zu dieser That, und siehst von aussen so jungfräu-
lich aus? — Sieh, da kömmt sie — Ich weiß
nichts von dem, was man mir befohlen hat.

Imogen. Wie stehts, Pisanio?

Pisanio. Gnädige Frau, hier ist ein Brief
von meinem Herrn.

Imogen. Von wem? von deinem Herrn?
also von meinem Herrn? von Leonatus? O!
der Sterndeuter wäre wahrlich sehr gelehrt, der
die Sterne so kennte, wie ich seine Hand kenne;
der würde die ganze Zukunft aufschliessen können! — Ihr guten Götter! laßt das, was dieser Brief enthält, mir seine Liebe, seine Gesundheit, seine Zufriedenheit melden — nichts davon, daß wir beyde getrennt sind — das mag
blos sein Innres tränken! Einige Kränkungen
sind wahre Arzneyen; und das ist auch dieser,

denn

denn sie heilt die Liebe *) — Von seiner Zufriedenheit mit allem übrigen, ausser unsrer Trennung! — Vergieb mir, gutes Wachs. Gesegnet seyd ihr Bienen, die ihr diese Siegel der Geheimnisse macht! Liebhaber und Leute, die ihre
Verschreibungen nicht zu halten vermögen, wünschen euch nicht einerley. Wenn ihr gleich dergleichen Verbrecher ins Gefängniß werft, so
versiegelt ihr doch auch dagegen die Blätter des
jungen Liebesgottes. Gute Nachrichten, ihr
Götter! (Sie liest.)

„Gerechtigkeit und deines Vaters Grimm,
„wenn er mich in seinem Gebiet entdeckte, könn-
„ten nicht so grausam gegen mich seyn, wie du,
„o! du theuerstes aller Geschöpfe mich mit ei-
„nem deiner Blicke wieder neu beleben würdest.
„Wisse, daß ich in Kambria bin, bey Milford-
„hafen. Was dir deine Liebe hiebey rathen wird,
„das vollziehe. Und hiemit wünscht dir alle
„Glückseligkeit, der seinem Gelübde und dir treu
„bleibt, und dich immer stärker liebt.„

„Leonatus Posthumus.„

*) D. i. Gram über Abwesenheit erhält die Liebe
lebhaft und stark. Johnson.

T

O! hätt' ich ein Pferd mit Flügeln! Hörst du,
Pisanio? Er ist in Milfordhafen. Lies, und
sage mir, wie weit das von hier ist. Kann einer, der nicht so wichtige Geschäfte hat, in einer Woche dorthin traben, warum sollt' ich nicht
in Einem Tage dahin gleiten können? Darum,
treuer Pisanio, den auch, wie mich verlangt,
deinen Herrn zu sehen; den darnach verlangt —
o! laß mich etwas wieder abziehen — aber nicht
wie mich — den aber doch auch verlangt —
nur etwas schwächer — o! nicht wie mich —
denn mein Verlangen ist drüber! drüber! —
sag, und sprich laut — ein Vertrauter der Liebe sollte billig die Oeffnungen des Gehörs bis
zum Ersticken des Sinnes füllen — wie weit ist
es bis zu jenem beglückten Milford? Und unter-
wegs erzähle mir dann, wie Wallis so glücklich
geworden ist, solch einen Hafen zu besitzen. Aber
vor allen Dingen, wie können wir uns von hier
wegstehlen? Und wie viel Zeit brauchen wir von
unsrer Abreise bis zu unsrer Wiederkehr, damit wir
sie entschuldigen können? — Aber zuerst, wie kommen wir von hier weg? Warum sollte die Ent-
schuldigung eher geboren werden, ehe sie gezeugt

iſt? Davon wollen wir hernach ſchon ſprechen.
Ich bitte dich, ſage mir, wie viel Stiege Meilen
können wir wohl in Einer Stunde reiten?

Piſanto. Eine Stiege in Einem Tage iſt genug
für dich, Prinzeßinn; und noch immer zu viel.

Imogen. Was? — Einer der zu ſeiner
Hinrichtung ritte, könnte ja kaum ſo langſam
gehen. Ich habe vom Wettreiten gehört, wobey
die Pferde behender liefen, als der Sand in einer Uhr. Aber das iſt Kleinigkeit. Geh, laß
meine Kammerfrau eine Krankheit erdichten; laß
ſie ſagen, ſie wolle nach Hauſe zu ihrem Vater;
und laß ſie mir itzt gleich ein Reitkleid beſorgen,
nicht koſtbarer, als es ſich für eines geringen
Bürgers Frau ſchicken würde.

Piſanto. Ueberleg' es doch erſt recht, gnädige Prinzeßinn.

Imogen. Ich ſehe weder vor mich, noch
hinter mich, noch hier, noch dorthin; überall
iſt ein Nebel, durch den ich nicht hindurch ſehen
kann. Geh fort, ich bitte dich; thu, was ich
dich hieß; weiter brauchts keiner Worte; mir iſt
nichts weiter zugänglich, als der Weg nach Milford. (Sie gehn ab.)

Dritter Auftritt.

Ein Wald mit einer Höhle, in Wallis.

Bellarius, Guiderius, und Arviragus.

Bellarius. Der Tag ist zu schön, um mit denen zu Hause zu bleiben, deren Dach so niedrig ist, als das unsre. Seht, ihr Söhne, dieser Eingang der Höhle lehrt euch, wie ihr den Himmel anbeten sollt, und beugt euch zu des Morgens heiliger Andacht nieder. Die Thore der Monarchen sind so hoch ausgeschweift, daß Riesen hindurch stolzieren, und ihre frechen Turbane *) auf dem Kopf behalten können, ohne der Sonne guten Morgen zu wünschen. Heil dir, schöner Himmel! Wir wohnen in dem Felsen, und doch begegnen wir dir nicht so hart, als die Bewohner der Palläste.

Guiderius. Sey gegrüßt Himmel!

Arviragus. Sey gegrüßt Himmel!

Bellarius. Nun laßt uns unsre Jagd auf

_____

*) Die Idee eines Riesen wurde von den Lesern der Romane, die fast alle Leser der damaligen Zeit ausmachten, allezeit mit der Idee eines Sarazenen verwechselt. Johnson.

den Bergen anfangen. Hinauf zu jenem Hügel!
Eure Beine sind noch jung; ich will hier auf
den flachen Stellen bleiben. Bedenkt, wenn ihr
von oben herab mich so klein, wie eine Krähe
seht, daß es bloß der Standort ist, der kleiner
und grösser macht. Und dann könnt' ihr euch
an das erinnern, was ich euch von Höfen, von
Fürsten, von Kriegslisten erzählt habe. Der
Dienst ist kein Dienst, insofern man ihn thut,
sondern insofern man ihn dafür annimmt. Wenn
wir so denken, dann ziehen wir einen Vortheil
aus allen Dingen, die wir sehen; und oftmals
werden wir zu unserm Troste, den Käfer unter
Dachscherben in einem sicherern Aufenthalt finden,
als der voll beschwingte Adler hat. O! dieß Leben ist edler, als wenn man immer einen Um-
sturz fürchten muß; reicher, als wenn man
durch Nichtsthun Lohn und Ehre gewinnt; *)
stolzer, als wenn man in unbezahlter Seide daher rauscht. Vor dergleichen Leute muß der den

---

*) Hanmer's Leseart: doing nothing for *a bribe*
dünkt mir die wahrscheinlichste zu seyn. Johnson
schlägt *brabe* vor, welches eben den Sinn giebt; nur ist
das Wort zu fremd.

T 3

Hut abnehmen, der sie zu feinen Leuten macht,
und doch sein Schuldbuch nicht durchstreicht.
Kein Leben gegen das unsrige!

Guiderius. Du sprichst aus eigner Erfahrung; wir, deine armen, noch unbeflügelten
Söhne haben uns über den Gesichtskreis unsers
Nestes noch nie hinweg geschwungen, und wissen
nicht, was es fern vom Hause für eine Luft giebt.
Vermuthlich ist dies Leben das beste, wenn ein
ruhiges Leben das beste ist; dir desto angenehmer, weil du ein unruhigers gekannt hast; sehr
übereinstimmend mit deinem steifen Alter. Aber
für uns ist es eine Zelle der Unwissenheit; eine
Reise im Bette; ein Kerker für einen Schuldner,
der keinen Schritt hinaus thun darf.

Arviragus. Wovon sollen wir reden, wenn
wir so alt sind, wie du? *) Wenn wir Regen
und Wind den finstern December werden schlagen

---

*) Die Furcht eines hohen Alters, ohne Stof zum
Gespräch und Nachdenken, ist eine natürliche und edle
Empfindung. Keiner kann in einem kläglichern Zu-
stande seyn, als wer, wenn ihn die Ergötzungen der
Sinne verlassen, kein Vergnügen der Seele hat.

Johnson.

hören, wie sollen wir da in dieser kalten Höhle
die frostigen Stunden hinweg schwatzen? Wir
haben nichts gesehen; wir sind ganz viehisch;
schlau, wie der Fuchs, auf Beute; so kriegrisch
wie der Wolf, um das, was wir essen. Unsre
Tapferkeit besteht darin, dem nachzujagen was
flieht. Aus unserm Bauer machen wir ein Chor,
wie der eingekerkerte Vogel, und singen frey von
unsrer Knechtschaft.

Bellarius. Wie ihr sprecht! Kenntet ihr nur
den Wucher der Stadt, und kennet ihn aus eignem Gefühl; die Kunstgriffe des Hofes, an dem
es eben so schwer ist auszudauern, als ihn zu verlassen; dessen Gipfel zu erklimmen, gewisser Fall,
oder doch so schlüpfrig ist, daß die Furcht vor
dem Fall eben so schlimm ist, wie der Fall selbst;
die Mühseligkeiten des Krieges, wo man mit
allem Fleiß Gefahren aufzusuchen scheint, um
Ruhm und Ehre zu erwerben, die doch mitten
im Suchen dahin stirbt, und eben so oft eine
schmachvolle Grabschrift, als ein Denkmal edler
Thaten erhält; wobey man oft sogar durch gute
Handlungen sich übel verdient macht; und, was
noch ärger ist, seinen Tadlern selbst höflich be-

T 4

gegnen muß. — O! Kinder, diese Geschichte
kann die Welt in mir lesen. — Mein Körper ist
mit Römischen Schwertern gezeichnet, und mein
Ruhm war sonst so groß, wie der berühmtesten
Leute ihrer. Cymbeline liebte mich; — und war
von einem Kriegshelden die Rede, so war mein
Name nicht weit; da war ich, wie ein Baum,
dessen Zweige, von Früchten-schwer, zur Erde
hängen; aber in Einer Nacht schüttelte ein
Sturm, oder ein Raub — nennt es, wie ihr
wollt — mein reifes Obst, ja gar meine Blätter herunter, und gab mich entblößt dem Wetter
Preis.

Guiderius. O! der unsichern Gunst!

Bellarius. Ich hatte weiter nichts verbro-
chen, wie ich euch schon oft gesagt habe, als daß
zwey Bösewichter, deren falsche Eide nicht gal-
ten, als meine untadelhafte Ehre, dem Cymbeline schwuren, ich sey mit den Römern in Bund
getreten. Darauf erfolgte meine Verbannung;
und seit zwanzig Jahren ist dieser Fels und dies
väterliche Eigenthum meine Welt gewesen, wo
ich in einer unsträflichen Freyheit gelebt, und
dem Himmel mehr fromme Schulden abgetragen,

habe, als in der ganzen vorigen Zeit meines Lebens — Aber, hinauf aufs Gebirge! Das alles
war keine Jägersprache — Wer zuerst das Wild
trifft, soll Herr des Gastmahls seyn; ihm sollen
die andern beyden aufwarten; und wir wollen
dabey kein Gift fürchten, welches den Grossen
und Vornehmen zu drohen pflegt. Ich werd'
euch in den Thälern wieder antreffen — (Gulderius und Arviragus gehn ab.) — Wie schwer ist es
doch, die Funken der Natur zu verbergen! Diese
Knaben wissen nichts davon, daß sie Söhne des
Königs sind; und Cymbeline läßt sichs nicht träumen, daß sie noch leben. Sie denken, sie sind
meine Söhne; und ob sie gleich so schlecht in der
Höhle, worin sie sich bücken müssen, auferzogen
sind, so richten sie doch ihre Gedanken bis an
das hohe Dach der Palläste hinan, und die Natur lehrt sie schlechten und niedrigen Dingen ein
so fürstliches Ansehen geben, als andre durch keine Kunst ihm könnten. Dieser Polydor, *) de-

---

*) So heißt der älteste Sohn des Bellarius in dem
ältesten Abdrucke dieses Schauspiels; in den neuern Aus-
gaben ist der Name beständig Palador geschrieben.

Erbe von Cymbeline und Britannien, den der
König, sein Vater, Guiderius nannte — Himmel! Wenn ich auf meinem dreyfüßigen Stuhle
sitze, und die kriegrischen Thaten erzähle, die ich
gethan habe, dann fliegt sein ganzer Geist in
meine Erzählung herein. Sag' ich: „So fiel
mein Feind, und so setzte ich meinen Fuß auf seinen Nacken„ — dann strömt das fürstliche Blut
in seine Wange; er schwitzt, spannt seine jungen
Nerven, und setzt sich in die Stellung, die zu
meinen Worten die Gebehrde macht. Der jün-
gere Bruder Kadwal — einst Arviragus — bringt
in einer gleichen Stellung Leben in meine Rede,
und zeigt zugleich noch weit mehr seine eignen
Gesinnungen. Horch! das Wild ist aus dem Lager getrieben — O! Cymbeline! Der Himmel
und mein Gewissen weiß, du verbanntest mich
höchst ungerecht, deswegen stahl ich diese Kinder, damals drey und zwey Jahr alt, in der
Absicht, dich so von Nachfolgern zu entblößen,
wie du mich meiner Ländereyen beraubtest. Euriphile, du warst ihre Wärterinn; sie hielten
dich für ihre Mutter, und ehren das Anden-
ten deines Grabes noch täglich. Und mich Be-

larius, itzt Morgan genannt, halten sie für ihren leiblichen Vater — Die Jagd beginnt.

(Er geht ab.)

Vierter Auftritt.

Nicht weit von Milfordhafen.

Pisanio. Imogen.

Imogen. Du sagtest mir, als wir vom Pferd
abstiegen, der Ort sey gleich in der Nähe. Meine Mutter selbst verlangte nicht so sehr, mich
das erstemal zu sehen, als mich itzt verlangt.
Pisanio! Freund! Wo ist Posthumus? — Was
ist in deiner Seele, daß du so starr siehst? Warum bricht dieser Seufzer aus deinem Innern
hervor? Wenn so einer, wie du, nur gemahlt
würde, so würde man ihn schon für ein äusserst
verwirrtes Wesen ansehen, das seine eignen Worte nicht deutlicher zeigen könnten. Nimm erst
ein minder furchtsames Betragen an, ehe Unsinn
meine rühigern Sinne überwältigt. Was ist vorgefallen? Warum reichst du mir diess Papier mit
einem so trüben Blicke? Ist es eine Sommer-
neuigkeit, so lächle erst dazu; ist sie wintermäs-
sig, so darfst du nur diese Miene beybehalten —

Meines Mannes Hand! — Jenes verdammte
giftmischende Italien hat ihn gewiß überlistet,
und er ist in Lebensgefahr — Rede, Mensch;
deine Zunge kann noch das Schreckliche mildern,
das mir, wenn ich es läse, tödtlich seyn würde.

Pisanio. Sey so gütig, und lies; und du
wirst finden, daß ich unglücklicher Mann ein vom
Schicksal äusserst verworfnes Wesen bin.

Imogen. (liest: „Deine Prinzeßinn, Pi-
„sanio, hat mein Bette schändlich entehrt; die
„Zeugnisse davon liegen blutig in mir. Ich
„rede nicht aus schwachem Argwohn; sondern
„aus einer Ueberzeugung, die eben so stark ist,
„als mein Gram, und so gewiß, als ich meine
„Rache erwarte. Diese Rolle mußt du, Pisa-
„nio, für mich spielen. Ist deine Treue nicht
„durch den Bruch der ihrigen befleckt, so laß
„deine Hände ihr das Leben nehmen; ich werde
„dir zu Milfordhafen Gelegenheit dazu verschaf-
„fen. Sie hat in dieser Absicht einen Brief von
„mir. Fürchtest du dich dort, den Streich zu
„thun, und mich zu überführen, daß er gethan
„ist, so bist du der Kuppler ihrer Entehrung,
„und mir gleichfalls ungetreu.

Pisanto. Was brauch ich mein Schwert zu
ziehen? Schon dieß Papier hat sie durchbohrt.—
Nein, es ist Verläumdung, deren Schneide schär-
fer ist, als das Schwert, deren Zunge giftiger
ist, als alles Gewürm des Nils, deren Hauch
auf den schnellen Winden fährt, und alle Enden
der Welt belügt. Zu Könige, Königinnen, und
hohe Personen, Mädchen, Matronen, ja selbst
die Geheimnisse des Grabes beschleicht diese ot-
ternzüchtige Verläumdung. Wie gehts, Prinzeßinn?

Imogen. Falsch gegen sein Bette? — Was
ist denn falsch seyn? Wachend drinnen liegen,
und an ihn denken? von Einer Stunde zur andern weinen? wenn der Schlaf die Natur be-
fällt, ihn mit einem schreckenden Traum von
meinem Posthumus unterbrechen, und mich wach
schreyen? Das heißt falsch gegen sein Bette
seyn? — Das heißt es?

Pisanto. Ach! die gute Prinzeßinn!

Imogen. Ich falsch? — Dein Gewissen sey
mein Zeuge, Jachimo! — Du klagtest ihn der
Treulosigkeit an; du sahst dabey aus, wie ein
Bösewicht; itzt, dünkt mich, ist deine Miene gut

genug — Irgend eine Italiänische Metze, ein
Geschöpf ihrer Schminke, hat ihn verführt; ich
Arme bin verworfen, bin ein Kleid, das nicht
mehr Mode ist; und weil ich zu reich bin, um
an der Wand zu hängen, so muß ich aufgetrennt
werden! — In Stücke mit mir! — O! der
Männer Schwüre sind der Weiber Verräther!
Aller guter Schein muß nun, da du, Gemahl,
abtrünnig geworden bist, für eine Decke der Büberey gelten; nicht da geboren, wo er wächst,
sondern nur als eine Lockspeise für Frauen ange-
nommen.

Pisanio. Gute Prinzeßinn, höre mich — —

Imogen. Wenn zur Zeit des Aeneas redliche, ehrliche Männer redeten, so hielte man sie
gleich ihm, dem falschen Aeneas, für falsch;
und Sinon's Weinen machte manche heilige
Thräne verdächtig, entzog das Mitleid auch der
aufrichtigsten Betrübniß. So wirst auch du,
Posthumus, alle rechtschaffene Männer in Verdacht bringen; redlich und wacker wird itzt, wegen deines grossen Fehltritts, falsch und meyne-
dig heissen. Komm, Freund, sey du ehrlich;
thu, was dein Herr dir befiehlt; und wenn du

ihn siehst, so rühme ihm ein wenig meine Folgsamkeit. Sieh! Ich selbst ziehe dein Schwert;
nimm es, und stoß es auf mein Herz, diesen
schuldlosen Wohnsitz meiner Liebe. Fürchte nichts;
es ist leer von allem, ausser vom Gram. Dein
Herr ist nicht darin, der sonst freylich dessen Reichthum war — Vollzieh seinen Befehl; stoß zu.
Du kannst vielleicht in einer bessern Sache tapfer
seyn; aber itzt scheinst du eine feige Memme.

Pisanio. Hinweg, schändliches Werkzeug!
du sollst meine Hand nicht verdammen.

Imogen. Nun, ich muß doch sterben; und
sterb' ich nicht durch deine Hand, so bist du kein
Bedienter deines Herrn. Gegen den Selbst-
mord giebt es ein so göttliches Verbot, daß meine schwache Hand davor zittert. Komm, hier
ist mein Herz — Es ist etwas davor — Sachte, sachte, ich will keine Vertheidigung; gehorsam, wie die Scheide! — Was ist das? (Sie
zieht des Posthumus Briefe aus dem Busen) Die
Schriften des treuen Leonatus, itzt alle in Ke-
zerey verwandelt. *) Hinweg, hinweg, ihr Ver-

*) Im Englischen hätte der Dichter vermuthlich

füßer meiner Treue! ihr sollt nicht mehr die Decke meines Herzens seyn. So können arme Thörinnen gar leicht falschen Eingebern glauben; und wenn gleich diejenigen, die betrogen werden, den Betrug sehr schmerzhaft empfinden, so hat der Betrieger selbst doch noch grössere Schmerzen zu leiden. Und du, Posthumus, der du mich zum Ungehorsam gegen den König meinen Vater reiztest, und mich bewogst, die Bewerbungen fürstlicher Personen verächtlich wegzuwerfen, du sollst in der Folge schon finden, daß dies keine so unbedeutende, gemeine That, sondern ein sehr wichtiges Unternehmen sey; und es schmerzt mich, wenn ich mir vorstelle, wie dereinst, wenn du nun der, um die du itzt buhlst, satt bist, dein Gedächtniß durch mich wird gemattert werden — Ich bitte dich, mach geschwinde; das Lamm bittet den Schlächter. Wo ist dein Messer? Du bist zu langsam, deines Herrn Befehl auszurichten, da ich es auch dazu noch verlange.

Pisa-

---

einen Gegensatz zwischen *scriptures*, welches sonst auch die heilige Schrift bedeutet, und *heresy*, Ketzerey, im Sinne.

Pisanio. O! würdigste Prinzeßinn! seitdem ich den Befehl erhielt, diese That zu vollziehen, hab' ich kein Auge zugethan.

Imogen. So vollzieh sie; und dann zu Bette!

Pisanio. Lieber will ich meine Augen blind machen.

Imogen. Warum unternahmst du es denn? Warum hast du so viele Meilen mit leerem Vorwand getäuscht? Diesen Ort getäuscht, mein und dein eignes Unternehmen, unsrer Pferde Arbeit, die Zeit, die dich einlud, den Hof, der über meine Abwesenheit in Unruhe ist, zu dem ich nie wieder zurück zu kehren denke? Warum bist du so weit gegangen, da du nun den Bogen nicht spannst, und doch deinen Stand genommen, und das ausersehene Wild vor dir hast?

Pisanio. Bloß damit ich Zeit gewönne, eines so bösen Gewerbes los zu werden. Und während dieser Zeit bin ich auf einen Einfall gekommen — Liebe Prinzeßinn, höre mich gelassen an.

Imogen. Schwatze deine Zunge müde; sprich; ich habe gehört, ich sey eine Ehebreche-

U

rinn, und mein Ohr, durch diese falsche Beschuldigung getroffen, kann nun keine gröſſere
Wunde bekommen, noch ein Mittel, dieſe Wunde zu heilen. Aber sprich.

Piſanio. Wohl denn, Prinzeßin, ich dachte,
du würdeſt nicht wieder zurück gehen.

Imogen. Vermuthlich wohl, da du mich
hieher brachteſt, um mich zu tödten.

Piſanio. Nein, das nicht; aber wär' ich ſo
klug, als ich ehrlich bin, ſo würde mein Anſchlag
glücklich von ſtatten gehen. Ganz gewiß iſt mein
Herr hintergangen; irgend ein Böſewicht, der
einzige in ſeiner Kunſt, hat euch beyden dieß ver-
wünſchte Unrecht zugefügt.

Imogen. Irgend eine Römiſche Buhlerinn.

Piſanio. Nein, bey meinem Leben nicht!
Ich will ihm ſchreiben, du ſeyſt todt, und ihm
irgend ein blutiges Merkmal davon ſenden; denn
er hat mir befohlen, daß ich das thun ſoll. Man
wird dich bey Hofe vermiſſen; und das wird jenes noch mehr beſtätigen.

Imogen. Aber, guter Piſanio, was ſoll ich
unter der Weile machen? wo ſoll ich mich aufhalten? wie ſoll ich leben? Oder was hilft mir

noch das Leben, wenn ich für meinen Gemahl todt bin?

Pisanio. Wenn du zurück an den Hof willst — —

Jmogen. Kein Hof; kein Vater — Nichts weiter will ich mit jenem rauhen, vornehmen, einfältigen Nichts zu thun haben, jenem Kloten, dessen Bewerbung mir so schrecklich war, wie eine Belagerung.

Pisanio. Gehst du nicht an den Hof, so mußt du dich in Britanien nicht aufhalten.

Jmogen. Wo denn? Hat denn Britannien alles Licht der Sonne? Sind Tag und Nacht nirgend als nur in Britannien? Von dem grossen Buche der Welt ist unser Britannien zwar ein Theil, aber nicht der ganze Inhalt; es ist ein Schwanennest in einem grossen Teiche. O! vergiß nicht, daß auch noch auser Britannien Leute leben.

Pisanio. Es freut mich sehr, daß du auf einen andern Ort denkst. Der Römische Abge=, sandte, Lucius, kömmt morgen nach Milford=hafen. Wenn du nun deine Gesinnung eben so verdunkeln könntest, wie dein Glück verdunkelt:

ift, wenn du nur deinen Rang verbergen könn-
teft, der, um sich hernach zu offenbaren, itzt ohne deine größte Gefahr nicht sichtbar seyn darf;
so kannst du dich dahin begeben, wo du alles mit
eignen Augen sehen wirst, vermuthlich ganz nahe bey dem Aufenthalt des Posthumus; so nahe
wenigstens, daß, wenn auch seine Handlungen
nicht sichtbar sind, das Gerücht sie doch dir stündlich so wahr, wie er sie verrichtet, zu Ohren
bringen wird.

Imogen. Wenn ich das doch könnte! Alles
möcht' ich dafür wagen, wär's auch für meine
Sittsamkeit gefährlich, nur nicht tödlich.

Pisanio. Nun gut; alles kömmt darauf an;
du must vergessen, daß du ein Frauenzimmer bist;
Befehl in Gehorsam verwandeln; Furcht und
Bedenklichkeit, die Gefährtinnen aller Weiber,
oder vielmehr der Weiber artiges Selbst, in
dreisten Muth; mußt fertig in Schimpfworten,
schnell im Antworten, leichtsinnig und so zänkisch
seyn, wie ein Wiesel; du mußt sogar jenes selt-
ne Kleinod deiner Wange vergessen, und sie —
ach! der hartherzige Mann! aber es ist kein an-
der Mittel! — sie der lüsternen Berührung des

Jedermann küssenden Titans Preis geben, und deinen mühsamen und zierlichen Anputz vergessen, durch den du selbst die grosse Juno eifersüchtig machtest.

Imogen. O! sey nur kurz. Ich sehe deine Absichten gar wohl; und bin fast schon ein Mann.

Pisanio. Erst mache nur, daß du einem ähnlich siehst. Ich habe schon im Voraus darauf gedacht, und in meinem Mantelsack, Wams, Hut, Hosen, alles mitgenommen, was dazu gehört. Wenn du dich ihrer bedienst, und, so viel du nur kannst, dir das Ansehen eines jungen Menschen von deinen Jahren giebst, dich dem edeln Lucius darstellst, ihn um seine Dienste bittest, ihm sagst, worin deine Geschicklichkeit besteht — die er, wenn er irgend Gehör für die Musik hat, bald wird kennen lernen — so wird er ohne Zweifel dich willig aufnehmen; denn er ist ein ehrenvoller Mann, und noch zweymal so viel, unsträflich und tugendhaft. Was deine äussern Bedürfnisse betrift, so hast du mich, und bist reich genug; ich werde schon immer für Rath und Unterstützung sorgen.

Imogen. Du bist aller Trost, den mir die Götter noch gewähren. Ich bitte dich, laß uns gehn. Wir haben noch mancherley zu überlegen; aber wir wollen uns aller Gelegenheit bedienen, die sich uns darbieten wird. Ich mache mich nun einmal zu dieser Unternehmung anheischig, und will sie mit fürstlichem Muth ins Werk richten. Komm mit, ich bitte dich.

Pisanio. Itzt, meine Prinzeßinn, müssen wir auf kurze Zeit von einander Abschied nehmen, damit man mich nicht vermisse, und auf den Verdacht gerathe, ich habe dich vom Hofe weggebracht. Meine edle Gebieterinn, hier ist eine Schachtel; ich bekam sie von der Königinn; was drinnen ist, ist sehr kostbar; wenn du auf der See krank wirst, oder zu Lande Uebelkeiten hast, so wird eine Drachme hievon alle Unpäßlichkeit vertreiben — Geh irgendwo hin in Schatten, und verkleide dich als Mannsperson — Die Götter leiten dich zum Besten!

Imogen. Das wollen sie thun! — Ich danke dir.

(Sie gehn an verschiednen Seiten ab.)

Fünfter Auftritt.

Cymbeline's Pallaſt.

Cymbeline, die Königinn, Kloten, Lucius,
und Lords.

Cymbeline. So weit; und nun lebe wohl.

Lucius. Ich danke dir, o König. Mein
Kaiſer hat geſchrieben; ich muß von hier weg;
und es geht mir herzlich nahe, daß ich dich als
meines Herrn Feind melden muß.

Cymbeline. Unſre Unterthanen, Freund, wollen ſein Joch nicht länger dulden; und mir ſelbſt
muß es nothwendig unköniglich dünken, weniger
unbeſchränkte Gewalt zu wünſchen, als ſie.

Lucius. Nun wohl, mein König; ich bitte
dich nur um ein Geleite zu Lande nach Milfordhafen — Meine Königinn, alle Freude werde
dir zu Theil! und dir —

Cymbeline. Mylords, ihr ſeyd zu dieſem
Geleite beſtimmt; verſäumt in keinem Stücke die
gehörigen Ehrenbezeugungen — Und hiemit lebe
wohl, edler Lucius.

Lucius. (zu Kloten) Deine Hand, mein Prinz

Kloten. Nimm sie freundschaftlich hin. Aber von nun an brauch' ich sie als dein Feind.

Lucius. Der Ausgang muß noch erst entscheiden, wer Sieger ist. Lebe wohl.

Cymbeline. Verlaßt den würdigen Lucius nicht eher, meine lieben Lords, bis er über den Severn gesetzt ist — Glück sey mit dir!

(Lucius und die Lords gehn ab.)

Königinn. Er geht zürnend hinweg; aber es macht uns Ehre, daß wir ihm Ursache dazu gegeben haben.

Kloten. Das ist immer desto besser; eure tapfern Britten haben nun, was sie wünschen.

Cymbeline. Lucius hat schon an den Kaiser geschrieben, wie es hier geht. Wir müssen also, mit gehöriger Klugheit, unsre Wagen und Reuter sich fertig machen lassen. Die Völker, die er schon in Gallien hat, lassen sich bald in ein Heer zusammenziehen, und von dort aus wird er auf Britannien kriegrisch losgehen.

Königinn. Es ist keine schläfrige Sache, die wir vorhaben; sie muß mit aller Geschwindigkeit und mit Ernst angegriffen werden.

Cymbeline. Wir vermutheten, es werde so

gehen, und machten daher schon Vorkehrungen.
Aber, meine theure Königinn, wo ist unsre Tochter? Sie hat sich vor dem Römer nicht sehen
lassen, und hat auch mir keinen guten Morgen
gewünscht. Sie sieht mehr, wie ein bösartiges,
als folgsames Geschöpf aus. Ich hab' es lange
gemerkt — Rufe sie vor uns; denn bisher bin
ich zu nachsichtig gewesen, das alles zu dulden.
(Ein Bedienter geht ab.)

Königinn. Mein König, seit der Verbannung des Posthumus hat sie äusserst einsam gelebt; bloß die Zeit, mein Gemahl, muß sie wieder zurechte bringen. Ich bitte dich, verschone
sie mit harten Reden. Sie ist gegen Verweise so
empfindlich, daß Worte für sie Schläge, und
Schläge für sie Tod sind.
(Der Bediente kömmt zurück.)

Cymbeline. Wo ist sie? — Wie kann sie
ihre Verachtung entschuldigen?

Bedienter. Mein König, ihre Zimmer sind
alle verschlossen, und Niemand antwortet auf
das laute Getöse, das wir gemacht haben.

Königinn. Als ich sie zuletzt besuchte, mein
Gemahl, bat sie mich, ihre Eingezogenheit zu

entſchuldigen, wozu ſie durch ihre Unpäßlichkeit
gezwungen wäre. Sie würde die Pflicht nicht
beobachten können, die täglich ihre Ergebenheit zu
bezeugen; dieß, wünſchte ſie, möcht' ich dir ſagen; aber das Geräuſch unſers Hofes brachte
mirs ganz aus dem Gedächtniß.

Cymbeline. Ihre Thür iſt verſchloſſen? Man
hat ſie kürzlich nicht geſehen? — O! Himmel!
daß es doch nicht wahr ſeyn möge, was ich
fürchte!   (Geht ab.)

Königinn. Sohn, folge doch dem Könige.

Kloten. Ihren Aufwärter, Piſanio, ihren
alten Bedienten, hab' ich ſeit zwey Tagen nicht
geſehen.   (Er geht ab.)

Königin. Geh, laß den Piſanio aufſuchen,
der ſo ſehr auf des Poſthumus Seite iſt. — Er
hat einen Trank von mir; ich wünſche, ſeine
Abweſenheit komme daher, weil er ihn getrunken hat; denn er glaubt, es ſey eine ſehr koſt-
bare Arzney. Aber ſie — wohin iſt ſie gegangen? — Vermuthlich hat Verzweiflung ſie ergrif-
fen; oder, beſchwingt mit der Inbrunſt ihrer Liebe, iſt ſie zu ihrem geliebten Poſthumus geflohen.
Gegangen iſt ſie, entweder zum Tode, oder zu-

Unehre; und beydes kann meinen Absichten beförderlich seyn. Wenn sie nicht mehr ist, so habe ich die Brittische Krone zu vergeben — (Kloten kömmt zurück.) Nun, Sohn?

Kloten. Es ist ausgemacht, daß sie entflohen ist. Geh hinein, und sprich dem Könige zu; er tobt und wütet; kein Mensch wagt sich ihm zu nahen.

Königinn. Desto besser — Möchte ihn diese Nacht um den morgenden Tag bringen!

(Sie geht ab.)

Kloten. Ich liebe und hasse sie — denn sie ist schön, und von königlichem Blut; sie hat alle Reize und Vollkommenheiten, mehr, als irgend eine Dame — als alle Damen — als das ganze weibliche Geschlecht. Von einer jeden hat sie die beste Eigenschaft; und sie, aus allen Vorzügen zusammengesetzt, übertrift sie alle; ich liebe sie deswegen — Aber daß sie mich verachtet, und ihre Gunst an den niedrigen Posthumus wegwirft, das entehrt ihren Verstand so sehr, daß dadurch alle ihre übrigen Vollkommenheiten verdunkelt werden. Und aus dieser Ursache will ich mich entschliessen, sie zu hassen, ja, mich wirklich

an ihr zu rächen. Denn wenn Thörinnen — —
(Pisanio) Wer ist da? — Was? — willst du
dich davon machen, Freund? Komm hieher. —
Ha! du herrlicher Kuppler! Schurke, wo ist
deine Herrschaft? — Kurz und gut; oder du
sollst stracks in der Hölle seyn. (Er zieht seinen
Degen.)

Pisanio. O! mein theurer Prinz!

Kloten. Wo ist deine Herrschaft? Oder,
beym Jupiter, ich frage nicht zum zweytenmale.
Verschwiegner Bösewicht, ich will dieß Geheimniß aus deinem Herzen heraus haben, oder dein
Herz herausreissen, um es zu finden. Ist sie
beym Posthumus? aus dessen so schweren Gewicht von Niederträchtigkeit kein Quentchen Edel-
muth herauszuziehen ist?

Pisanio. Ach! mein Prinz! wie kann sie
beym Posthumus seyn? Wenn hat man sie ver-
mißt? Er ist in Rom.

Kloten. Wo ist sie, Freund? — Komm näher her; nicht weiter so gestockt! Sage mir rund
heraus, was ist aus ihr geworden? —

Pisanio. O! mein höchstwürdigster Prinz —

Kloten. Höchstwürdigster Bösewicht! entdecke

mir, wo deine Prinzeßinn iſt — auf Einmal —
gleich mit dem erſten Worte — Nichts mehr vom
würdigſten Prinzen — Sprich; oder dein Schwei-
gen iſt dieſen Augenblick deine Verdammung und
dein Tod.

Piſanio. Nun, mein Prinz, dies Papier iſt die
Geſchichte deſſen, was ich von ihrer Flucht weiß.

Kloten. Laß ſehen — Ich will ſie ſelbſt bis
zum Thron des Auguſtus verfolgen.

Piſanio. (für ſich) Und wenn das nicht geht,
umkommen! Sie iſt weit genug; und was er
aus dieſem Papiere ſieht, wird ihm eine Reiſe,
aber ihr keine Gefahr veranlaſſen.

Kloten. Hum!

Piſanio. (für ſich) Ich will meinem Herrn
ſchreiben, ſie ſey todt. O! Imogen! ſicher müſ-
ſeſt du hinziehen! ſicher wieder zurückkehren!

Kloten. Höre, Freund, iſt dieſer Brief ächt?

Piſanio. Wie ich nicht anders glaube.

Kloten. Es iſt des Poſthumus Hand; ich
kenne ſie. Höre, Freund, wenn du kein Schurke
ſeyn, ſondern mir ehrlich dienen, und Dinge
übernehmen wollteſt, worin ich dich und deine
ernſtlichſte Thätigkeit gerne brauchen möchte,

das heißt, wenn du alle möglichen Büberenen, die ich dir angeben würde, gerade zu und redlich ausführen wolltest, so würd' ich dich für einen ehrlichen Kerl halten, und es sollte dir nie an meiner Unterstützung zu deinem Auskommen, noch an meiner Stimme zu deiner Beförderung fehlen.

Pisanio. Sehr wohl, mein werther Prinz.

Kloten. Willst du mir dienen? Denn da du so geduldig und standhaft dem kahlen Glücke des Bettlers Posthumus angeklebt hast, so must du nothwendig aus Dankbarkeit ein treuer Anhänger von mir werden. Willst du mir dienen?

Pisanio. Ja, mein Prinz, das will ich.

Kloten. Gieb mir deine Hand; hier ist meine Börse. Hast du nicht eins von den Kleidern deines Herrn in Händen?

Pisanio. Ja, Prinz, ich hab' eins in meiner Wohnung; gerade das Kleid, das er anhatte, als er von meiner Prinzeßinn Abschied nahm.

Kloten. Der erste Dienst, den du mir thun sollst, ist der, daß du dieß Kleid herhohlest. Laß das deinen ersten Dienst seyn — Geh.

Pisanio. Sehr wohl, mein Prinz.

(Geht ab.)

Kloten. Dich zu Milfordhafen treffen? — Eins vergaß ich ihn zu fragen; ich will gleich itzt dran denken — Eben da, du Bube Poſthumus, will ich dich tödten. Ich wollte die Kleider wären erſt da. Sie ſagte einmal — noch immer ſtößt die Bitterkeit dieſer Rede meinem Herzen auf — ſie ſchätzte ſogar das Kleid des Poſthumus höher, als meine wahre und vornehme Perſon, mit allem Schmuck meiner Verdienſte. Mit dieſem Kleide auf dem Leibe will ich ſie entführen; erſt ihn tödten, und das vor ihren Augen. Dort ſoll ſie meine Tapferkeit ſehen, die dann eine Strafe ihrer Verachtung ſeyn ſoll. Liegt er zu Boden, hab' ich meine ſpottende Leichenrede über ſeinen todten Körper gehalten, meine Luſt gebüßt — und das ſoll, wie geſagt, in eben den Kleidern geſchehen, die ſie ſo ſehr erhob — dann will ich ſie nach Hofe zurück treiben, ſie mit den Füſſen wieder in ihre Heimath ſtoſſen. Sie hat mich ganz luſtig verachtet, und nun will ich mich dafür mit meiner Rache luſtig machen. (Piſanio kömmt mit einem Anzug Kleider.) Sind das die Kleider?

Piſanio. Ja mein edler Prinz.

Kloten. Seit wie lange ist sie schon zu Milfordhafen?

Pisanio. Sie kann kaum schon dort seyn.

Kloten. Bringe diesen Anzug in mein Zimmer; das ist das Zweyte, was ich dir befohlen habe. Das Dritte ist, daß du von meiner Absicht stumm und verschwiegen seyn mußt. Thu nur deine Pflicht, so sollst du schon auf die gehörige Art befördert werden. Meine Rache ist itzt zu Milford; hätt' ich doch Flügel, sie aufzusuchen! Komm, und sey mir treu.

(Geht ab.)

Pisanio. Du befiehlst es mir zu meinem Verderben; denn dir treu seyn, hieße untreu werden; und das will ich nimmermehr gegen den seyn, der selbst so treu und redlich ist. Geh hin nach Milford, und finde die nicht, die du verfolgst. Fließt, fließt auf sie herab, Segnungen des Himmels! Dieses Thoren Behendigkeit werde durch Langsamkeit gestört! — Mühe sey sein Lohn!

(Geht ab.)

Sechs=

Sechster Auftritt.

Der Wald, und die Höhle.

Imogen, in Mannskleidern.

Imogen. Ich sehe doch, das Leben einer
Mannsperson ist sehr verdrießlich; ich habe mich
ganz abgemattet, und zwey Nächte nach einander den Boden zu meinem Bette gemacht. Ich
würde krank seyn, wenn mir meine Entschlossen-
heit nicht aufhülfe. Milford! als Pisanio dich
mir von dem Gipfel des Berges zeigte, warst
du mir vor den Augen. O! Jupiter! ich glaube, die Wohnungen fliehen die Unglücklichen;
solche nämlich, wo sie ihre Hülfe zu finden hoffen. Zwey Bettler sagten mir, ich könnte des
Weges nicht verfehlen. Sollten arme Leute lügen, die mit Trübsalen beladen sind, und wissen,
daß sie damit gestraft oder geprüft werden? O!
ja! und es ist kein Wunder, da reiche Leute selten die Wahrheit sagen. Bey vollem Reichthum
einen Fehltritt begehen ist strafbarer, als aus
Noth lügen; und Falschheit ist bey Königen ärger als bey Bettlern — Mein theurer Gemahl!
Du bist einer von den Falschen; nun ich an dich

X

denke, ist mein Hunger vorbey; nur noch eben
war ich im Begriff, vor Mangel an Nahrung
danieder zu sinken. (Sie sieht die Höhle) Aber
was ist das? — Hier ist ein Fußsteig dahin —
es ist irgend ein wilder Aufenthalt — Am besten
wär' es, nicht zu rufen — Ich wag' es nicht,
zu rufen; und doch macht der Hunger die Na=
tur muthig, eh er sie ganz und gar überwältigt.
Ueberfluß und Ruhe macht feigherzige Leute;
Härte des Schicksals ist allemal die Mutter ent-
schloßner Kühnheit *) — Halt! Wer ist da?
Bist du ein gesittetes Geschöpf; so sprich: bist
du ein wildes, so nimm, oder gieb her — Holla? — Keine Antwort? So will ich hinein gehn.
Am besten ists, ich ziehe meinen Degen; und
wenn mein Feind sich so sehr vor dem Degen
fürchtet, als ich, so wird er kaum sich getrauen,
ihn anzusehen.   Solch einen Feind hätt ich gern,
gütiger Himmel!
                                    (Sie geht in die Höhle.)

Belarius, Guiderius, und Arviragus.

Belarius.   Du, Polydor, hast dich als den

---

*) Im Original ein Spiel mit den Wörtern *hardneſs*
und *hardineſs*.

beſten Weidmann bewieſen, und biſt Herr des
Gaſtmahls. Kadwal und ich wollen den Koch
und den Bedienten machen; das iſt unſer Theil.
Der Schweiß der Arbeitſamkeit würde vertrock-
nen und ſterben, wenn er nicht einen beſtimmten
Zweck hätte, wofür er arbeitete. Komm; unſre
Eßluſt wird das, was ſchlechte Koſt iſt, ſchmack-
haft machen; Müdigkeit kann auf Kieſelſteinen
ſchnarchen, wenn ruhige Läßigkeit den Pflaum-
polſter hart findet. Friede ſey mit dir, armes
Haus, das ſich ſelbſt hütet!

Guiderius. Ich bin durch und durch müde.

Arviragus. Ich bin ſchwach von Arbeit, aber
ſtark im Hunger.

Guiderius. Es iſt noch kaltes Eſſen in der
Höhle; wir wollen indeß daran nagen, bis das,
was wir erlegt haben, gekocht iſt.

Belarius. (indem er in die Höhle ſieht) Halt!
geh nicht hinein! — Ich würde glauben, hier
wäre ein Kobold, wenn es nicht unſer Eſſen ver-
zehrte.

Guiderius. Was giebts denn?

Belarius. Beym Jupiter, ein Engel! oder

X 2

wenn das nicht ist, ein irdisches Wunder! Seht
da die Gottheit, nicht älter, als ein Knabe!

(Imogen kömmt.)

Imogen. Ihr lieben Leute, thut mir kein
Leibes; eh ich in die Höhle gieng, hab' ich geru-
fen; und so glaubt' ich, das erbeten oder erkauft
zu haben, was ich nahm. Auf Treue und Glauben, ich habe nichts gestohlen; ich hätt' es nicht
gethan, wenn ich auch Gold auf dem Boden umher gestreut gefunden hätte. Da habt ihr Geld
für mein Essen; ich hätte es ohnedem auf dem
Tisch liegen lassen, so bald ich meine Mahlzeit
verrichtet hätte; und wäre dann mit frommen
Wünschen für meinen Ernährer davon gegangen.

Guiderius. Geld, junger Mensch?

Arviragus. Eher werde alles Gold und Silber zu Koth! — Für was bessers hält es auch
sonst keiner, als die, die kothigen Götzen dienen.

Imogen. Ich sehe, ihr werdet böse. Wißt,
wenn ihr mich für mein Vergehen tödtet, ich
wäre gestorben, wenn ich es nicht begangen hätte.

Belarius. Wo denkst du hin?

Imogen: Nach Milfordhafen.

Belarius. Wie heissest du?

Imogen. Fidele, Herr. Ich habe einen Vetter, der nach Italien reißt; er wollte zu Milford zu Schiffe gehen. Zu dem dachte ich hin; und auf dem Wege vom Hunger fast verzehrt, bin ich in dieß Verbrechen gefallen.

Belarius. Ich bitte dich, schöner Jüngling, halt uns für keine Unmenschen, und miß unsre guten Gesinnungen nicht nach diesem rauhen Aufenthalt, den wir bewohnen. Sey uns willkommen! — Es ist schon bald Nacht; du sollst noch erst besser bewirthet werden, ehe du weiter gehst; und wir werden dirs Dank wissen, wenn du da bleibest, und mit uns issest. — Kinder, heißt ihn willkommen.

Guiderius. Wärst du ein Frauenzimmer, Jüngling, so würd' ich mich stark um dich bewerben; aber in allen Ehren dein Knecht seyn. Ich würd' auf dich bieten, als ob ich dich kaufen wollte.

Arviragus. Ich will mich darüber freuen, daß er eine Mannsperson ist. Ich will ihn als meinen Bruder lieben; und solch eine Bewillkommung, als ich ihm nach einer langen Abwesenheit geben würde, geb' ich dir. — Sey

X 5

sehr willkommen! — Sey gutes Muths; denn
du fällst Freunden in die Hände.

Imogen. Freunden! — (für sich) Wenn sie
Brüder sind, so wünscht' ich, es wären meines
Vaters Söhne gewesen! Denn hätte ich geringern Werth gehabt, der dir, Posthumus, weniger Beschwerde gemacht hätte.

Belarius. Ihn drückt irgend ein Unfall.

Guiderius. Könnt' ich ihn doch davon be-
freyen!

Arviragus. Oder könnt' ichs, es möcht' auch
seyn, was es wollte, es möchte noch so viel Mühe
und Gefahr kosten! — Ihr Götter!

Belarius. Hört, Söhne. (Er flüstert ihnen
ins Ohr.)

Imogen. Vornehme Leute, die einen Hof
hätten, der nicht grösser wäre, als diese Höhle,
die sich selbst aufwarteten, und die Tugend hätten, von der ihnen ihr eignes Gewissen Zeugniß
gäbe, ohne daß sie den nichtswürdigen Beyfall
der zahlreichen Menge verlangten, könnten nicht
einnehmender seyn, als diese Zwey. Vergebt
mir, ihr Götter! ich möchte! mein Geschlecht

vertauschen, um ihr Gesellschafter zu seyn, da
der falsche Leonatus — —

Belarius. So soll es seyn. Kommt, Kinder, wir wollen unser Wild zurechte machen.
Schöner Jüngling, komm herein ; das Reden
wird schwer, wenn man hungrig ist; nach dem
Essen wollen wir dich höflich um deine Geschichte
bitten, so weit du sie erzählen willst.

Guiderius. Komm, tritt näher.

Arviragus. Die Nacht ist der Eule, und
der Morgen der Lerche nicht so willkommen.

Imogen. Ich danke dir.

Arviragus. Komm, tritt näher.

(Sie gehen ab.)

Siebenter Auftritt.
Rom.

Zwey Römische Rathsherren und Tribunen.

1. Rathsherr. Dies ist der Inhalt von der
Schrift des Kaisers: Weil der gemeine Mann
itzt gegen die Pannonier und Dalmatier zu Felde
liegt, und die Legionen in Gallien gar zu schwach
syd, unsern Krieg gegen die abgefallnen Britten
zu übernehmen, so sollen wir den Adel zu diesem

Feldzuge auffodern. Er ernennt den Lucius zum Proconsul; und befiehlt, daß ihr, ihr Tribunen, zu dieser schleunigen Werbung seine unbeschränkte Vollmacht haben sollt. Lange lebe Cäsar!

Tribun. Ist Lucius Feldherr der Armee?

2. Rathsherr. Ja.

Tribun. Und bleibt itzt in Gallien?

1. Rathsherr. Mit denen Legionen, wovon ich gesagt habe, und die ihr durch eure Werbung vollzählig machen sollt. In eurer Vollmacht werdet ihr ihre Anzahl, und die Zeit ihres Abzuges benannt finden.

Tribun. Wir werden unsre Pflicht thun.

(Sie gehn ab.)

Vierter Aufzug.

Erster Auftritt.

Der Wald, neben der Höhle.

Kloten allein.

Kloten. Ich bin hier nahe bey dem Orte, wo sie einander treffen wollten, wenn es mit Pi-

fanio's Landkarte feine Richtigkeit hat. Wie gut
feine Kleider mir paffen! Warum follte feine
Frau, die eben der gemacht hat, der den Schneider machte, nicht auch für mich paffen? Um de-
fto mehr, weil das bey Weibern alles nur auf
ihre Grillen ankömmt. *) Dies muß ich zu
Stande zu bringen fuchen. Ich wage es mir
felbft zu fagen — Denn es ift keine Eigenliebe
und Prahlerey, wenn man einmal mit feinem
Spiegel zu Rathe geht; in feinem Zimmer meyn'
ich — die Züge meines Cörpers find eben fo gut
gezeichnet, wie die feinigen; ich bin eben fo jung,
wie er, noch ftärker, an Vermögen nicht unter
ihm, an glücklicher Lage weit über ihn hinaus,
über ihn weg an Geburt, eben fo geübt in all-
gemeinen Dienften, und noch preiswürdiger im
einzelnen Gefechte. Und doch liebt ihn dieß bösartig hartnäckige Geschöpf, mir zum Trotz —
Was wir Sterbliche doch find! — Pofthumus,
dein Kopf, welcher itzt auf deinen Schultern
wächst, wird in einer Stunde abgeschlagen; deine Frau geschändet, deine Kleider vor ihren Au-

---

*) Ein Spiel mit den Wörtern *fitnefs* und *fits*.

gen in Stücke zerrissen, und sie hernach, wenn
dies alles vorbey ist, nach Hause, zu ihrem Vater gejagt werden; der vermuthlich ein wenig böse über meine so harte Begegnung seyn wird;
aber meine Mutter, die seine närrischen Grillen
in ihrer Gewalt hat, wird alles in Lobsprüche
für mich verwandeln. Mein Pferd ist sicher ange-
bunden. Heraus, Schwert, und das zu einer
schrecklichen Absicht! Gieb sie, o Schicksal, in
meine Hände! Dies ist gerade aller Beschreibung
nach, der Ort ihrer Zusammenkunft. Pisanio
hat gewiß nicht das Herz mich zu betriegen.

(Er geht ab.)

Zweyter Auftritt.

Die Höhle.

Belarius, Guiderius, Arviragus, Imogen.

Belarius. (Zu Imogen.) Dir ist nicht wohl;
bleib hier in der Höhle; wir wollen nach der
Jagd wieder zu dir kommen.

Arviragus. Bleib hier, Bruder — Sind
wir nicht Brüder?

Imogen. So sollten alle Männer gegen
einander seyn. Aber ein Erdkloß hat nicht so

viel Würde, als der andre, wenn sie gleich aus
einerley Staube gemacht sind. Ich bin sehr
krank.

Guiderius. Geht ihr auf die Jagd; ich will
bey ihm zurück bleiben.

Imogen. So krank bin ich nicht; aber mir
ist doch nicht wohl. Indeß bin ich doch kein
solcher weichlicher Städter, daß ich eher glauben sollte zu sterben, eh ich krank bin. Seyd
also so gut, und verlaßt mich, geht an eure täg-
liche Arbeit; stört man die Gewohnheit, so stört
man alles. Mir ist schlimm; aber daß ihr bey
mir seyd, kann mich nicht besser machen. Gesellschaft ist kein Trost für einen, der nicht gesel-
lig ist. Ich bin nicht sehr krank, weil ich noch
darüber sprechen kann. Ich bitt' euch, laßt mich
sicher allein; ich will Niemand berauben, als
mich selbst; und laßt mich sterben, indem ich einen so armseligen Diebstahl begehe!

Guiderius. Ich liebe dich; ich habe dirs
schon gesagt; liebe dich so sehr, so stark, als ich
meinen Vater liebe.

Belarius. Was? — Wie? wie?

Urviragus. Wenn es Sünde ist, so zu sprechen, mein Vater, so hab ich halben Antheil an dem Vergehen meines guten Bruders — Ich weiß nicht, warum ich diesen jungen Menschen so lieb habe; und ich habe dich sagen hören, der Grund der Liebe ist ohne Grund. Stünde die Leichenbaare vor der Thür, und es wäre die Frage, wer sterben sollte, so würd' ich sagen: Mein Vater; nicht dieser Jüngling.

Belarius. O! des edeln Triebes! Lauter Adel der Natur, Früchte hoher Geburt! Feigherzige Väter haben feigherzige Kinder; und niedrige Geschöpfe zeugen niedrige Geschöpfe! die Natur hat Mehl und Kleye, Verachtung und Liebenswürdigkeit. Ich bin nicht ihr Vater; aber wer dieß seyn mag, den sie mehr als ich lieben, ist mir doch ein Wunder! — Es ist schon die neunte Stunde des Morgens.

Arviragus. Bruder, lebe wohl.

Imogen. Ich wünsch euch gute Jagd.

Arviragus. Und dir Gesundheit — Komm also, mein Vater.

Imogen. (für sich) Das sind liebreiche Geschöpfe! — Ihr Götter! was hab' ich für Lügen gehört! Unsre Hofleute sagen, alles sey wild;

was nicht am Hofe lebt; Erfahrung, o! du
widerlegeſt dieſe Sage. Die gewaltigen Meere
bringen Ungeheuer hervor; und arme, kleine
Bäche zollen ſüſſe Fiſche. Ich bin noch immer
krank; herzlich krank — Piſanio, ich will itzt
von deinem Trank nehmen. (Sie trinkt aus der
Flaſche.)

Guiderius. Ich konnte nichts aus ihm heraus bringen. Er ſagte, er ſey von edler Geburt, aber unglücklich; auf eine unredliche Art
gekränkt, aber ſelbſt, redlich.

Arviragus. Das antwortete er mir auch,
und ſagte, ich würde in der Folge vielleicht mehr
erfahren.

Belarius. Aufs Feld! aufs Feld! — Wir
wollen dich für diesmal verlaſſen; geh hinein,
und ruh aus.

Arviragus. Wir werden nicht lange aus-
bleiben.

Belarius. O! werde nicht krank; denn du
muſt unſre Hausfrau ſeyn.

Imogen. Gut oder ſchlimm; ich bin euch
allemal vielen Dank ſchuldig.

(Sie geht in die Höhle.)

Belarius. Dazu werden wir dir immer mehr Anlaß geben — So elend dieser junge Mensch auch ist, so scheint er doch von gutem Hause zu seyn.

Arviragus. Wie englisch er singt!

Guiderius. Und wie sauber er zu kochen weiß!

Arviragus. Er schnitt Figuren aus unsern Wurzeln, und würzte unsre Brühe, als ob Juno krank wäre, und er für sie zukochte. Sehr schön weiß er ein Lächeln mit einem Seufzer zu paaren, als ob der Seufzer darüber seufzte, daß er nicht solch ein Lächeln war. Das Lächeln spottete des Seufzers, daß er von einem so göttlichen Tempel wegflog, um sich unter Winde zu mischen, worauf die Seeleute fluchen.

Guiderus. Ich bemerkte, daß Gram und Geduld, beyde tief in ihm eingewurzelt, ihren Wuchs mit einander vereinigen.

Arviragus. Wachse Geduld! und laß den übel riechenden Holunder, Gram, seine verderbende Wurzel mit dem wachsenden Wein der Geduld verschränken! *)

_____

*) Shakespeare hatte, wie Dr. Johnson bemerkt

Belarius. Es ist schon hoher Morgen.
Kommt, laßt uns gehn — Wer ist da?

(Kloten kömmt.)

Kloten. Ich kann das verlaufne Volk nicht
finden; der Bösewicht hat mich zum Besten gehabt — Ich bin ganz matt.

Belarius. Das verlaufne Volk! — Meynt
er nicht uns? — Halb und halb kenn ich ihn;
es ist Kloten, der Sohn der Königinn. Ich
fürchte irgend eine Nachstellung. In vielen Jahren hab' ich ihn nicht gesehen, und doch weiß
ich, daß er es ist — Man hält uns für Straſſen-
räuber. — Hinweg!

Guiderius. Er ist nur Einer; spüre du und
mein Bruder aus, ob mehrere in der Nähe sind.
Ich bitt euch, geht; laßt mich mit ihm allein.

(Belarius und Arviragus gehn ab.)

Kloten. Sachte! wer seyd ihr, die ihr so
vor mir flieht? Irgend bübische Bergbewohner?

---

nur Englische Weinstöcke gesehn, die gegen die Mau-
ern wachsen, und daher zuweilen sich mit dem Holunder verschlingen können — Für untwine im Original
liest Hawkins entwine

Ich habe von dergleichen gehört. Was für ein Sklave bist du?

Guiderius. Was sklavisches that ich nie, als einen Sklaven ohne einen Schlag beantworten.

Kloten. Du bist ein Räuber, ein Missethäter, ein Bösewicht. Ergieb dich, Dieb!

Guiderius. Wem? — Dir? Wer bist du? Hab' ich nicht einen eben so derben Arm, als der Deinige ist? ein eben so derbes Herz? Deine Worte sind freylich wohl derber; denn ich trage meinen Dolch nicht im Munde. Sage, wer du bist; warum ich mich dir ergeben sollte?

Kloten. Du niederträchtiger Bube, kennst du mich nicht bey meinen Kleidern?

Guiderius. Nein, auch deinen Schneider nicht, Schlingel, der dein Großvater ist. Er machte diese Kleider, die, wie es scheint, dich machen.

Kloten. Du ausgemachter Schurke, mein Schneider machte sie nicht.

Guiderius. So packe dich, und danke dem, der sie dir geschenkt hat. Du bist ein Narr; mir eckelt, dich zu schlagen.

Kloten.

Kloten. Du schmähsüchtiger Dieb, vernimm nur meinen Namen, und zittre.

Guiderius. Wie ist denn dein Name?

Kloten. Kloten, du Bösewicht.

Guiderius. Kloten, du zwiefacher Bösewicht, mag immerhin dein Name seyn; ich kann nicht davor zittern. Hieſſeſt du Kröte, Otter, Spinne, da würd' ich eher bewegt werden.

Kloten. Um dir noch mehr Furcht einzujagen, ja, um dich völlig zu beschämen, sollſt du wiſſen, daß ich ein Sohn der Königinn bin.

Guiderius. Das thut mir leid; denn du scheinſt nicht so edel zu seyn, wie deine Geburt.

Kloten. Fürchteſt du dich nicht?

Guiderius. Vor denen, die ich verehre, vor klugen Leuten fürcht' ich mich; über Narren lach' ich, und fürchte sie nicht.

Kloten. Stirb des Todes! — Wenn ich dich mit meiner eignen Hand erlegt habe, will ich denen nachsetzen, die eben itzt von hier wegliefen, und will eure Köpfe über das Thor von Luds Stadt stecken. Ergieb dich, du grober Bergbewohner!

(Sie fechten, und gehn ab.)

Y

Belarius und Arviragus.

Belarius. Es sind weiter keine da.

Arviragus. Keine Seele; du hast ihn ganz gewiß für den unrechten angesehn.

Belarius. Es kann seyn; sehr lange ist es schon, seit ich ihn gesehen habe; allein die Zeit hat seine damaligen Gesichtszüge im geringsten nicht entstellt; seine keifende und abgebrochne Stimme war die nämliche. Ich bin ganz gewiß, es war kein andrer, als Kloten.

Arviragus. Hier liessen wir ihn zurück. Ich wünsche, daß mein Bruder gut mit ihm fertig werde; du sagst, er ist so boshaft.

Belarius. Als er kaum herangewachsen, kaum ein Mann war, hatte er nicht die geringste Furcht vor den greulichsten Schrecknissen; denn die Wirkung der Ueberlegung ist oft die Ursache der Furcht. Aber sieh da, dein Bruder.

Guiderius mit Kloten's Kopf.

Guiderius. Der Kloten war ein rechter Narr, ein leerer Beutel ohne Geld. Herkules selbst hätte ihm das Hirn nicht ausschlagen können; denn er hatte keines. Hätt' ich indeß dieß

nicht gethan, so hätte der Narr meinen Kopf
so getragen, wie ich den seinigen trage.

Belarius. Was hast du gemacht?

Guiderius. Ich weiß recht gut, was. Eines Kloten's Kopf hab ich abgehauen, der, seiner Aussage nach, ein Sohn der Königin war;
der mich einen Verräther, einen bübischen Bergbewohner nannte, und einen Schwur that, uns
ganz allein einzuziehen, unsre Köpfe von dem
Rumpfe, worauf sie Gottlob noch stehen, weg-
nehmen, und sie übers Thor von Lud'sstadt stecken wollte.

Belarius. Wir sind alle verloren!

Guiderius. Nein würdiger Vater, was können wir weiter verlieren, als was er zu nehmen
schwur — unser Leben? Das Gesetz schützt uns
nicht; warum sollten wir denn so empfindlich
seyn, und uns von einem übermüthigen Stück
Fleisch Trotz bieten lassen? Hätte denn er allein
den Richter und Henkersknecht spielen sollen,
weil wir uns vor der Gerechtigkeit fürchten? —
Was habt ihr sonst noch für Leute gefunden?

Belarius. Keine einzige Seele können wir
ausfündig machen. Aber, allem Vermuthen

nach, muß er doch ein Gefolge haben. Obgleich
alle seine Ehre nichts weiter war, als Veränderung, und noch dazu vom Schlimmen ins Aer-
gere; so hätte doch kein Wahnwitz, keine völlige Tollheit dergestalt ihn verblenden können,
daß er sich hieher allein gewagt hätte. Doch
vielleicht hat man bey Hofe davon gehört, daß
solche Leute, wie wir, hier in einer Höhle wohnen, daß wir hier jagen, wie Straßenräuber,
und mit der Zeit wohl eine stärkre Bande aufbringen könnten; wenn er das gehört hat, so
sieht es ihm ganz ähnlich, daß er auf einmal
losgebrochen ist, und geschworen hat, er wolle
uns einziehen. Indeß ist es nicht wahrscheinlich,
daß er allein gekommen ist, daß er so viel würde gewagt, noch daß man bey Hofe das würde
gelitten haben. Wir haben also gute Ursache,
uns zu fürchten, wenn wir fürchten, daß diese
Sache ein Ende nehmen wird, das gefährlicher
ist, als ihr Anfang.

Arviragus. Es mag kommen, wie die Götter es beschlossen haben; mein Bruder hat doch
immer recht gethan.

Belarius. Ich hatte keine Lust, heute zu

jagen; des jungen Fidele Krankheit machte, daß
ich ungern aus der Höhle gieng.

Guiderius. Mit seinem eignen Schwerte,
das er gegen meine Kehle schwang, hab ich ihm
den Kopf genommen. Ich will ihn in die See-
bucht hinter unserm Felsen werfen; er mag in
die See schwimmen, und den Fischen erzählen,
er sey der Königinn Sohn, Kloten. Weiter
bekümmre ich mich um Nichts.

(Geht ab.)

Belarius. Ich fürchte, man wird Rache dafür födern. Ich wollte, du hättest es nicht gethan, Polydor! Ob dir gleich deine Tapferkeit
Ehre macht.

Arviragus. Ich wollte nur, ich hätt' es gethan, dann würde die Rache mich allein verfolgen. Polydor, ich liebe dich brüderlich; aber ich
beneide dich doch sehr, daß du mir diese That
geraubt hast. Ich wollte, solch eine Rache, der
man durch Stärke widerstehen könnte, suchte
uns auf, und stellte uns zur Verantwortung!

Belarius. Nun es ist einmal geschehen —
Wir wollen heute nicht mehr jagen, noch da Gefahr
aufsuchen, wo kein Vortheil zu erwarten steht.

Komm, laß uns zu unserm Felsen zurückkehren:
du und Fidele sollt die Küche besorgen; ich will
warten, bis der hastige Polydor zurück kömmt,
und ihn dann gleich zum Mittagsessen füh-
ren.

Arviragus. Der arme, kranke Fidele! Ich
geh mit Freuden zu ihm. Um ihm seine Farbe
wiederzuschaffen, möcht' ich ein ganzes Kirchspiel voll solcher Kloten zur Ader lassen, und
dann mich wegen meiner Menschlichkeit selbst
rühmen.   (Geht ab.)

Belarius. O! du Gottheit, du göttliche
Natur, du selbst hast dein Gepräge in diese
beyden jungen Prinzen gedrückt! Sie sind so
sanft, wie Westwinde, die unter das Veilchen wehen, nicht sein anmuthiges Haupt erschüttern; und doch auch, wenn ihr königliches
Blut erhitzt wird, so rauh, wie der heftigste
Wind, der die Fichte des Berges beym Wipfel
faßt, und sie ins Thal hinunter beugt! Es ist
ein Wunder, daß ein unsichtbarer Trieb sie ohne Anweisung königlich denken lehrt, daß er ihnen Gefühl der Ehre giebt, wovon sie nie was
gelernt haben, höfliches Betragen, das sie nie

andern abgesehen haben, eine Tapferkeit, die
wild in ihnen wächst, aber doch Früchte bringt,
als ob sie gepflanzt wäre! — Doch begreif ich
noch immer nicht, was Kloten's Erscheinung
für uns bedeutet, oder was sein Tod für uns
für Folgen haben wird.

(Gviderius kömmt zurück.)

Guiderius. Wo ist mein Bruder? Ich
habe Kloten's Kopf den Strom hinunter zur
Gesandschaft an seine Mutter geschickt, sein
Rumpf ist indeß die Geisel dafür, daß er wieder
zurück kömmt. (Feyerliche Mußik.)

Belarius. Mein harmonisches Instrument!
horch, Polydor! es tönt! — Aber was hat
Kadwal itzt für Anlaß, es zu spielen? — Horch!

Guiderius. Ist er zu Hause?

Belarius. Er gieng eben erst von hier weg.

Guiderius. Was soll das bedeuten? Seit
dem Tode meiner theuersten Mutter hat sich's
nie hören lassen. Alles, was feyerlich ist, muß
billig nur bey feyerlichen Vorfällen gebraucht
werden. Was kann die Ursache seyn? — Trium-
phe über Nichts, und Wehklagen über elende

D 4

Possen sind Lustigkeit für Affen, und Traurigkeit für Knaben. Ist Kadwal verrückt?

**Arviragus mit der todten Imogen, die er
in seinen Armen trägt.**

Belarius. Sieh, da kömmt er! und bringt
den traurigen Anlaß zu dem, worüber wir ihn
bestraften, in seinen Armen.

Arviragus. Der Vogel ist todt, aus dem
wir uns so viel machten. Lieber wär' ich von
meinem sechszehnten Jahre gleich ins sechzigste
hinüber gehüpft, und hätte meine Springezeit
in eine Krücke verwandelt, als diesen Anblick
erlebt!

Guiderius. O! du sanfteste, schönste Lilie!
Mein Bruder trägt dich nicht um die Hälfte so
gut, als da du noch selbst wuchsest.

Belarius. O! Schwermuth! wer konnte noch
jemals deine Tiefe ergründen? wer den Strand
entdecken, um zu sagen, an welcher Küste dein
träges Schiff am leichtesten im Hafen ruhen
kann? — du seeliges Geschöpf! der Himmel
weiß, welch ein Mann du würdest geworden
seyn; aber ach! du stirbst, als ein ausserordent-

lich schöner Jüngling, vor Schwermuth! —
Wie fandest du ihn?

Arviragus. Starr, wie du siehst; so lä-
chelnd, als ob ihn eine Fliege im Schlummer ge-
kitzelt, nicht als ob er den Pfeil des Todes verlacht hätte. Seine rechte Wange ruhte auf einem Küssen.

Guiderius. Wo?

Arviragus. Auf dem Boden; seine Arme
waren so über einander geschlagen. Ich dachte,
er schliefe, und legte meine vernagelten hölzernen
Schuhe von den Füssen, deren Rauhigkeit meine
Schritte zu laut beantwortete.

Guiderius. Seht, er schläft ja nur. Ist
er dahin, so wird er aus seinem Grabe ein Bett
machen. Lauter Feen werden seine Gruft umgeben; und Würmer werden sich dir nicht nahen.

Arviragus. Mit den schönsten Blumen, Fidele, will ich, so lange der Sommer währt,
und ich hier lebe, dein trauriges Grab angenehmer machen. Dir soll nicht die Blume mangeln,
die deinem Gesichte gleicht, die blasse Primel;
noch die blaue Glockenblume, gleich deinen Adern;
noch das Blatt der Hagebutte, welches — um

ihm nicht zu nahe zu thun — dein Athem nicht
an Wohlgeruch übertraf. Schon das Rothkelchen würde dir mit liebreichem Schnabel — der
so sehr jene reichen Erben beschämt, die ihre Väter ohne Grabmal liegen lassen *) — dieß alles
bringen, und deckendes Moos dazu, um deinen
Leichnam vor den Anfällen des Winters zu schützen.

Gulderius. Laß es genug seyn, und spiele
nicht mit so weibischen Redensarten bey dem,
was so ernsthaft ist. Laß uns ihn begraben, und
nicht erst lange das preisen und bewundern, was
itzt Pflicht und Schuldigkeit ist — Hin zum Grabe!

Arviragus. Sprich, wo sollen wir ihn hinlegen?

Gulderius. Bey der guten Euriphile, unsrer
Mutter.

Arviragus. Gut, das soll geschehen; und
laß uns, Polydor, obgleich unsre Stimmen itzt
eine männliche Tiefe bekommen haben, ihm ein
Grablied singen, wie einst unsrer Mutter; laß

---

*) Dieß gründet sich auf eine gewöhnliche Meynung
des gemeinen Mannes, daß das Rothkelchen, wenn es
einen todten Leichnam findet, wenigstens das Gesicht,
mit Moos zu bedecken pflegt. Grey.

uns eben die Melodie, eben die Worte brauchen,
ausser daß es statt Euriphile ißt Fidele heissen
muß.

Guiderius. Kadwal, ich kann nicht singen;
ich will weinen, und dir die Worte nachspre-
chen; denn mißhellige Klagetöne sind ärger, als
lügende Priester und Tempel.

Arviragus. So wollen wir es hersagen.

Belarius. Ich sehe wohl, ein grosser Kummer heilt den kleinern; denn Kloten wird ganz
vergessen. Er war einer Königinn Sohn, ihr
Kinder; zwar kam er als unser Feind; aber bedenkt, daß er dafür gebüßt hat. Freylich haben
Mächtige und Geringe, wenn sie zusammen ver-
wesen, einerley Staub; indeß macht doch die
Ehrfurcht — dieser Schutzengel der Welt — einen Unterschied des Ranges zwischen Hohen und
Niedrigen. Unser Feind war ein Prinz, und ob
ihr ihm gleich, als unserm Feinde, das Leben
nahmt, so begrabt ihn doch als einen Prinzen.

Guiderius. Komm, hohl ihn hieher; des
Thersites Leichnam ist so gut, als des Ajax seiner, wenn beyde todt sind.

Arviragus. Willst du hingehn und ihn hohlen, so wollen wir indeß unser Lied hersagen. Fang an, Bruder.

(Belarius geht ab.)

Guiderius. Nein, Kadwal, wir müssen sein Haupt nach Osten hin legen; mein Vater weiß die Ursache davon.

Arviragus. Es ist wahr.

Guiderius. Komm her also, und nimm ihn auf.

Arviragus. Nun, fang an.

Lied.

Guiderius. Scheu nicht mehr der Sonne
               Glut,
  Noch des wilden Winters Wut;
  Hast vollbracht, bist heim gegangen,
  Wirst der Arbeit Lohn empfangen!
  Jung und reizend, schön und werth,
  Alles wird in Staub verkehrt.

Arviragus. Scheu nicht mehr der Fürsten
              Drohn,
  Du bist ihrem Streich entflohn;
  Speis' und Kleid verschmäht die Leiche,
  Schilfrohr ist ihr, wie die Eiche;

Fürsten, Aerzte*), groß, gelehrt,
Alles wird in Staub verkehrt.

Guiderius. Scheu nicht mehr des Blitzes
Pfeil;

Arviragus. Noch des grimm'gen Donners
Keil!

Guiderius. Scheu nicht mehr der Schmäh-
sucht Wunden,

Arviragus. Lust und Gram sind dir verschwunden.

Beyde. Was der Liebe Ruf gehört,
Alles wird in Staub verkehrt.

Guiderius. Kein Beschwörer störe dich!

Arviragus. Und kein Zaubrer plage dich!

Guiderius. Kein Gespenst erschrecke dich!

Arviragus. Alles Uebel meide dich!

Beyde. Stille Ruh, des Nachruhms Duft,
Schwebe sanft um deine Gruft!

(Belarius kömmt, mit Kloten's Leichnam
zurück.)

---

*) D. i. weder die Gewalt der Fürsten, noch die
Kunst derer, die sich vorndmlich mit der Wissenschaft
beschäftigen, das Leben zu verlängern, kann sie vor
dem Tode schützen. Johnson.

Guiderius. Wir haben unser Leichbegängniß gefeyert; komm, laßt uns ihn hinlegen.

Belarius. Hier sind etliche wenige Blumen; aber um Mitternacht wollen wir mehr schicken. Die Kräuter, auf denen kalter Thau der Nacht liegt, sind am schicklichsten dazu, sie auf Gräber zu streuen — Auf ihre Gesichter! — Ihr wart gleich Blumen, und seyd nun verwelkt. Eben so werden auch diese Kräuter verwelken, womit wir euch bestreuen — Kommt, laßt uns gehn. Geht beyseite, und fallt auf eure Knie — Die Erde, die sie einst hergab, hat sie nun wieder. Ihre Freude hier ist vorbey; und ihr Leiden auch.

(Sie gehn ab.)

Imogen, erwachend.

Imogen. Ja, Freund, nach Milfordhafen — Wo ist der Weg? — Ich danke dir — Neben jenem Gebüsch? — O! wie weit ists dorthin? — O! Jemine! kann es noch sechs Meilen seyn? — Ich bin die ganze Nacht durchgegangen — Wahrhaftig, ich will mich niederlegen, und schlafen — Aber, sachte! kein Schlafgenoß — (indem sie den todten Leichnam sieht.) O! all ihr Götter und Göt-

tinnen! diese Blumen gleichen den Freuden der
Welt; dieser blutige Mann hier, ihrer Sorge —
Ich hoffe, mir träumt — denn mir dünkte, ich
wäre der Hüter einer Höhle, und ein Koch für
rechtschaffne Leute. Aber es ist nicht so; es war
bloß ein Pfeil aus Nichts, nach Nichts abgeschos-
sen, dergleichen das Gehirn aus eitel Dünsten
hervorbringt. Selbst unsre Augen sind oft, gleich
unserm Verstande, blind. In Wahrheit, ich
zittre noch vor Furcht; aber wenn im Himmel
noch so ein kleiner Tropfen Erbarmung übrig ist,
wie das Auge eines Zaunkönigs; ihr gefürchte-
ten Götter! so gebt mir ein Theil davon! Der
Traum währt noch immerfort; selbst wenn ich
wache, ist es ausser mir, wie in mir; nicht ein-
gebildet, sondern empfunden! — Ein Mann ohne
Kopf! — Des Posthumus Kleider! — Ich kenne
die Gestalt seines Beins; dieß ist seine Hand;
sein Merkursfuß, sein Marsschenkel! die Arme
des Herkules! — es fehlt nur sein Jupitersge-
sicht! — Mord im Himmel? — Wie? Es ist
vorbey! — Pisanio! — Alle Flüche, die die toll
gemachte Hekuba den Griechen gab, und die meinigen oben drein, müssen dich treffen! — Du,

verschworen mit dem verruchten Teufel, Kloten,
haſt hier meinem Gemahl den Kopf abgeſchlagen.
Schreiben und Leſen ſey von nun an Verrätherey! — Der verdammte Piſanio hat mit ſeinen
untergeſchobnen Briefen — der verdammte Piſanio! — Von dieſem edelſten Schiffe von der
Welt iſt der vornehmſte Maſt abgeſchlagen! —
O! Poſthumus! o! wo iſt dein Kopf? — Wo
iſt er? — Weh mir! wo iſt er? — Piſanio hätte
dir das Schwert ins Herz ſtoſſen, und den Kopf
dir laſſen können! — Wie iſt das möglich? Piſanio? — Er iſt es, und Kloten — Bosheit und
Gewinnſucht haben durch ſie dieſen Jammer angerichtet. O! es iſt himmelſchreyend, himmelſchreyend. — Der Trank, den er mir gab, den
er eine köſtliche Herzſtärkung nannte, hab' ich
nicht gefunden, daß er mördriſch für die Sinne
iſt? Dadurch wird es vollends beſtätigt. Dieß
iſt Piſanio's und Kloten's That; oh! gieb meiner
blaſſen Wange Farbe mit deinem Blute, damit
wir denen deſto ſchrecklicher vorkommen, die uns
hier etwa finden. Oh! mein Gemahl! mein
Gemahl!

Lucius,

Lucius, Hauptleute, und Ein Wahrsager.

Hauptmann. Die Legionen, die in Gallien lagen, sind, nach deinem Befehl, über die See zu ihnen gegangen, und erwarten dich hier zu Milfordhafen mit deinen Schiffen. Sie sind alle fertig.

Lucius. Aber was giebts für Nachrichten aus Rom.

Hauptmann. Der Senat hat die Edelleute und Gränzbewohner von Italien zusammenge-bracht, Leute von sehr willigem Geist, von denen man sich vorzügliche Dienste versprechen kann. Sie kommen unter der Anführung des beherzten Jachimo, Syenna's Bruder.

Lucius. Wenn erwartet man sie?

Hauptmann. Beym ersten günstigen Winde.

Lucius. Diese Behendigkeit giebt uns die schönste Hoffnung. Befehl, daß unsre gegenwär-tige Mannschaft gemustert werde; laß die Haupt-leute dafür sorgen — (zu dem Wahrsager) Nun, Freund, was hat dir zuletzt in Ansehung dieses Krieges geträumt?

Wahrsager. Diese Nacht zeigten mir die

B

Götter selbst ein Gesicht: Ich hatte gefastet, und
sie um ihre Offenbarungen angefleht. Ich sah
Jupiters Vogel, den Römischen Adler, sich vom
regnichten Süden in diese Gegend nach Westen
schwingen, und hier in den Sonnenstrahlen
verschwinden. Das bedeutet — wenn anders
meine Sünden meine Weissagung nicht trieglich
machen — Glück fürs Römische Heer.

Lucius. Träum' oft so, und niemals falsch! —
Sachte! was ist das hier für ein Rumpf ohne
Kopf? Auch aus den Trümmern sieht man, daß
es ehedem ein edles Gebäude war — Wie?
ein Edelknabe? der entweder auch todt ist, oder
über ihm schläft! — Er ist wohl gewiß auch
todt; denn der Natur graut davor, ihr Lager
bey den Verstorbnen zu wählen, oder auf dem
Todten zu schlafen. Wir wollen doch des jungen Menschen Gesicht sehen.

Hauptmann. Er lebt noch, mein Feldherr.

Lucius. So kann er uns Nachricht von diesem Leichnam geben — Junger Mensch, sag uns
deine Glücksumstände; denn sie sind, wie es
scheint, einer Erkundigung werth — und wer es
ist, den du da zu deinem blutigen Küssen machst?

Oder wer es war, der diese gute Bildung anders machte, als die Natur sie schuf? Wie nahe geht dich dieser traurige Unfall an? Wie geschah er? Wer ist es? Wer bist du?

Imogen. Ich bin Nichts; oder wenigstens wär' es mir besser, Nichts zu seyn. Dieser hier war mein Herr, ein sehr tapfrer und redlicher Britte, der hier von Räubern im Gebirg' erschlagen liegt. Ach! dergleichen Herren giebt es gar nicht mehr. Ich kann von Osten nach Westen wandern, um Dienste bitten, viele Herren versuchen, die alle gut sind, treu dienen, aber nie solch einen Herrn wieder finden!

Lucius. Du dauerst mich, guter Jüngling, und rührst mich eben so sehr mit deinem Klagen, als dein Herr mit seinem Blute. Sage mir seinen Namen, guter Freund.

Imogen. Richard du Cham — *) (beyseite)

---

*) An die neuen Namen, die Shakespeare sehr oft unter alte mischt, muß man sich nicht stoßen; er hatte sie, wie seine Anachronismen, den Modenovellen seiner Zeit zu danken. So wird z. B. in einer alten Geschichte von Cephalus und Prokris gesagt, sie haben sich am Hofe zu Venedig aufgehalten, und ihr Vater

Wenn ich lüge, und Niemand daburch schade,
so hoff' ich, werden die guten Götter, wenn
sie's hören, mir vergeben — Wie meynst du?

Lucius. Dein Name?

Jmogen. Fidele.

Lucius. Du zeigst dich dieses Namens wür-
big; er schickt sich sehr gut für deine Treue; und
deine Treue für deinen Namen. Willst du dein
Glück bey mir versuchen? Ich will nicht sagen, daß
du einen so guten Herrn bekommen wirst, aber
sey versichert, einen, der dich nicht weniger lieben wird. Wenn der Römische Kaiser durch einen Konsul mir Empfehlungsbriefe für dich schickte, so würden sie mich nicht bringender zu deiner Beförderung auffodern, als dein eigner Werth.
Geh mit mir.

Jmogen. Ich werde folgen. Aber vorher
will ich, wenn's den Göttern gefällt, meinen
Herrn vor den Fliegen verbergen, so tief, als
diese armen Hauen *) graben können. Und wenn

---

habe es bey dem Herzog dahin gebracht, daß Cepha=
lus eiligst als Gesandter an den Türkischen Hof geschickt
wurde. Steevens.

*) Nämlich ihre Finger.

ich mit wildem Waldlaube und Kraut sein Grab
bestreut, und ein Hundert Gebete darüber gesprochen habe, so viel ich nur kann, und jedes
zweymal, dann will ich weinen und seufzen, so
seine Leichenfeyer schliessen, und dir folgen, wenn
es dir gefällt, mich in Dienst zu nehmen.

Lucius. Ja, guter Jüngling; und ich werde
mehr dein Vater, als dein Herr seyn. — Meine
Freunde, der Knabe hat uns männliche Pflichten
gelehrt. Laßt uns den schönsten blumenreichsten
Platz aussuchen, und mit unsern Spiessen und
Hellebarden ein Grab daraus machen. Kommt,
nehmt ihn in eure Arme. Guter Knabe, er ist
uns durch dich empfohlen, und er soll so gut begraben werden, als Kriegsleute nur immer können. Sey gutes Muths; trockne deine Augen;
oftmals ist der Fall ein Mittel, desto glücklicher
wieder aufzustehen.   (Sie gehn ab.)

Dritter Auftritt.
Cymbeline's Pallast.

Cymbeline. Lords. Pisanio.

Cymbeline. Komm wieder, und melde mir,
wie es mit ihr ist. Ein Fieber bey der Abwesen-

heit ihres Sohns; ein Wahnwitz, wobey ihr Leben in Gefahr ist — Himmel! wie tief hast du mich auf Einmal gerührt! — Imogen, dieser grosse Theil meiner Freude ist fort; meine Gemahlinn liegt ohne Hoffnung krank, und das zu einer Zeit, da furchtbare Kriege mir drohen; ihr Sohn ist fort, der itzt hier so nöthig wäre! Das quält mich so sehr, daß ich alle Hoffnung des Trostes aufgebe. Aber du, Pisanio, der nothwendig von ihrer Abreise wissen mußte, und sich nun so unwissend stellt, wir wollen dir dieß Geständniß durch eine harte Folter abzwingen.

Pisanio. Mein Leben, o König, gehört dir; in aller Demuth überlass' ichs deinem Willen. Aber von meiner Prinzeßinn weiß ich durchaus nicht, wo sie sich aufhält, warum sie weggegangen ist, noch wenn sie wiederzukommen denkt. Ich bitte dich, mein König, halte mich für deinen treu ergebnen Knecht.

Lord. Mein theurer König, an dem Tage, da man sie vermißte, war er hier. Ich wag' es, dafür Bürge zu seyn, daß er ehrlich ist, und alle Pflichten eines Unterthanen treu erfüllt. — In Ansehung Kloten's läßt man es an keiner Mühe

fehlen, ihn aufzusuchen; und ohne Zweifel wird
man ihn finden.

Cymbeline. (zu Pisanio) Es sind itzt unruhi-
ge Zeiten; für dießmal will ich dich so durch-
schlüpfen lassen; indeß währt mein Verdacht doch
immer fort.

Lord. Die Römischen Legionen, mein König,
haben sich aus Gallien alle zusammen gezogen,
und sind an deiner Küste gelandet, mit einer
Verstärkung Römischer Edelleute, die der Senat
gesandt hat.

Cymbeline. Hätt' ich doch itzt den guten
Rath meines Sohns und meiner Gemahlinn! —
Ich bin von allen den unruhigen Geschäften
ganz betäubt.

Lord. Mein theurer König, deine Anstalten
sind so gut, daß du dich der ganzen Macht, von
der wir hören, getrost entgegen stellen kannst.
Wenn auch noch mehrere kämen, so bist du mehrern gewachsen. Es fehlt an nichts, als diese
Heere in Bewegung zu setzen, wie sie sehnlich
wünschen.

Cymbeline. Ich danke dir. Laß uns weggehn, und der Gelegenheit brauchen, wie sie sich

darbieten. Wir fürchten nicht das, was uns von Italien aus droht, sondern uns kränkt nur das, was uns hier begegnet — Komm mit.

(Sie gehn ab.)

Pisanio. Ich habe keinen Brief von meinem Herrn gehabt, seitdem ich ihm schrieb, Imogen sey getödtet. Das ist sonderbar! Auch hör' ich nichts von meiner Prinzeßinn, die mir versprach, mir öfters Nachricht wissen zu lassen. Eben so wenig weiß ich, was dem Kloten wiederfahren ist; in allem dem bin ich ungewiß und zweifelhaft. Der Himmel muß noch immer das Beste thun. In dem, worin ich falsch bin, bin ich ehrlich; nicht treu, um treu zu seyn. Man soll in dem ißigen Kriege schon sehen, daß ich mein Vaterland liebe; selbst der König soll das erfahren, oder ich will auf dem Schlachtfelde sterben. Alle meine übrigen Zweifel muß die Zeit allmählich aufklären; das Glück pflegt oft Schiffe in Hafen zu bringen, die keine Steuerleute haben.

(Er geht ab.)

Vierter Auftritt.

Vor der Höhle.

Belarius, Guiderius, und Arviragus.

Guiderius. Der Lärmen ist rings um uns her.

Belarius. Laßt uns davon bleiben.

Arviragus. Was haben wir denn für Freude von unserm Leben, mein Vater, daß wir Thaten und Gefahren vermeiden wollen?

Guiderius. Und was dürfen wir hoffen, wenn wir uns verstecken? Auf dieser Seite müssen die Römer uns entweder als Britten erschlagen, oder uns als wilde und pflichtvergeßne Empörer so lange zu sich nehmen, als sie uns brauchen können, und uns hernach erschlagen.

Belarius. Ihr Söhne, wir wollen höher aufs Gebirge gehn, und dort Sicherheit suchen. Auf des Königs Parthey dürfen wir uns nicht schlagen; man kennt uns nicht, man hat uns unter dem übrigen Heer nicht mit gemustert; und da Kloten's Tod noch so neu ist, so könnte man uns über unsern bisherigen Aufenthalt befragen, und so uns das Geständniß dessen abnö-

thigen, was wir gethan haben, wofür man uns
mit einem durch Foltern verlängerten Tode bestrafen würde.

Guiderius. Das ist eine Aengstlichkeit, mein
Vater, die in dergleichen Umständen weder dir
geziemt, noch uns beruhigt.

Arviragus. Es ist gar nicht wahrscheinlich,
daß sie dann, wenn sie die Römischen Pferde
wiehern hören, ihr Feuer im Lager sehen, und
beydes ihre Augen und Ohren mit so wichtigen
Dingen, wie itzt, beschäftigen, daß sie dann ihre Zeit damit verschwenden werden, sich zu er-
kundigen, woher wir sind.

Belarius. O! ich bin vielen in dem Heere
bekannt; ihr seht, ob Kloten gleich damals noch
jung war, so haben ihn doch so viele Jahre
mir nicht aus dem Gedächtniß gebracht. Ausserdem hat der König, weder meine Dienste noch
eure Liebe verdient. Meine Verbannung ist
Schuld daran, daß ihr keine Erziehung gehabt
habt, daß ihr gewiß erwarten müßt, immerfort
so elend zu leben, und keine Hoffnung habt, die
guten Tage zu sehen, die euch eure Wiege ver-

ſprach; ſondern nur erwarten könnt, immerfort
von der Hitze des Sommers verbrannt zu werden, und ſchaudernde Sklaven des Winters zu
ſeyn.

Guiderius. Beſſer, als ſo zu leben, wär'
es, gar nicht zu leben. Komm, laß uns zur
Armee gehen; mich und meinen Bruder kennt
Niemand; und nach dir, der ihnen ſo aus den
Gedanken gekommen, und noch dazu ſo alt ge-
worden iſt, wird Niemand fragen.

Arviragus. Bey der Sonne, die dort
ſcheint, ich will dahin. Iſt es zu verantworten,
daß ich noch nie einen Menſchen ſterben ſah,
kaum jemals Blut ſah, als von feigherzigen
Haſen, hitzigen Rehböcken, und anderm Wilde?
daß ich nie ein Pferd beſtieg, als ein einziges,
das einen Reuter wie ich hatte, der niemals
Spohrröder noch Eiſen an den Ferſen trug? Ich
ſchäme mich, die geweihte Sonne anzuſehen, der
Wohlthat ihrer ſeligen Strahlen zu genieſſen,
und ſo lange ein armſeliger Unbekannter zu
bleiben.

Guiderius. Beym Himmel! ich will ins
Feld. Willſt du mich ſegnen, Vater, und mir

deine Erlaubniß dazu geben, so werd' ich desto
vorsichtiger seyn; aber wißt du das nicht, so
mag die Gefahr, die dafür gehört, durch die
Hände der Römer auf mich fallen!

Arviragus. So sag' ich auch; Amen.

Belarius. Nun, wenn ihr denn euer Leben
so geringe schätzt, so seh ich gar nicht, warum
ich das meinige, das so hinfällig ist, zu mehrerm
Kummer aufbewahren sollte. Kommt denn, ihr
Söhne! Sterbt ihr in den Kriegen eures Va-
terlandes, so wißt, das ist auch mein Sterbe-
bette; da will ich liegen. Führt mich, führt
mich — (für sich) Die Zeit wird ihnen schon
zu lange; ihr Blut hat nicht eher Ruhe, bis es
herausfliegt, und zeigt, daß sie von fürstlicher
Geburt sind.   (Sie gehn ab.)

Fünfter Aufzug.

Erster Auftritt.

Ein Feld zwischen dem Brittischen und Römischen Lager.

Posthumus, mit einem blutigen Schnupftuche.

Posthumus. Ja, blutiges Tuch, *) ich
will dich aufbewahren; denn ich wünschte es,
daß du so gefärbt werden solltest. Ihr verheyratheten Leute, wenn Jeder von euch so verfahren
wollte, wie viele müßten dann Weiber ermorden,
die viel besser sind, als sie selbst, bloß weil sie ein
wenig auf Abwege gerathen sind! — Oh! Pisanio! Jeder gute Bediente vollzieht nicht alle
Befehle; er ist nur zu denen verbunden, die billig und erlaubt sind. — Ihr Götter! wenn ihr
meine Vergehungen hättet rächen wollen, so
würd' ich es nicht erlebt haben, diese hier zu ver-

---

*) Das blutige Zeichen von Imogen's Tode, wel-
ches Posthumus in dem vorhergehenden Akt ihm zu
senden befahl. Johnson.

gehaßt noch bedauert, mich allen Gefahren entgegen stellen. Man soll mehr Tapferkeit an mir
gewahr werden, als meine Kleidung verspricht.
Ihr Götter! gebt mir die Stärke der Leonate!
Um die Verstellung der Welt zu beschämen, will
ich die Mode aufbringen, wenig zu scheinen, und
viel seyn! *)   (Er geht ab.)

---

*) Dieß ist ein Selbstgespräch der Natur, der Aus-
bruch eines unruhvollen und verwirrten Gemüths: Es
scheint durchgehends, den Schluß ausgenommen, die
Ergießung eines warmen, bewegten Herzens zu seyn.
Erst macht er sich Vorwürfe über seine Heftigkeit; dann
versucht er sich etwas zu erleichtern, indem er einen
Theil des Verbrechens dem Pisanio aufbürdet; hernach
setzt er seine Seele in eine erkünstelte und augenblick-
liche Ruhe, indem er sich zu überreden sucht, er sey
bloß das Werkzeug der Götter gewesen, Imogen's Glückseligkeit zu befördern. Ist er billig genug, zu be-
schließen, daß er nicht mehr Unheil anrichten will, nachdem er schon so vieles angerichtet hat, daß er nicht
gegen das Land fechten will, welches er schon so sehr
beleidigt hat. Allein, da ihm das Leben nicht mehr
erträglich ist, so will er in einer gerechten Sache sterben,
und in der Dunkelheit eines Mannes, der sich für un-
würdig hält, sein Andenken zu verewigen. Johnson.

Zweyter Auftritt.

Lucius, Jachimo, und das Römische Heer von der Einen Seite; und das Brittische Heer von der andern; Leonatus Posthumus folgt dem letztern als ein armer Soldat. Sie ziehn vorbey und gehn ab. Hernach kommen Jachimo und Posthumus im Hand-gemenge zurück; er bezwingt und entwaff-net den Jachimo, und läßt ihn da.

Jachimo. Die Beklemmung und die Schuld in meinem Busen nimmt mir allen Muth. Ich hab' ein Frauenzimmer belogen, die Prinzeßin dieses Landes; und die Luft hier entkräftet mich, um das zu rächen. Hätte sonst wohl dieser schlechte Kerl, ein wahrer Taglöhner der Natur, mich im Gefechte bezwingen können? Ritteror-ben und Ehrenämter werden bloß Titel zur Ver-achtung, wenn man sie so führt, wie ich sie itzt führe. Hat dein Adel, Britannien, vor diesem schlechten Menschen so viel voraus, wie Er vor un-sern Edelleuten voraus hat, so besteht der Unter-schied zwischen uns darin, daß wir kaum Menschen sind, und Ihr Götter seyd.   (Er geht ab.)

Das

Das Treffen währt fort; die Britten flie-
hen; Cymbeline wird gefangen genommen.
Hernach kommen Belarius, Guiderius, und
Arviragus ihm zu Hülfe.

Belarius. Halt! halt! wir behalten das
Feld; der Paß dort ist besetzt; nichts überwältigt uns, als die Niederträchtigkeit unsrer Furcht.

Guider. u. Arvirag. Steht! steht, und fechtet.

Posthumus kömmt, und steht den Britten bey;
sie befreyn Cymbeline, und gehn ab. Hernach kommen Lucius, Jachimo, und Imogen.

Lucius. Hinweg von dem Heer, Knabe,
rette dich; denn Freunde tödten Freunde, und es
ist hier solch eine Unordnung, als wäre der
Krieg, gleich dem Falken, geblendet.

Jachimo. Das macht ihre neue Verstärkung.

Lucius. Das Glück hatte sich ganz sonderbar gewandt; wir müssen entweder eiligst uns
verstärken, oder fliehen. (Sie gehn ab.)

Dritter Auftritt.

Ein andrer Theil des Schlachtfeldes.

Posthumus, und ein Brittischer Lord.

Lord. Kömmst du von dem Platze, wo sie
Halt machten?

Aa

Posthumus. Ja. Und du kömmst, wie es scheint, von den Fliehenden.

Lord. Ganz recht.

Posthumus. Das ist kein Schimpf für dich; denn alles war verloren; nur der Himmel focht noch für uns. Der König-selbst war von seiner Bedeckung entblößt, das Heer wurde getrennt, und man sah nichts, als die Rücken der Britten. Alle flohen durch einen engen Paß; der Feind war immer müthiger, streckte vor lauter Blutvergießen die Zunge aus, hatte weit mehr zu thun, als seine Werkzeuge bestreiten konnten, legte einige todt, andre nur leicht berührt, zu Boden, andre, die bloß vor Furcht fielen; so, daß der enge Paß mit Erschlagenen, rücklings verwundet, und Feigherzigen geämmt war, die bloß lebten, um mit verlängerter Schande zu sterben.

Lord. Wo war dieser enge Paß?

Posthumus. Dicht bey dem Schlachtfelde, mit Graben und Walle von Rasen umgeben. Dieß machte sich ein alter Soldat zu Nutze, ganz gewiß ein sehr rechtschaffner Mann, der ein so langes Leben verdiente, als sein graues Haar erreicht hatte, weil er diß für sein Vater-

land that. Queer durch den engen Weg bahn-
te er den Pfad mit zwey jungen Burſchen, die
mehr ausſahen, als ob ſie ein Wettrennen auf
dem Lande mit halten, als ſolch ein Blutver-
gieſſen anrichten wollten; deren zarte Geſichter
der Masquen würdig, oder vielmehr ſchöner waren, als die, welche ſich, ihrer feinen Haut
wegen, oder aus Beſcheidenheit das Geſicht bedecken. Sie rieſen den Fliehenden zu: In un-
ſerm Britannien ſterben die Hirſche auf der Flucht,
nicht die Krieger; flieht zur Finſterniß, ihr Seelen, die ihr zurück flieht! Bleibt ſtehen; oder wir
ſind Römer, und wollen euch das, wie Thieren geben, was ihr, gleich Thieren, durch die Flucht
vermeiden wollt, und was ihr euch erſparen könnt,
wenn ihr nur drohend zurück blickt! Steht, ſteht!
— Dieſe drey, oder vielmehr drey tauſend Be-
herzte — in der That waren ihrer ſo viel; denn
drey thätige Krieger machen das ganze Heer aus,
wenn alle die übrigen nichts thun — wußten durch
dieß Wort, ſteht! ſteht! welchem der Ort noch
mehr Eingang ſchaffte, und das durch ihren Edel-
muth noch bezaubernder wurde, der einen Spinn-
rocken in eine Lanze hätte verwandeln können, das

durch wußten sie die blassen Gesichter feuerroth zu
färben, und theils Beschämung, theils Muth zu
erregen. Einige also, die bloß durch das Beyspiel
feigherzig geworden waren — O! eine Sünde im
Kriege, die schon bey denen, die sie zuerst begien-
gen, verdammenswerth war! — fiengen an, auf
den Weg, den sie gemacht hatten, wieder zurück zu
sehen, und wie Löwen gegen den Speer der Jäger
zu grinsen. Darauf begann ein Stillstand bey den
Feinden, ein Rückzug; gleich darauf, ein Zusam-
menlauf, ein dichtes Gedränge. Nun flohen sie
wie junge Hüner auf eben dem Wege, auf den sie
vorhin wie Adler herabschossen; machten als Sklaven eben die Schritte, die sie vorher als Sieger
gemacht hatten; und nun wurden unsre Feigherzigen, wie Brosamen auf kümmerlichen Reisen,
das Leben der Nothleidenden; so bald sie die Hin-
derthür der unbewachten Herzen eröffnet sahen;
Himmel! Wie verwundeten sie! Einige, die schon
erschlagen waren; einige, die starben; einige von
ihren Freunden, die schon von der vorigen Welle
bedeckt waren! — Zehn, die vorhin von Einem in
die Flucht gejagt waren, wurden nun ein Jeder
der Hinrichter von zwanzig, die lieber sterben, als

sich wehren wollten, wurden nun die Schreckniße des Schlachtfeldes.

Lord. Das war eine sonderbare Verände- rung. Ein enger Paß, ein alter Mann, und zwey Knaben!

Posthumus. Wundre dich nicht darüber; du bist eher dazu gemacht, dich über das zu wundern, was du hörst, als selbst etwas auszuführen. Willst du darauf einen Reim machen, und ihn als ein Ge- spötte unter die Leute bringen? Hier ist einer:

Zwey Knaben, und ein Greis, und enger
Straße Drang
Befreyn die Britten, sind der Römer Un-
tergang.

Lord. O! sey nur nicht böse.

Posthumus. Ha! was hülfe mir das? Wer nicht das Herz hat, seinem Feinde Stand zu hal- ten, dessen Freund bin ich gern; denn wenn ers so macht, wie ers zu machen gewohnt ist, so weiß ich, er wird gar bald auch meine Freundschaft fliehen.

Lord. Lebe wohl; du bist böse.

(Geht ab.)

Posthumus. Noch immer geht er? — Das ist mir ein Lord! O! der edeln Armseligkeit! Im

Felbe zu seyn, und mich zu fragen, was es Neues
giebt! Wie viele hätten heute ihre Ehre darum gegeben, wenn sie nur ihre Leiber gerettet hätten! Sie
liefen davon, um das zu thun, und starben doch.
Ich, durch meinen Kummer bezaubert, *) konnte
den Tod da nicht finden, wo ich ihn ächzen hörte,
noch ihn da fühlen, wo er traf. Da er ein so häß-
liches Ungeheuer ist, so ist es seltsam, daß er sich in
frischen Bechern, sanften Betten, lieblichen Worten
verbirgt, und mehr Werkzeuge als wir, hat, die
im Kriege seine Messer ziehen. — Nun, ich will ihn
schon finden! Denn itzt bin ich von der Parthey der
Römer, kein Britte mehr; ich habe mich wieder zu
dem Heere geschlagen, mit dem ich kam. Fechten
will ich nicht mehr, sondern mich dem schlechtesten
Kerl ergeben, der zuerst meine Schulter berührt.
Groß ist das Blutbad, das die Römer hier angerichtet haben; groß muß auch die Vergeltung seyn,
die ihnen die Britten dagegen erwiedern. Mein Lösegeld ist Tod; auf beyden Seiten hab' ich bloß die
Absicht, mein Leben aufzuopfern; ich will es hier

---

*) Eine Anspielung auf den gemeinen Aberglauben,
daß Bezauberungen im Stande wären, einen in der
Schlacht vor allen Wunden zu schützen. Warburton.

weder behalten, noch zurück bringen, sondern
auf irgend eine Art für Imogen dahin geben.

Zwey Brittische Hauptleute, und Soldaten.

1. **Hauptmann.** Dem grossen Jupiter sey
Dank! Lucius ist gefangen genommen. Man
glaubt, der alte Mann und seine beyden Söhne,
seyn Engel gewesen.

2. **Hauptmann.** Es war noch ein Vierter
in einem wunderlichen Aufzuge da, der mit ih=
nen dem Feinde die Stirn bot.

1. **Hauptm.** So heißt es; aber man kän keinen
von ihnen ausfündig machen — Halt! wer ist da?

Posthum. Ein Römer; der itzt nicht hier muth=
los stehen würde, wenn andre ihm geholfen hätten.

2. **Hauptmann.** Legt Hand an ihn! den
Hund! Kein Glied von einem Römer soll wie=
der nach Hause kommen; um dort zu erzählen,
was für Krähen sie hier gehackt haben. Er
prahlt mit seinen Diensten, als ob er recht was
vorstellte. Bringt ihn zu dem Könige.

Cymbeline, Belarius, Guiderius, Arviragus
Pisanio, und Römische Gefangne. Die Haupt=
leute stellen den Posthumus vor den König, ec.
ihn einem Kerkermeister überliefert. Hernach
gehn sie alle ab.

Vierter Auftritt.

Ein Gefängniß.

Posthumus, und zwey Kerkermeister.

1. Kerkermeister. Du wirst itzt nicht gestohlen werden; du bist angeschlossen; *) grase nun, wenn du Weide findest,

2. Kerkermeister. Ja, oder Hunger hast.

(Die Kerkermeister gehn ab.)

Posthumus. Sehr willkommen seyd ihr mir, ihr Fesseln! denn ihr seyd, hoff' ich, ein Weg zur Freyheit. Ich bin doch besser daran, wie einer, der an der Gicht krank liegt, und lieber wünscht, ewig so zu ächzen, als durch den sichern Arzt, Tod, geheilt zu werden, der der Schlüssel ist, diese Schlösser aufzuschliessen. Mein Gewissen! du bist mehr gefesselt, als meine Schenkel und Hände! Gebt mir, ihr gütigen Götter, das Werkzeug der Buße, jene Fesseln abzuschlagen; dann frey auf immer! Ist es genug, daß ich traurig bin? So besänftigen Kinder ihre Väter auf der Welt; die Götter sind reicher an Erbarmung. Muß ich meine Schuld

---

*) Eine Anspielung auf die Gewohnheit, dem Pferde, das man grasen läßt, ein Schloß ans Bein zu legen. Johnson.

bereuen? Ich kann es nicht beſſer thun, als in Ketten, die mir mehr erwünſcht, als aufgedrungen ſind.
Um euch Genugthuung zu geben, entſag ich meiner Freyheit; dies iſt mein vornehmſtes Gut; verlangt kein gröſſers Sühnopfer von mir, als alles,
was ich habe! Ich weiß, ihr ſeyd erbarnungsvol-
ler, als die Menſchen, die von ihren ſchlecht geword-
nen Schuldnern, ein Drittheil, ein Sechstheil, ein
Zehntheil nehmen und ſie von dem übrigen ſich wieder erhohlen laſſen. Das verlange ich nicht. Für
Imogen's theures Leben nehmt das meinige; und iſt
dies gleich nicht ſo theuer, ſo iſt es doch ein Leben;
es iſt euer Werk! Unter den Menſchen wiegt
man nicht jede Münze; man nimmt ſie, wenn ſie
gleich zu leicht iſt, des Gepräges wegen. Um ſo mehr
werdet ihr mich annehmen, da ich euer Gepräge bin.
Darum, ihr unſterblichen Mächte, wollt ihr dieſe ab-
gelegte Rechnung annehmen, ſo nehmt dieß Leben,
und durchſtreicht meinen Zahlbrief! *) — Oh!
Imogen! Ich will ſchweigend mit dir reden —
                                                                    (Er ſchläft.)

---

*) Im Original ein Wortſpiel: *thoſe cold bonds*,
welches: dieſe kalten Feſſeln, und: dieſe arme, unzu-
längliche Verſchreibung, oder Bürgſchaft, heiſſen kann.

Feyerliche Musik. Es erscheint Sicilius Leonatus, Vater des Posthumus, ein Greis; in
kriegrischer Rüstung, der an der Hand eine
alte Matrone, seine Frau, und des Posthumus Mutter, führt. Dann folgen, nach einer zweyten Musik, die beyden jungen Leo-
nati, Brüder des Posthumus, mit Wunden,
wie sie im Kriege starben. Sie stellen sich
in einen Kreis um den Posthumus herum,
der schlafend da liegt.

Sicilius. Du Donnergott! triff Sterbliche
    Nicht mehr mit Grimm und Fluch!
Auf Mars ergrimm', auf Juno schilt,
    Die deinen Ehebruch
    Oft straft und rächet —
Welch Böses hat mein Sohn gethan,
    Den nie mein Aug' erblickt?
Ich starb, eh ihn der Mutter Leib
    Ans Licht der Welt geschickt.
Du, sonst der Waisen Vater, Zevs!
    Warst Vater nicht für ihn;
Dein Schutz hieß nicht der Erde Weh
    Vor ihm vorüber ziehn.
Mutter. Mir half Lucina nicht; ich starb
    In Wehn; mir ward mein Sohn
Entnommen, und der Feinde Raub

Beym erſten Weinen ſchon;
Das heiſcht Erbarmen! —

Sicilius. Ihm wurde, ſeinen Ahnen gleich,
Des Körpers Reitz gewährt;
Als Sohn Sicils pries ihn die Welt;
Er war des Preiſes werth.

1. Bruder. Als er nun reif ward, wo war da
Der Britte, wo der Mann,
Der ihm ſich gleich erweiſen konnt,
Der ſo ſich Gunſt gewann
Bey Imogen, die ſolch Verdienſt
Vor andern ſchätzen kann?

Mutter. Was äffte man durch Heyrath ihn,
Und ſtieß verbannt, betrübt,
Vom Hof' ihn weg, hinweg von ihr,
Die ihn ſo ſehr geliebt,
Der ſanften Imogen?

Sicilius. Warum gabſt du's Jachimo zu,
Ihm, Welſchlands Otternzucht,
Zu füllen ihm ſein Herz und Hirn
Mit eitler Eiferſucht?
Spott, meines Sohns Verhöhnung, war
Der büb'ſchen Argliſt Frucht.

2. Bruder. Dieß hat vom ſtillen Sitz der Ruh
Uns Geiſter hergebracht,
Uns, einſt für unſer Vaterland
Getödtet in der Schlacht.

Noch itzt sind wir auf unsers Stamms
Und unsern Ruhm bedacht.

1. Bruder. Von gleichem Muth war Poſthumus
Für Cymbelin' entbrannt;

Was haſt du denn ihm, Götterfürſt,
Solch Mißgeſchick geſandt,

Und Ruhm und Lohn, der ihm gebührt,
In Straf' und Schmerz gewandt?

Sicilius. Drum blick' herab von deiner Höh,
Hör' auf mit Ernſt und Dräun,

Und laß ein rühmliches Geſchlecht
Nicht länger elend ſeyn!

Mutter. Zevs! unſer Sohn iſt fromm und gut;
Drum ende ſeine Pein!

Sicilius. Vom Himmel ſchau herab auf uns,
Gequälter Geiſter Chor;

Sonſt tragen wirs, wie hart du biſt,
Den andern Göttern vor.

Beyde Brüder. Hilf, Jupiter! ſonſt ſtehn
wir nie
Zum Himmel mehr empor.

Jupiter ſteigt im Donner und Blitz herab,
auf einem Adler ſitzend. Er ſchließt einen
Donnerkeil. Die Geiſter fallen auf
ihre Knie.

Jupiter. Schweigt, ihr, der Unterwelt geringe
Geiſter!

Und murrt nicht mehr! und klaget den nicht an,
Der, des verderbenschwangern Donners Meister,
Mit einem Wink Empörer tödten kann.
Fort, Schatten aus Elysium, und pflegt
  Auf ew'gen Blumenbetten eurer Ruh;
Bleibt von der Welt Geschäften unbewegt;
  Nicht euch, nur uns kömmt diese Sorge zu.
Um durch Verzug dem Glück erhöhten Reitz zu
    geben,
  Schein ich oft denen hart, die meiner Huld
    sich freun.
Auch euren Sohn will ich aus seinem Staub er=
    heben,
  Und seiner Prüfung Lohn soll nicht mehr ferne
    seyn.
Als er geboren ward, schien mein Gestirn; in
    meinen
  Geweihten Hallen schloß er Hymens festes Band;
Bald soll es ihn nun ganz mit Imogen vereinen;
  Dann dankt er mir die Qual, die er für sie
    empfand.
Legt diese Zeilen ihm auf seine Brust; sie sagen
  Ihm das Geschick, das ihm mein Rathschluß
    zugedacht.
Und dann hinweg! sonst wird durch eure laute
    Klagen
  Durch eure Ungeduld mein Eifer aufgebracht.
Auf! Adler! trage mich zum Sitze meiner Macht!

Sicilius. Er kam in Donner; sein himmlischer Hauch duftete Schwefel von sich; der geweihte Adler schoß herab, als wollt' er uns zertreten. Sein Hinaufsteigen ist angenehmer, als unsre seligen Gefilde; sein königlicher Vogel spreitet die unsterblichen Fittige aus, und streichelt mit der Klaue seinen Schnabel, zum Zeichen, daß sein Gott vergnügt ist.

Alle. Dank dir, Jupiter!

Sicilius. Der marmorne Fußboden schließt sich; er ist in seine glänzende Wohnung eingegangen: Hinweg! und um von ihm gesegnet zu werden, laßt uns sorgfältig seinen grossen Befehl vollziehen. (Sie verschwinden.)

Posthumus. (erwachend) Schlaf! du bist ein Großvater gewesen, und hast mir einen Vater erzeugt; auch hast du eine Mutter und zwey Brüder geschaffen. Aber — o! des Verdrusses! — sie sind verschwunden! Sie waren eben so geschwinde wieder hinweg, als sie geboren wurden! Und nun wach' ich wieder — Arme Unglückliche, die von der Gunst der Grossen abhängen, träumen, wie ich that; erwachen, und finden nichts—Aber nein! ich irre mich; viele träumen nicht,

was zu finden, und verdienen's auch nicht; und
doch erhalten sie Gunst und Glück; so geht es mir,
der ich diese goldne Veränderung erlebe, und nicht
weiß, warum. Welche Feen verweilen sich an diesem Orte? — Ein Buch? — Ein prächtiges
Buch! — Sey nicht, wie in unsrer neumodischen
Welt, ein Gewand, das edler ist, als das, was
es bedeckt! Laß deinen Inhalt unsern Hofleuten
ganz unähnlich seyn, und das leisten, was dein
Band verspricht. (Er liest) — „Wenn ein junger
„Löwe, sich selbst unbekannt, ohne Suchen finden,
„und von einem Stücke zarter Luft umgeben seyn
„wird; und wenn von einer prächtigen Zeder
„Zweige werden abgehauen seyn, die viele Jahre
„erstorben liegen, hernach wieder aufleben, und
„mit dem alten Stamme vereint, aufs neue wach-
„sen werden; dann wird Posthumus sein Elend
„endigen, Britannien glücklich werden; und in
„Frieden und Ueberfluß blühen. — Das ist
noch immer ein Traum; oder doch solches Zeug,
wie Wahnwitzige schwatzen, ohne was dabey zu
denken; entweder beydes, oder gar nichts; entweder unsinniges Geschwätz, oder solch ein Geschwätz, das durch keinen Sinn sich auflösen läßt.

Es sey, was es sey, so gleicht es meinem Lebenslau-
fe; und darum will ich es behalten, wär' es auch
nur der Sympathie wegen.

(Der Kerkermeister kommt.)

Kerkermeister. Komm, Freund, bist du fertig zum Tode?

Posthumus. Mehr, als zu viel. *)

Kerkermeister. Aufs Hängen ists angesehen,
Freund; bist du dazu fertig, so bist du gut gekocht.

Posthumus. Wenn ich denn nun den Zu-
schauern als ein guter Bissen vorkomme, so wird
die Schüssel die Zeche bezahlen.

Kerkermeister. Eine schwere Rechnung für
dich, Freund; aber das beste dabey ist, man wird
dir weiter keine Bezahlung abfodern; du hast keine
Wirthshausrechnungen mehr zu befürchten, die
sehr oft den Abschied eben so traurig, als vorher
die Gesellschaft lustig machen. Man kömmt ganz
schwach ins Wirthshaus, vor Mangel an Essen;
man geht taumelnd wieder hinaus, weil man zu

. viel

---

*) Im Englischen, ready, wie das deutsche fertig,
vom gar gekochten oder gebratnen Essen gebraucht wird,
sagt Posthumus eigentlich: „Ich bin vielmehr zu stark
gebraten; fertig schon lange."

viel getrunken hat; traurig darüber, daß man zu
viel gegeben hat, und traurig, daß man sich zu viel
hat geben lassen. Beutel und Kopf sind beyde leer;
der Kopf ist desto schwerer, weil er zu leicht ist;
der Beutel zu leicht, weil ihm die Schwere abge-
zogen ist. Oh! aller dieser Widersprüche wirst du
nun auf einmal los! Wie barmherzig doch ein Pfen-
ningstrick ist! Er macht ganze Tausende in einem
Augenblick richtig; du hast keinen wahren Schuldner und Gläubiger, als ihn; er ist die Bezahlung
des Vergangnen, Gegenwärtigen und Zukünfti-
gen; dein Hals, Freund, ist Feder, Buch, und Zahl-
pfenninge; und so folgt die Quitung von selbst.

Posthumus. Ich bin freudiger, zu sterben,
als du bist zu leben.

Kerkermeister. Freylich, Herr, wer schläft,
fühlt kein Zahnweh; aber einer, der deinen Schlaf
zu schlafen hätte, dächt' ich doch, würde gern mit
dem Henkersknecht, der ihn zu Bette bringen soll,
den Platz vertauschen. Denn sieh einmal, Freund,
du weißt noch nicht, welchen Weg du gehen must.

Posthumus. O! ja, das weiß ich sehr gut.

Kerkermeister. So hat ja dein Tod Augen im
Kopfe; ich hab' ihn noch nie so gemahlt gesehn.

Du must dich entweder von Leuten zurechte weisen
lassen, die sichs getrauen, den Weg zu wissen, oder
dir selbst das zutrauen, was du doch ganz gewiß
nicht weißt, oder dich auf gut Glück und ohne Nachdenken in die Gefahr stürzen. Indeß, wie du auch
immer deine Reise zurücklegen wirst, so denk' ich doch,
du kehrst nimmermehr zurück, um es zu erzählen.

Posthumus. Glaube mir, Freund, Nieman-
dem fehlen die Augen, den Weg zu finden, den ich
gehe, ausser solchen Leuten, die die Augen zuthun,
und sie nicht brauchen wollen.

Kerkermeister. Das hieße doch einen abscheulich zum Besten haben, wenn man seine Augen vollkommen brauchen könnte, um den Weg der Blind-
heit zu sehen! Ich bin überzeugt, das Hängen ist der
Weg, die Augen zu schliessen. (Es kömmt ein Bote.)

Bote. Nimm ihm die Fesseln ab. Bringe
deinen Gefangnen zum König.

Posthumus. Du bringst gute Botschaft;
man ruft mich, um mir die Freyheit zu geben.

Kerkermeister. So will ich mich hängen lassen.

Posthumus. Dann wirst du freyer seyn, als
ein Kerkermeister. Für die Todten brauchts keiner
Fesseln.　　　　　(Posthumus und der Bote gehn ab.)

Kerkermeiſter. Ich habe noch keinen ſo unver-
zagt geſehen; es iſt, als wollt' er einen Galgen heyrathen, und junge Kniegalgen zeugen! Indeß, auf
mein Gewiſſen, ob er gleich ein Römer iſt, ſo giebts
doch noch viel ärgre Schurken, die zu leben wünſchen, und einige darunter ſterben wider ihren Willen; das thät' ich auch, wenn ich einer wäre. Ich
wollte, wir wären alle einerley geſinnt, und alle
gut geſinnt; o! da würd' ein Mangel an Kerker-
meiſtern und Galgen ſeyn! Ich rede wider meinen gegenwärtigen Vortheil; aber mein Wunſch
ſchließt eine Befördrung mit ein.   (Geht ab.)

Fünfter Auftritt.
Cymbeline's Gezelt.

**Cymbeline, Belarius, Guiderius, Arviragus,
Piſanio und Lords.**

Cymbeline. Steht mir zur Seite, ihr, die ihr
von den Göttern zu Rettern meines Throns erſehen
ſeyd! Es ſchmerzt mich innigſt, daß der arme Soldat, der ſo edel focht, deſſen ſchlechter Anzug goldne
Rüſtungen beſchämte, deſſen nackte Bruſt es be-
währten Schildern zuvor that, nicht ausfindig zu
machen iſt. Der ihn finden kann, ſoll glücklich werden, wenn unſre Gnade ihn glücklich machen kann.

Bb 2

Belarius. Ich habe niemals solch eine eble Wuth an einem so armen Menschen gesehen; solche herrliche Thaten von einem, der äusserlich sehr bettelhaft und armselig aussahe.

Cymbeline. Hat man nichts von ihm gehört?

Pisanio. Man hat ihn unter den Lebendigen und Todten gesucht; aber keine Spur von ihm gefunden.

Cymbeline. Zu meiner Kränkung bin ich der Erbe seiner Belohnung, die ich euch (zu Belarius, Guiderius und Arviragus) der Leber, dem Herzen, und dem Gehirn von Britannien, als eine Zugabe schenken will, durch die es sein Leben noch erhalten hat. Itzt ist es Zeit zu fragen, woher ihr seyd — Sagt es mir.

Belarius. Mein König, in Kambrien sind wir geboren, und von Adel; uns weiter zu rühmen, wäre weder aufrichtig, noch bescheiden; nur setz' ich noch hinzu, wir sind rechtschaffne Leute.

Cymbeline. Beugt eure Knie! (Sie knien nieder) Steht auf, meine Ritter der Schlacht; ich ernenne euch zu Gefährten meiner Person, und will euch mit Würden bekleiden, die eurem Stande gemäß seyn sollen. (Kornelius und Hofdamen kommen) Sie

ſehn ſehr unruhig aus — Warum begrüßt ihr unſern Sieg mit ſo trauriger Gebehrde? Ihr ſeht aus
wie Römer, nicht wie Leute vom Brittiſchen Hofe.

Kornelius. Heil dir, groſſer König; um
dein Glück zu verbittern, muß ich dir melden, daß
die Königinn todt iſt.

Cymbeline. Wem kann dieſe Nachricht übler
anſtehen, als einem Arzte? Aber ich weiß wohl,
durch Arzney läßt ſich das Leben zwar verlängern; indeß nimmt der Tod auch den Arzt hinweg. — Wie ſtarb ſie?

Kornelius. Mit Schauder, und ganz von Sinnen. Ihr Tod glich ihrem Leben, welches grauſam
für die Welt war, und ſich äuſſerſt grauſam für ſie
ſelbſt ſchloß. Was ſie geſtanden hat, will ich melden, wenn dirs ſo gefällt; dieſe ihre Kammerfrauen, die mit naſſen Wangen bey ihrem Ende zugegen waren, können mich belehren, wenn ich irre.

Cymbeline. O! ſag es.

Kornelius. Zuerſt geſtand ſie, ſie habe dich
nie geliebt; nur die durch dich erhaltne Hoheit
ſey ihr erwünſcht geweſen, nicht du ſelbſt; bloß
deine königliche Würde habe ſie geheyrathet, bloß
deinen Rang; und deine Perſon verabſcheut.

Cymbeline. Das wußte sie allein; und hätte sie es nicht auf dem Todbette gesagt, so würd' ich es selbst ihren Lippen nicht glauben, wenn sie mir das eröffneten. Fahre fort.

Kornelius. Deine Tochter, die sie so aufrichtig zu lieben vorgab, war, wie sie gestand, in ihren Augen ein Skorpion. Sie würde ihr durch Gift das Leben genommen haben, wenn ihre Flucht sie nicht daran verhindert hätte.

Cymbeline. O! des arglistigen Ungeheuers! Wer kann in der Seele eines Weibes lesen! — Ist noch sonst was?

Kornelius. Noch sonst was, mein König, und was noch ärgers. Sie bekannte, sie habe für dich ein tödtliches Pulver gehabt, welches minutenweise dein Leben abgezehrt, und dich zollweise langsam vernichtet hätte. Sie war willens, dich während dieser Zeit mit Wachen, Weinen, Pflege, Küssen, und durch äussern Schein der Liebe zu überwältigen, und dann, wenn sie dich durch ihre Arglist dazu vorbereitet hätte, dich dahin zu bringen, daß du ihren Sohn zum Erben deiner Krone einsetzen solltest. Da ihr aber diese Absicht durch seine unerklärliche Abwesenheit fehlschlug, so gerieth sie in die äusserste Ver-

zweiflung; bot Göttern und Menschen Trotz, eröff=
nete ihre Anschläge; bereute es, daß alles das Un=
heil, was sie ausgeheckt hatte, nicht zur Ausführung
gekommen war, und starb so in voller Verzweiflung.

Cymbeline. Ihr Kammerfrauen, habt ihr
das alles gehört?

Eine Kammerfrau. Ja, gnädigster König.

Cymbeline. Meine Augen hatten nicht Schuld;
denn sie war schön; noch meine Ohren, die ihr
Schmeicheln hörten; noch mein Herz, das sie für
das hielt, was sie schien. Es wäre strafbar gewe=
sen, ihr nicht zu trauen. Aber o! meine Tochter!
daß ich eine Thorheit begieng, das magst du wohl
sagen, und es an dir selbst empfinden! Der Him=
mel wende alles zum Besten! —

Lucius, Jachimo, und andre Römische Ge=
fangne; hinten drein Posthumus, und
Imogen.

Du kömmst itzt nicht, Kajus, um Tribut zu
fodern; diese Fodrung haben die Britten getilgt,
wiewohl mit dem Verlust manches tapfern Krie=
gers, deren Verwandte darum angehalten haben,
daß man ihre guten Seelen mit eurer, der Ge=
fangnen, Hinrichtung, befriedigen möchte; und

wir haben es ihnen bewilligt. Dieß ist das Schicksal, das euer wartet.

Lucius. Bedenke das veränderliche Glück des
Krieges, mein König; der Sieg ward euer durch
einen Zufall; wär' er unser geworden, so würden
wir nicht, nach Abkühlung unsers Bluts, unsern
Gefangnen mit dem Schwerte gedroht haben. Aber
weil die Götter es denn so haben wollen, daß nichts,
als unser Leben, unser Lösegeld werden soll, so mag
es so seyn. Genug, daß ein Römer mit einem Römischen Herzen leiden kann. Augustus lebt noch,
um es zu ahnden. Weiter sag' ich nichts, um mein
eignes Leben zu retten. Nur um dieß Einzige bitt'
ich, laß meinen Bedienten, einen gebornen Britten,
ausgelöst werden; nie hat irgend ein Herr solch einen gefälligen, dienstfertigen, fleißigen, sich seiner
Sachen so annehmenden, treuen, gewandten, und
einer Wärterinn ähnlichen Knaben gehabt. Seine
Tugend müsse mein Gesuch unterstützen; ich weiß
gewiß, mein König, du wirst mirs nicht abschlagen.
Er hat keinem Britten was zu Leide gethan, ob
er gleich einem Römer gedient hat — Rette ihn,
mein König, und schone weiter kein Blut.

Cymbeline. Ich hab' ihn ganz gewiß schon ge-

sehen; sein Gesicht ist mir ganz bekant — Knabe,
du hast durch deine Blicke sogleich meine Gunst er.
halten, und bist mein, ich weiß nicht, warum, noch
weswegen ich sage: „Lebe, Knabe!„ — Verdank'
es nicht deinem Herrn; lebe, und fodre von Cym.
beline, welche Gnade du willst; so bald sie sich mit
meiner Güte und deinem Stande verträgt, werd'
ich sie dir geben, und wenn du auch den Vor.
nehmsten unter den Gefangnen foderst.

Imogen. Ich danke dir demüthigst, mein
König.

Lucius. Ich heisse dich nicht um mein Leben
bitten, guter Junge; und doch, weiß ich, daß
du es thun wirst.

Imogen. Ach! nein, nein; ich habe ganz
was anders vor. Ich seh etwas, das mir so bit.
ter ist, als der Tod; dein Leben, guter Herr,
muß sich selbst zu retten suchen.

Lucius. Der Knabe verschmäht mich, verläßt,
verachtet mich; deren Freude stirbt sehr bald, die
sich auf die Treue der Mädchen und Knaben ver.
lassen — Warum steht er so bestürzt da?

Cymbeline. Was verlangst du, Knabe? —
Ich liebe dich immer mehr und mehr; überlege

immer mehr, was du wohl am besten verlangen könntest. Kennst du den, den du da ansiehst? Sprich, wünschest du, daß er leben bleibe? Ist er dein Verwandter? dein Freund?

Imogen. Er ist ein Römer; eben so wenig mit mir verwandt, als ich mit dir, mein König. Wiewohl, als dein geborner Unterthan, bin ich dir doch noch etwas näher.

Cymbeline. Was fassest du ihn denn so ins Auge?

Imogen. Ich will dirs allein sagen, mein König, wenn du mir Gehör geben willst.

Cymbeline. O! von Herzen gern; ich werde dir alle meine Aufmerksamkeit schenken. Wie ist dein Name?

Imogen. Fidele, mein König.

Cymbeline. Du bist mein guter Jüngling, mein Edelknabe; ich will dein Herr seyn. Geh mit mir; rede offenherzig.

(Cymbeline und Imogen gehn auf die Seite.)

Belarius. Ist dieser Knabe nicht vom Tode wieder aufgelebt?

Arviragus. Ein Sandkorn sieht dem andern nicht ähnlicher. Jener rosenwangichte Knabe, der bey uns starb, und Fidele hieß — was denkst du?

Guiderius. Eben der Todte ist wieder lebendig.

Belarius. Sachte, sachte! seht erst recht zu — Er sieht uns nicht an — Wartet noch; Leute können wohl einander gleich sehen. Wär' er es, so hätte er ganz gewiß uns angeredet.

Guiderius. Aber wir haben ihn todt gesehen.

Belarius. Schweigt stille; laßt uns weiter sehen.

Pisanio. (für sich) Es ist meine Prinzeßin! — Nun sie lebt, mag es gehen, wie es will, gut oder schlecht!

(Cymbeline und Jmogen kommen weiter vorwärts.)

Cymbeline. Komm, stelle dich neben uns, und trage laut dein Begehren vor—(Zu Jachimo) Stelle dich dorthin, Freund, verantworte dich gegen diesen Knaben, und das ohn' alle Umschweife; oder bey unsrer königlichen Würde, und ihrem Schmuck, unsrer Ehre! bittre Folter soll Wahrheit und Lügen von einander scheiden! Fort, red' ihn an.

Jmogen. Mein Gesuch ist, daß dieser Mann hier sagen möge, von wem er diesen Ring hat.

Posthumus. Was geht das ihn an?

Cymbeline. Sprich, wie kamst du zu dem Diamant da an deinem Finger?

Jachimo. Du solltest mich foltern, das un-

gesagt zu lassen, was, wenn es gesagt wird,
dich foltern wird.

Cymbeline. Wie? — mich?

Jachimo. Ich bin froh, daß man mich zwingt
das zu sagen, was mich martert, weil ich es ver-
schweige. Durch Büberey erhielt ich diesen Ring;
er war ein Kleinod des Leonatus, den du verbanntest; und — was dich noch mehr kränken muß, als
mich — ein edlerer Mann lebte nie zwischen Himmel und Erden. Willst du mehr hören, mein König?

Cymbeline. Alles, was zu dieser Sache gehört.

Jachimo. Jene unvergleichliche Prinzeßinn, deine Tochter — für die mein Herz Blut weint, und
an die mein falsches Gemüth nicht ohne Qual denken kan — Vergieb mir, ich werde ohnmächtig —

Cymbeline. Meine Tochter? — Was ist ihr
begegnet? — Erneure deine Kräfte; lieber möcht'
ich, daß du so lange lebtest, als die Natur will,
als daß du stürbest, eh ich mehr höre. Raffe
dich zusammen, und sprich.

Jachimo. Einstmals — unglücklich war der
Zeiger, der die Stunde schlug! — es war in Rom —
Verwünscht sey der Ort, wo es geschah! bey einem
Gastmahl — o! wären unsre Speisen vergiftet ge-

wesen, oder wenigstens die, die ich zum Munde
führte!—saß der gute Posthumus — Was soll ich
sagen? Er war zu gut, um da zu seyn, wo böse Leute waren, und war der beste von allen, unter den
vortreflichsten von den guten Leuten — er saß, sag'
ich, ernsthaft da, und hörte uns unsre Geliebten
in Italien wegen ihrer Schönheit dergestalt rühmen, daß all sein Rühmen darüber verstummte,
ob er gleich am besten zu reden wußte. Wie prie-
sen sie wegen ihrer Bildung, wogegen das Götter-
bild der Venus oder der schlanken Minerva lahm
zu seyn schien, deren Stellung sonst weit über die
eilfertige Natur hinausgeht; wegen ihres Standes,
des Inbegrifs aller der Eigenschaften, um derent-
willen man Frauenzimmer liebt, auch wegen jenes
anziehenden Angels beym Weibernehmen, der
Schönheit, die das Auge rührt —

Cymbeline. Ich steh auf Kohlen; komm
zur Sache.

Jachimo. Das werd' ich nur gar zu bald, du
müßtest denn dein Herzleid nicht abwarten können—
Dieser Posthumus — ganz gewiß ein edler Mann
in der Liebe, und der eine königliche Geliebte hatte—
nahm den Wink an; er verachtete die nicht, die wir

rühmten — dabey verhielt er sich so ruhig, wie die Tugend selbst — sondern fieng an, seine Gemahlinn zu schildern. Sein Mund entwarf ihr Gemählde, und dann gab er ihr eine Seele. Und nun rühmten unsre Prahlereyen entweder schlechte Küchenmägde, oder seine Beschreibung machte uns zu sprachlosen Dummköpfen.

Cymbeline. Ja, ja; nur zur Sache!

Jachimo. Die Keuschheit deiner Tochter — Das ist der Anfang davon — Er sprach von ihr, als ob selbst Diana erhitzende Träume hätte, und sie allein kalt wäre. Ich unglücklicher zweifelte an dem, was er rühmte, und wettete eine Menge Goldes mit ihm gegen diesen Ring, den er an seinem ehrenvollen Finger trug, daß ich durch mein Bitten einen Platz in seinem Bett erhalten, und diesen Ring durch ihren und meinen Ehebruch gewinnen wollte. Er, als ein würdiger Ritter, der sich nicht weniger auf ihre Ehre verließ, als sie es, wie ich fand, verdiente, setzte diesen Ring auf die Wette, und würd' es gethan haben, wenn es auch ein Karfunkel von dem Rade des Phöbus gewesen wäre; auch hätt' er es sicher thun können, wäre der Ring auch so viel werth gewesen, als der ganze Wagen. Ich gieng in die-

Cymbeline. 399

ser Absicht eiligst nach Britannien; du wirst dich
noch erinnern, mein König, daß ich an deinem Hofe
war, wo ich von deiner keuschen Tochter den himmel-
weiten Unterschied zwischen wahrer Liebe und Niederträchtigkeit lernte. Da mir so meine Hoffnung
wider allen meinen Wunsch vereitelt war, fieng mein
Welsches Gehirn in dem stumpfern Britannien an,
sehr bübische Anschläge zu machen; für meinen Vortheil ganz herrlich. Und kurz; meine List gelang
mir so gut, daß ich mit hinlänglich scheinbaren Beweisen zurückkehrte, um den edeln Leonatus verrückt
zu machen, und sein Zutrauen auf ihre Tugend mit
diesen und jenen Zeichen zu verwunden; zu mehrerer Bestätigung beschrieb ich ihm die Teppiche des
Zimmers und die Mahlereyen; zeigte ihm dies Armband, — o! mit welcher List erhielt ich das! —
führte ihm sogar einige geheime Zeichen an ihrer
Person an; so, daß er nicht anders glauben konnte,
als daß die Bande der Keuschheit durch meine
Schuld völlig zerbrochen wären; worauf — Mich
dünkt, da seh ich ihn —

Posthumus. (in dem er hervortritt) Ja, das
thust du, du Welscher Teufel! — Weh mir, dem
schrecklichsten Mörder, Diebe, allem, was nur ir-

zend ein Bösewicht sie gewesen ist, noch ist, und seyn
wird! — O! gieb mir Strick, oder Messer, oder
Gift, irgend ein gerechter Richter! — Du, König,
send' umher nach sinnreichen Folterern; ich bin es,
der alle Dinge, die auf Erden abscheulich sind, wieder gut macht, weil ich ärger bin! als sie alle. Ich
bin Posthumus, der deine Tochter mordete—wie
ein Bösewicht, lüg' ich — der einen kleinern Bösewicht, als ich selbst bin, einen gottvergeßnen Dieb
veranlaßte, es zu thun. Der Tempel der Tugend
war sie; ja, sie war die Tugend selbst. Spey
mich an, wirf Steine, wirf Koth auf mich, reitze
die Gassenhunde, mich anzubellen; jeder Bösewicht
heisse Posthumus Leonatus, und Büberey sey weniger, als sie sonst war! — Oh Imogen! Meine
Königinn, mein Leben, mein Weib! Oh Imogen! — Imogen! — Imogen!

Imogen. Stille, Posthumus, höre; höre —

Posthumus. Wollen wir hier ein Schauspiel draus machen? — Du verwegner Edelknabe, da liege deine Rolle!

(Er schlägt sie, und sie fällt.)

Pisanio. O! Leute! helft! eure, und meine
Prinzeßinn!—O! edler Posthumus! Du hast Imo-

gen

gen nicht eher getödtet, als diesen Augenblick! —
Hülfe, Hülfe! — Meine theuerste Prinzeßinn!

Cymbeline. Läuft die Welt rund?

Posthum. Woher kömmt mir dieser Schwindel?

Pisanio. Erwache, meine Prinzeßinn!

Cymbeline. Wenn das wahr ist, so wollen die
Götter mich mit tödlicher Freude vernichten.

Pisanio. Was macht meine Prinzeßinn?

Imogen. O! geh mir aus den Augen; du
gabst mir Gift; mörderischer Bube, hinweg!
Athme nicht da, wo Fürsten sind!

Cymbeline. Imogen's Stimme!

Pisanio. Prinzeßin, die Götter sollen Schwe-
felsteine auf mich werfen, wenn ich die Schachtel,
die ich dir gab, nicht für etwas sehr kostbares
hielt! Ich bekam sie von der Königinn.

Cymbeline. Noch immer mehr Neues?

Imogen. Sie vergiftete mich.

Kornelius. O! ihr Götter! — Ich ließ Eins
aus, was die Königinn gestand, und ein Beweis
deiner Ehrlichkeit ist. Hat Pisanio, sagte sie, seiner Prinzeßinn den Trank gegeben, den ich ihm als
eine Herzstärkung gab, so ist sie bedient, wie ich eine
Ratze bedienen möchte.

C c

Cymbeline. Was ist das, Kornelius?

Kornelius. Die Königinn drang sehr oft in mich, ich sollte ihr Gift bereiten, und wandte dabey allemal nur ihre Begierde nach Kenntnissen vor, um damit nichtswürdige Geschöpfe, als Katzen und Hunde von keinem Werth zu tödten. Ich fürchtete, daß sie was gefährliches im Sinne hätte, und mischte für sie einen gewissen Trank, der, wenn man ihn nimmt, alle Lebenskräfte hemmen mußte; aber in kurzer Zeit kehren alle Verrichtungen der Natur zu ihrer gehörigen Arbeit zurück. Hast du ihn genommen?

Imogen. Freylich wohl; denn ich war todt.

Belarius. Ihr Kinder, das war unser Irrthum —

Guiderius. Dieß ist gewiß Fidele.

Imogen. Warum stiessest du deine Gattin von dir? — (Sie stürzt ihm um den Hals). Denke, du stündest itzt auf einem Felsen; und nun stoß mich noch einmal hinweg!

Posthumus. Hange hier, wie Obst, meine Theure, bis der Baum stirbt.

Cymbeline. Wie? mein Fleisch und Blut, mein Kind, warum machst du mich zur stummen

Person bey dieser Scene? Willst du nicht auch mit mir reden?

Imogen. (Kniend) Deinen Segen, mein Vater!

Belarius. (zu seinen Söhnen) Ich besträf' euch nicht, daß ihr diesen jungen Menschen so lieb haltet; ihr hattet einen Grund dazu.

Cymbeline. Meine hinabfallenden Thränen müssen geweihtes Wasser für dich werden! — Imogen, deine Mutter ist todt.

Imogen. Das thut mir leid, mein Vater.

Cymbeline. O! sie war nichtswürdig, und durch ihre Schuld geschah es, daß wir hier uns in so seltsamen Zustande treffen. Aber ihr Sohn ist fort; man weiß nicht, wohin.

Pisanio. Mein König, nun ich nichts mehr zu fürchten habe, will ich die Wahrheit reden. Als man meine Prinzeßinn vermißte, kam Prinz Kloten mit gezognem Schwerte zu mir, schäumte vor Grimm, und schwur, wenn ich es nicht entdeckte, welchen Weg sie genommen hätte, so sollt' ich den Augenblick des Todes seyn. Zufälligerweise hatte ich eben einen erdichteten Brief von meinem Herrn in der Tasche, der ihm die Anweisung gab, ihn auf den Bergen in der Nähe von Milford zu suchen. Ju voller Heftigkeit, und in den Kleidern meines Herrn, die er mir abzwang, eilte er dahin, in der unkeuschesten Absicht, und mit einem Schwur, meine Prinzeßinn um ihre Ehre zu bringen. Was weiter aus ihm geworden ist, weiß ich nicht.

Guiderius. Laß mich die Geschichte zu Ende erzählen: ich hab' ihn dort erschlagen.

Cymbeline. O! das verhüten die Götter! — Ich wünschte nicht, daß deine rühmlichen Thaten meinem Munde ein hartes Urtheil abnöthigten. Ich bitte dich, tapfrer Jüngling, leugn' es wieder.

Guiderius. Ich hab' es gesagt und gethan.

Cymbeline. Er war ein Prinz.

Guiderius. Ein sehr unartiger Prinz. Das Unrecht, das er mir anthat, war keines Prinzen würdig; denn er foderte mich in einer Sprache heraus, die mich bewegen würde, der See Trotz zu bieten, wenn sie so mich anbrüllen könnte. Ich schlug ihm den Kopf ab, und bin sehr froh, daß er nicht hier steht, und diese Geschichte von dem meinigen erzählt.

Cymbeline. Du dauerst mich; dein eigner Mund verurtheilt dich; du mußt dich unsern Gesetzen unterwerfen; du bist des Todes.

Jmogen. Den Mann ohne Kopf hielt ich für meinen Gemahl.

Cymbeline. Bindet den Verbrecher, und führt ihn aus unſern Augen hinweg!

Belarius. Halt, Herr König! Dieſer Jüng-ling iſt beſſer, als der, den er erſchlug, iſt von ſo guter Geburt, als du ſelbſt, und hat ſich durch ſeine Wünden mehr um dich verdient gemacht, als eine ganze Bande von Kloten jemals nur durch eine Schramme thun würde. (Zur Wache) Laßt ſeine Arme frey, ſie ſind nicht zu Banden geboren.

Cymbeline. Wie? alter Krieger, willſt du das Verdienſt, wofür du noch nicht belohnt biſt, wieder vernichten, und unſern Zorn fühlen? Wie denn von ſo guter Geburt, als wir?

Arviragus. Damit hat er zu viel geſagt.

Cymbeline. Und du ſollſt dafür ſterben.

Belarius. Wir wollen alle drey ſterben; aber ich will beweiſen, daß zwey von uns von ſo edler Geburt ſind, wie ich von ihm rühmte. Meine Söhne, ich muß eine Entdeckung machen, die für mich ſehr nachtheilig, für euch vermuthlich ſehr vortheilhaft ausſchlagen wird.

Arviragus. Dein Nachtheil iſt der unſrige.

Gulderius. Und unser Vortheil der seine.

Belarius. Wohlan denn — vergieb mir, grosser König, du hattest einen Unterthan, der Belarius hieß.

Cymbeline. Was soll der? — Er ist ein verbannter Verräther?

Belarius. Er ist es, der zu diesem hohen Alter gekommen ist; freylich ein Verbannter, aber ich wüßte nicht, warum ein Verräther.

Cymbeline. Führt ihn hinweg! Die ganze Welt soll ihn nicht retten.

Belarius. Nicht zu hitzig! — Vorher bezahle mir für den Unterhalt deiner Söhne, und laß das Geld sogleich wieder eingezogen werden, so bald ich es erhalten habe.

Cymbeline. Für den Unterhalt meiner Söhne?

Belarius. Ich bin zu dreist und unverschämt. Hier knie ich — Eh ich aufstehe, will ich meinen Söhnen ihr Glück machen? hernach schone des alten Vaters nicht. Mächtiger König, diese beyden jungen Leute, die mich Vater nennen, und glauben, sie seyen meine Söhne, sind gar nicht die meinigen; sie sind die Frucht deiner Lenden, mein König, von deinem Blute, von dir erzeugt!

Cymbeline. Wie? von mir erzeugt?

Belarius. So gewiß, als du von deinem Va=
ter. Ich, der alte Morgan, bin eben der Belarius,
den du einstmals verbanntest. Bloß dein Wohlge=
fallen war mein Verbrechen, meine Strafe selbst,
und meine ganze Verrätherey; daß ich geduldig
litt, war alles Böse, was ich that. Diese beyden
Prinzen — denn das sind sie — hab' ich seit zwanzig
Jahren auferzogen; sie haben so viel gelernt, als
ich ihnen beybringen konnte. Meine Erziehung ist
dir, mein König bekannt. Ihre Wärterinn, Euri=
phile, stahl diese Kinder bey meiner Verbannung,
und ich heyrathete sie für ihren Diebstahl. Ich be=
wog sie dazu; und hatte die Strafe für das, was
ich nachmahls that, schon vorher bekommen. Die
Beschuldigung der Bundbrüchigkeit ermunterte
mich zur Verrätherey. Je mehr du ihren schmerz=
lichen Verlust fühltest, desto mehr war es meiner
Absicht, warum ich sie stahl, gemäß. Aber, mein
König, hier sind deine Söhne wieder; und ich muß
zwey von den angenehmsten Gesellschaften auf der
Welt verlieren--Alle Segnung dieses uns deckenden
Himmels falle, wie Thau, auf ihre Häupter! denn sie
sind es werth, den Himmel mit Sternen auszulegen.

Cymbeline. Du weinst, und überzeugst mich durch deine Rede. Die Dienste, die ihr drey mir gethan habt, sind unglaublicher, als das, was du da erzählst. Ich verlor meine Kinder — Sind es diese, so weiß ich nicht, wie ich mir ein Paar würdigere Söhne wünschen könnte.

Belarius. Nur noch Einen Augenblick — Dieser Jüngling, den ich Polydor nenne, der würdigste Prinz als der dethige, ist der wahre Guiderius; dieser Jüngling, meist Cadwal, ist Arviragus, dein jüngster Prinz. Er war in einen sehr sonderbaren Mantel eingewickelt, gestickt von der Hand seiner Königinn Mutter, den ich zu desto stärkerm Beweise leicht vorzeigen kann.

Cymbeline. Guiderius hätte an seinem Halse ein Mahl, einen blutigen Stern; es war ein rechtes Wunderzeichen.

Belarius. Hier ist er, und hat immer noch das natürliche Gepräge an sich. Die weise Natur hatte schon, als sie's ihm gab, die Absicht, daß es itzt sein Merkzeichen seyn sollte.

Cymbeline. O! ich bin eine wahre Mutter, die drey Kinder geboren hat! — Nie freute sich eine Mutter mehr ihrer Entbindung! — Seyd

gesegnet, die ihr nach dieser seltsamen Verwir-
rung aus euren Kreisen nun wieder in ihnen regieren könnt! Oh! Imogen, du hast nun hie-
durch ein Königreich verloren.

Imogen. Nein, mein Vater, ich habe zwey
Welten dadurch gewonnen. O! meine theuren
Brüder, haben wir uns so wieder gefunden? O!
nun sagt allemal, daß ich sehr die Wahrheit rede. Ihr nenntet mich Bruder, da ich doch eure
Schwester war; ich nannte euch Brüder; und
das wart ihr auch in der That.

Cymbeline. Habt ihr euch sonst schon ange-
troffen?

Arviragus. Ja, mein theurer König.

Guiderius. Und gleich, da wir uns zuerst an-
trafen, haben wir einander geliebt, und sind darin
fortgefahren, bis wir glaubten, er sey gestorben.

Arviragus. Von dem Trank der Königinn,
den sie genommen hatte.

Cymbeline. O! des sonderbaren Naturtriebes!
Wenn werd' ich alles durchgehört haben? Diese geschwinde Abkürzung hat noch viele einzelne Umstände, die ich gern besonders erzählt hören möchte —
Wo! wie hast du gelebt? Und wenn kamst du bey

unserm gefangnen Römer in Dienst? Wie trenn=
test du dich von deinen Brüdern? wie fandest du
sie zuerst?; Warum flohst du vom Hofe weg? und
wohin? Diese, und eurer drey Veranlassungen, in
die Schlacht zu gehn, und ich weiß nicht wie viel
Umstände mehr, möcht' ich gern erfragen, und alle
die übrigen kleinen Nebenumstände von Einem Zu=
fall zum andern. Aber weder Zeit noch Ort leiden
itzt lange Fragen. Seht, Posthumus heftet seinen
Blick auf Imogen; und sie, gleich einem unschädli=
chen Blitze, wirft ihr Auge auf ihn — auf ihre Brü=
der — auf mich — auf ihren Herrn — sieht jeden Ge=
genstand mit einer freudigen Bewegung; und eine
gegenseitige Empfindung haben alle. Laßt uns die=
sen Ort verlassen, und den Tempel mit dem Rauch
unsrer Opfer füllen — (zu Belarius) Du bist mein
Bruder; so werd ich dich immer ansehen.

Imogen. Du bist auch mein Vater, und
hast mich aufgenommen und erquickt, um diese
frohen Augenblicke zu erleben.

Cymbeline. Alle sind voller Freuden, ausser
denen, die in Fesseln sind. Auch sie müssen sich
freuen; denn sie sollen an unserm Vergnügen
Theil nehmen.

Imogen. (zu Lucius) Mein guter Herr, ich will dir noch einen Dienst erweisen.

Lucius. Sey immerdar glücklich!

Cymbeline. Der verlorne Kriegsmann, der so edel focht, würde hier am rechten Orte gewesen seyn, und den Danksagungen des Königs Ehre gemacht haben.

Posthumus. Ich bin, mein König, der Krieger, der diese drey in einem armseligen Anzuge begleitete; er schickte sich zu dem Vorsatz, den ich damals hatte — Daß ich es war, kanst du, Jachimo, bezeugen. Ich hatte dich schon zu Boden gelegt, und hätte deinem Leben ein Ende machen können.

Jachimo. Ich liege aufs neue zu Boden; (indem er kniet) Aber itzt senkt mein schweres Gewissen mein Knie, wie damals deine Stärke that. Nimm das Leben hin, ich bitte dich, das ich dir so oft schon schuldig war; aber vorher nimm deinen Ring, und hier das Armband der getreuesten Prinzeßinn, die je den Eid der Treue schwur.

Posthumus. Knie nicht vor mir. Alle Gewalt, die ich über dich habe, ist, deiner zu schonen; alle Bösartigkeit gegen dich, dir zu vergeben. Lebe, und verfahre gegen andre besser!

Cymbeline. Edel geurtheilt! — Wir wollen
Gnade und Großmuth von einem Schwiegersoh-
ne lernen; Vergebung ist die Losung für alle.

Arviragus. Du halfst uns, Posthumus, als
ob du glaubtest, unser Bruder zu seyn; wir freuen
uns, daß du es wirklich bist.

Posthumus. Ich bin euer Knecht, ihr Prinzen — Mein edler Römer, rufe doch deinen
Wahrsager herbey. Als ich schlief, dünkte mich,
der große Jupiter, auf seinem Adler sitzend, er-
schiene mir, mit andern Geistergestalten meiner
Verwandten. Als ich erwachte, fand ich dieß
Pergament auf meiner Brust, dessen Inhalt einen so schweren Sinn hat, daß ich mich gar nicht
daraus zu vernehmen weiß. Laß ihn seine Geschicklichkeit in der Auslegung zeigen.

Lucius. Philarmonus —

Wahrsager. Hier, mein edler Gebieter.

Lucius. Lies, und sage deine Meynung.

Wahrsager. (liest:) „Wenn ein junger Löwe,
„sich selbst unbekannt, ohne Suchen finden, und
„von einem Stücke zarter Luft umgeben seyn wird;
„und wenn von einer prächtigen Zeder Zweige wer-
„den abgehauen seyn, die viele Jahre erstorben lie-
„gen, hernach wieder aufleben, und, mit dem alten
„Stamme vereint, aufs neue wachsen werden;
„dann wird Posthumus sein Elend endigen, Bri-

„tannien glücklich werden, und in Frieden und Ue-
„berfluß blühen. „ — Du, Leonatus, bist der junge
Löwe; die natürlichste und beste Dollmetschung
deines Namens, *Leo-natus*, bringt das mit sich.
(Zu Cymbeline) Das Stück zarter Luft ist deine tugendhafte Tochter; in unsrer Sprache heißt es *mollis aer*; mollis aer ist so viel als *mulier*; und dieß
mulier ist ganz gewiß diese höchst beständige Prinzeßinn, welche eben itzt, nach dem buchstäblichen
Ausspruch des Orakels, dir unbekannt, ungesucht,
mit dieser höchst zarten Luft umgeben ward.

Cymbeline. Das hat einige Wahrscheinlichkeit.

Wahrsager. Die erhabne Zeder, königlicher
Cymbeline, bedeutet dich; und deine abgehauenen
Zweige zielen auf deine beyden Söhne, die vom Belarius geraubt, viele Jahre für todt gehalten wurden, nun aber wieder aufgelebt, und mit der maje-
stätischen Zeder vereinigt sind, deren Nachkommenschaft Britannien Ruhe und Ueberfluß verspricht.

Cymbeline. Mit Ruhe wollen wir den Anfang machen. Wenn wir gleich Sieger sind, Kajus Lucius, so unterwerfen wir uns doch dem Cäsar und dem Römischen Reiche. Wir versprechen
unsern gewohnten Tribut zu bezahlen, wovon uns
unsre böse Königinn abrieth, an der nun des
Himmels Gerechtigkeit, beydes an ihr und den
Ihrigen, schwere Rache verübt hat.

Wahrsager. Die Finger der himmlischen Mächte stimmen die Harmonie dieses Friedens an: Das Gesicht, welches ich dem Lucius vor dem Anfange dieser kaum vollendeten Schlacht bekannt machte, ist nun völlig erfüllt. Denn der Römische Adler, der von Süden nach Westen auf seinen hohen Fittig flog, wurde immer kleiner, und verschwand endlich in den Strahlen der Sonne; das bedeutete, daß unser fürstliche Adler, der grosse Cäsar, seine Gunst wieder mit dem glänzenden Cymbeline vereinen sollte, der hier in Westen scheint.

Cymbeline. Laßt uns die Götter preisen! Und laßt den sich kräuselnden Rauch von unsern geweihten Altären zu ihnen hinaufsteigen! Wir wollen diesen Frieden allen unsern Unterthanen bekannt machen. Laßt uns weiter ziehn, und eine Römische und eine Britische Fahne wehe freundschaftlich mit einander; so wollen wir durch Lud's Stadt ziehen, und in dem Tempel des grossen Jupiters unsern Frieden bekräftigen, und ihn mit Gastmahlen versiegeln.— Nur zu! — Nie hat sich ein Krieg, ehe die blutigen Hände noch abgewaschen waren, mit solchem Frieden geendigt. (Sie gehn alle ab.)

Frankenthal,

gedruckt bey Ludwig Bernhard Friedrich Gegel, kuhrpfälz. privilegirten Buchdruckern.

www.ingramcontent.com/pod-product-compliance
Lightning Source LLC
Chambersburg PA
CBHW050902130726
47900CB00015B/1700